13 CONTOS

Cathy McGough

Stratford Living Publishing

O QUE OS LEITORES ESTÃO A DIZER…

VINHO DANDELION

EUA.

"Dandelion Wine" é um conto que me faz sentir bem, embora o epílogo me tenha feito sentir um pouco triste com a forma como as coisas mudam. Foi agradável visitar brevemente uma época em que as coisas eram diferentes.

"Uma história curta e doce que nos remete para uma vida simples num adílico dia de verão."

A ESTRELA MAIS BRILHANTE

"O amor nunca falha. A vida de amor de Linda e William é resumida neste conto. Uma história de frustração e luta, mantendo o amor durante todo o processo."

A REVELAÇÃO DE MARGARIDA

Canadá

"Comecei a ler esta novela poucos minutos depois de a comprar e, assim que comecei, tive de a acabar. Gostei muito desta história. Está bem escrita, e é impossível não sentir pena da protagonista. E a surpresa no final fez-me cair o queixo".

DARRYL E EU

EUA.

"Assustador. Uma história curta e agridoce sobre a tragédia de uma mulher e a sua tentativa de lidar com ela enquanto está grávida."

U.K.

"Óptima história. Excelentes emoções. Senti mesmo pena da Cath e do Darryl."

O GUARDA-CHUVA E O VENTO

EUA.

"Ficção científica no seu estado mais moderno e atual. Uma boa leitura curta."

"O autor conta uma história de ficção científica imaginativa, que envolve ventos perigosos, um guarda-chuva voador, uma garrafa verde a girar e muito mais. Uma história curta com ação rápida."

Índia

"Que viagem emocionante! O fluxo é super rápido e a escrita consistente e suave. De alguma forma, fez-me lembrar Jerome K Jerome e Three Men In A Boat".

REINO UNIDO

"A mãe dos fins-de-semana maus encontra o extraterrestre. Escrito com um humor seco, este é um conto bizzarro com um objeto verde maciço, guarda-chuvas e armas. Uma história altamente imaginativa, se não mesmo louca, que o vai prender até à última página. Nota máxima para a imaginação criativa de Cathy McGough. Pode fazer-nos rir alto e entornar o café".

DESEJO DE MORTE

EUA.

"Li este livro em meia hora, ontem à noite, depois de me deitar. Senti-me triste por este homem que sentia que a sua vida não tinha sentido. McGough leva o leitor até ao limite e, mesmo quando ele já ultrapassou o ponto de não retorno, não se faz ideia de como as coisas vão acabar. Uma óptima história para ler ao almoço ou na pausa para o café."

"Gostei da criatividade de Cathy McGough ao produzir uma pequena novela de 20 páginas com uma grande experiência de mudança de vida de um homem que não conseguia encontrar o seu objetivo de vida."

"Já tinha este livro no meu KIndle há algum tempo, mas quando finalmente decidi lê-lo, não o larguei até o terminar. Apesar de ser uma leitura muito curta, o enredo e as personagens estão totalmente desenvolvidos. Adorei".

"Parece um episódio de Tales from the Crypt ou Twilight Zone."

"Adorei e, enquanto lia, perguntava PORQUÊ? Quando descobri, fiquei horrorizada, esse tipo de coisa é o meu pior pesadelo."

E.U.A. E U.K.

"O autor utiliza habilmente o monólogo interno da personagem para revelar a sua vida e a decisão com que se debate. Prendeu-me até ao fim. Esta história habilmente contada é uma leitura muito divertida e recomendo-a vivamente."

Índice

Dedicação

PARA DIANNE

Prefácio

Caros leitores,

Esta coleção de contos inclui seis dos favoritos dos meus leitores e sete novos contos que escrevi durante a pandemia.

Costuma-se dizer "fora com o velho e dentro com o novo", mas eu digo que devemos olhar para a vista toda.

Boa leitura!

Cathy

VINHO DANDELION

Estávamos em 1967 e o verão estava quase a terminar quando puxei a minha carroça vermelha e frágil ao longo de uma estrada sem saída de seixos. O barulho das rodas da minha carroça era um som familiar para as pessoas ao longo do nosso percurso.

"Belo dia para um passeio", dizia eu.

"Está mesmo. Agora tem um bom dia", respondiam.

Se eu e a minha amiga Sandra tivéssemos sorte, traziam-nos água gelada, cola ou limonada. Apesar de não vivermos nas redondezas, éramos tratados com simpatia pela maioria. A maioria, mas não todos os proprietários.

"Não sejas uma peste", dizia-me sempre o meu pai, e eu não era. Sempre me meti na minha vida. Não me metia em confusões nem tentava chamar a atenção para mim. Será que eu podia evitar que as rodas que rangem rangessem?

Eu era uma rapariga com um objetivo, por isso não importava que os meus braços estivessem a doer, embora eu desejasse que crescessem mais depressa. Não importava quando a carroça capotava num buraco ou quando rolava para a valeta.

Ainda assim, a mulher louca de uma das casas não me saía da cabeça. Tinha medo de passar sozinha pela casa dela.

Noutras visitas, ela gritava connosco por não fazermos nada. Ou praguejava connosco. Uma vez até mandou o seu cão sair, a babar-se e a ladrar. O rafeiro protegia a estrada como se fosse parte da sua propriedade. Olhei para o telhado, onde a velha bandeira canadiana soprava ao sabor da brisa. Alguns diziam que ela se recusava a hastear a nova bandeira com a grande folha de bordo. Ela e o cão davam-me arrepios.

A minha respiração acelerou quando me aproximei da casa temida. Como era uma rua sem saída, não tive outra hipótese senão passar. Parei e olhei para trás para ver se a Sandra estava a chegar. Ainda não havia sinal dela.

Então lembrei-me que o pé de coelho da sorte da avó estava no meu bolso. Deu-me coragem. Puxei a carroça com os dois braços e apressei-me a passar.

Eu sabia que a velha senhora Macguire estava lá. Não precisava de a ver. Podia senti-la. Na casa da esquerda, atrás das cortinas. A olhar-me com maus olhos. Ela odiava crianças, todas as crianças.

Algumas casas depois, quase tropecei nos atacadores. Pousei a carroça antes de me agachar para os apertar. Enquanto o fazia, olhei para trás por cima do ombro e vi as cortinas a contorcerem-se. Agora já não importava. Estava fora do alcance do seu mau olhado.

"Ei, espera! Espera!", o som da voz da minha amiga acompanhava as suas sandálias a tocarem no caminho de pedra.

Finalmente, a minha melhor amiga conseguiu chegar. A Sandra estava sempre atrasada para tudo.

Virei-me na direção dela e vi-a passar a correr pela casa da Velha Senhora Macguire. Ela estava sem fôlego quando me alcançou. Caímos nos braços uma da outra. Ambos tínhamos conseguido passar em segurança pela casa da velha bruxa.

"Já não era sem tempo!" disse eu, um pouco impaciente, quando nos separámos.

"Desculpa, tinha tarefas para fazer e a mãe estava decidida a escovar-me o cabelo. Ela disse que eu era uma vergonha pública!"

"O teu vestido é bonito", disse eu, reparando nas pregas e nos laços que adornavam os dois bolsos da frente. Era bonito, e completamente inapropriado para apanhar fruta.

A Sandra agarrou na sua metade da pega da carroça com uma mão e pressionou a parte da frente do vestido com a outra. "Odeio cor-de-rosa", disse ela.

A sua mão ao lado da minha encaixou-se perfeitamente e conseguimos puxar a carroça lado a lado com facilidade.

"A mãe fez-me prometer que ia parar na loja da esquina a caminho de casa e comprar um pão. Ela meteu a mão no bolso: "Vês, ela deu-me vinte e quatro cêntimos, mais um níquel para podermos dividir um gelado de banana."

"Oh, isso é algo pelo qual ansiar." Banana era o nosso sabor preferido.

Continuámos a andar. Um cão ladrou algures atrás de nós.

"Para receber o dinheiro do gelado, tive *de* usar este vestido estúpido."

"Não é estúpido", disse eu, mentindo e desejando ter um vestido bonito que pudesse usar num dia que não fosse dia de igreja. Com dois irmãos, uma irmã e outro bebé a caminho, não era provável que eu fosse comprar um vestido novo tão cedo.

A Sandra sussurrou: "Viste-a?" Eu sabia que ela estava a falar da Velha Senhora Macguire. "Sentiste o seu mau-olhado sobre ti hoje?"

"Não, porque cruzei os dedos e os olhos." Eu menti.

"Bem pensado", disse ela, deslocando a maior parte do peso para o seu lado e perguntando: "Queres que eu assuma o comando e puxe por um bocado?"

"Não, podes sujar o teu vestido." Sandra riu-se. "É mais divertido juntos", disse eu enquanto passávamos pela casa do Sr. Holiday e depois pela casa do Sr. e da Sra. Otter.

Quase a chegar ao nosso destino, ficámos calados. Como melhores amigas, não precisávamos de estar sempre a falar. O objetivo da nossa viagem era partilhado e dependia dos arbustos de groselha preta da menina Virginia Martin. Se houvesse muitas groselhas, ela podia deixar-nos levar uma parte. Se as colheitas fossem escassas, a nossa viagem teria sido em vão.

"Mal posso esperar para ver quanta fruta há", disse eu.

"Tenho a sensação de que teremos sorte", disse Sandra.

Parámos e olhámos para a casa de Miss Virginia. O jardim da frente estava sempre imaculado, era como se o vento soubesse soprar o lixo e as folhas para longe, para não estragarem o seu bonito relvado.

Desde pequena que procurava sempre caras amigas nas casas. A minha mãe dizia que era um hábito que com o tempo me iria habituar.

A casa da Sra. Virgínia tinha um rosto invulgar, mas simpático, com duas janelas redondas no topo. Quando os estores eram puxados a meio ou até ao fim, pareciam pálpebras. Esta caraterística era diferente de todas as outras casas que eu tinha visto.

Entre os olhos, crescia um nariz. Um nariz feito de tijolos. A diferença é que estes tijolos estavam de pé, enquanto os restantes estavam de lado. Fiquei arrepiado porque era como se o construtor soubesse que estava a fazer um nariz só para mim. Eu sei que isto provavelmente parece um disparate.

Depois, a boca em baixo, que foi moldada pelas portas duplas. Um vitral na parte superior fazia-a parecer uma fila de dentes com aparelho.

Adorava ficar a olhar para a casa porque era também um sítio onde a natureza prosperava. Ri-me ao lembrar-me de como a hera que crescia descontroladamente às vezes fazia com que a casa parecesse ter um bigode ou uma barba.

Reparei que a Sandra estava a cantarolar *Penny Lane*. Ela cantarolava sempre que estava aborrecida. *Os Beatles* eram bons, mas eu preferia *os Stones*.

Sandra tirava o cabelo loiro do rosto, enquanto as moscas zumbiam à sua volta como se a sua transpiração fosse um convite ao enxame.

Soltei-me da carroça e pus-me em bicos de pés para ver por cima da vedação. Esperava ser suficientemente alto desta vez, mas não

tive essa sorte. A Sandra tentou, pois era um pouco mais alta, mas também não conseguiu ver por cima. Eu segurei a carroça com firmeza enquanto a Sandra entrava e tentava ver por cima, mas nem isso conseguiu.

"Acho que é melhor irmos lá acima e perguntarmos", disse a Sandra.

"É justo."

Puxámos a carroça para o relvado da frente da casa da Sra. Virgínia e estacionámo-la, depois subimos o longo caminho de acesso que estava ladeado de flores. Os girassóis acenavam com a cabeça, curvando-se para nós como se fôssemos da realeza passando entre eles. Alguns dentes-de-leão debatiam-se na sombra dos seus primos.

"Lembras-te quando o meu pai nos deixou provar o vinho de dente-de-leão que ele fazia?

"Era a coisa mais horrível que eu já provei", disse Sandra.

"Eu sei, mas mesmo assim não o devias ter cuspido." Rimo-nos ao recordar o vinho que salpicou a camisa do pai. "O pai achou que foste muito mal-educado.

"Não era minha intenção." Ela olhou para os pés. "Sabem que mais? Podíamos pedir girassóis e vendê-los."

"Eles são bonitos, mas vamos manter o plano. A Sra. Smith disse que nos pagava duas moedas (cinquenta cêntimos) por todas as groselhas pretas que conseguíssemos carregar, por isso já temos um comprador. Nós não conhecemos ninguém que queira girassóis".

"Só pensei que alguém podia querer as sementes. Mas tudo bem."

Olhei de relance para o meu amigo e optei por não dizer mais nada sobre o assunto.

Ao fundo das escadas, reunimos os nossos pensamentos. Por experiência, sabíamos que o que importava não era o que dizíamos, mas como o dizíamos.

Da última vez falhámos, miseravelmente. A Sra. Virgínia disse que as groselhas ainda não estavam prontas. Disse que estava muito entusiasmada por criar novas receitas para a Feira Anual de outono.

Miss Virginia era famosa no nosso condado, tendo ganho inúmeras medalhas de ouro por receitas relacionadas com groselha preta. A sua fotografia aparecia frequentemente no jornal local, por vezes até na capa.

Por isso, guardar o fruto para si estava no seu direito, mas partilhar era o que o mundo pretendia. Esperávamos convencê-la a atribuir-nos uma porção de groselhas negras.

Nessa visita, a desilusão deve ter-se manifestado nos nossos rostos, porque Miss Virginia convidou-nos a ajudá-la a apanhar maçãs e pêras. Ofereceu-se para nos pagar dez cêntimos a cada um, mas isso não foi suficiente para apanharmos o que queríamos. Agradecemos-lhe a sua oferta generosa e amável, mas recusámos.

"E se ela disser que não?" perguntou a Sandra, encolhendo-se ao olhar-me nos olhos.

Estendi a mão e toquei nos longos cabelos loiros da minha amiga, e depois puxei um pouco a madeixa. "Anda, vamos descobrir."

A Sandra começou a correr, mas eu apanhei-a a tempo e pronunciei as palavras "DECORUM", ao que a Sandra respondeu: "Hã?" "Mais devagar", sussurrei. "Lembra-te que somos jovens senhoras".

Nós rimo-nos. A Sandra voltou a alisar a parte da frente do seu vestido.

Eu tirei as minhas mãos dos bolsos e tentei alcançar a aldraba. Antes mesmo que eu a tocasse, Dona Virgínia abriu a porta. Estava a sorrir, não só com a boca mas também com os olhos. Estava feliz por nos ver, o que era um bom sinal.

"Quem temos aqui nesta bela manhã?", perguntou ela, sabendo muito bem quem estava ali, porque eu e a Sandra tínhamos voltado todo o verão. Já tínhamos subido ao seu alpendre mais de uma dúzia de vezes a perguntar pelas groselhas.

"Somos nós, eu e a Sandra", disse eu e as duas fizemos uma espécie de vénia. Foi a nossa melhor tentativa de fazer uma vénia, embora a verdadeira Rainha de Inglaterra talvez não pensasse assim. A Sra. Virgínia aplaudiu.

"Ora, ora", disse Miss Virginia, enquanto nos olhava de cima a baixo. Sandra com o seu lindo vestido cor-de-rosa e eu com o meu macacão. "Vocês duas não parecem..." Ela hesitou. "Vocês fazem-me lembrar..." Fez uma pausa, as suas palavras e expressão facial congelaram. Os seus olhos ficaram tristes, apenas por um segundo. Ela sorriu. "Vocês parecem uma fotografia, na verdade, eu gostaria de tirar uma fotografia, se não se importam?"

A sua mudança de feliz para triste e de novo para feliz fez-me doer o estômago. Olhei para a Sandra e concordámos. A Sra. Virgínia convidou-nos a entrar e esperar enquanto ela preparava a máquina fotográfica. Na outra sala, ouvimo-la abrir e fechar gavetas.

"Estou preocupada com a carroça", sussurrou Sandra.

Eu recuei e olhei pela janela. "Está tudo bem." Depois disso, mantive-me atento à carroça, pois não queria que voltasse a desaparecer.

Como daquela vez em que entrámos para beber um copo de limonada. Quando voltámos a sair, tinha desaparecido. Andámos e andámos para tentar encontrá-la, mas não havia sinal da carroça.

A Sandra e eu fomos para casa. Eu estava muito triste, chorava como um bebé. A carroça significava muito para mim, com rodas que chiavam e tudo. Tinha sido uma prenda de Natal dos meus avós.

Os nossos pais e amigos procuraram-na até que a luz da rua se acendeu. No dia seguinte, pusemos um anúncio nos Perdidos e Achados. Foi encontrado fora da área florestal, virado num campo de um agricultor.

Nós, a Sandra e eu sabíamos quem o tinha posto lá. Claro que foi a Velha Senhora Macguire, mas não tínhamos provas. O meu pai dizia que não se devia acusar ninguém sem provas, mas nós vimo-la a olhar para nós com o seu mau-olhado.

Nessa altura, Miss Virginia voltou com uma Kodak Instamatic. Eu tinha visto um anúncio para ela no exemplar da revista Life do meu pai. A 104 era uma verdadeira maravilha.

"Juntem-se, meninas."

"A luz não seria melhor lá fora?" Eu perguntei.

Ela sorriu e abriu a porta da frente.

Ficámos à espera no alpendre, tentando não nos mexermos muito enquanto a Sra. Virgínia decidia onde queria que ficássemos para obter a melhor luz.

Apoiei-me na parede do alpendre, tentando vislumbrar os arbustos de groselha preta, mas não adiantou.

"Hmmm," disse a Sra. Virgínia, "porque é que não vamos para o jardim? Com tudo a florir, podíamos tirar umas fotografias maravilhosas".

Sandra e eu sorrimos.

Descemos as escadas. Sandra chegou ao fundo num salto rápido, para meu desdém. A Sra. Virgínia não pareceu se importar. Fomos andando atrás dela, ouvindo cada palavra. "Aqui é onde cresce a salsa, e aqui estão os meus tomates. Como cresceram este ano. Não há nada como molho de tomate fresco. E aqui está a minha plantação de dentes-de-leão. Uso-os para fazer vinho de dente-de-leão".

Sandra arfou e fez uma careta.

Miss Virginia não pareceu notar. "E aqui está a minha plantação de groselhas, mas claro que vocês já sabem essa."

Tentei não parecer muito entusiasmada e olhei por cima do ombro para a carroça, avaliando a quantidade que podíamos carregar numa só viagem. Quem me dera tê-lo trazido para o jardim connosco.

Senti o braço de Sandra roçar no meu. Reparei que a boca dela estava muito aberta enquanto olhava para as groselhas. Parecia um cão à espera do seu jantar.

"Eu fechava-a, menina," exclamou a Sra. Virgínia, "a não ser que queiras apanhar moscas."

Sandra escondeu a boca atrás da mão.

Dona Virgínia riu quase como uma gargalhada enquanto olhávamos para os arbustos de groselha preta em plena floração. As frutas estavam penduradas ali, prontas para serem colhidas. Montes e montes de groselhas. Estávamos tão excitados que soltámos um grito.

"Primeiro as fotografias", lembrou-nos a Sra. Virgínia. A senhora Virgínia tentou encontrar o melhor ângulo possível, tendo em conta que as árvores estavam a esticar-se à luz do sol, criando sombras.

Percebi que, com tantas groselhas prontas para serem colhidas, a Sra. Virgínia precisaria da nossa ajuda e teria de nos oferecer mais dinheiro do que quando nos pediu para colher as maçãs e as peras. Com as maçãs e as peras, estávamos limitados ao que podíamos alcançar. Com os arbustos de groselha preta, podíamos andar à volta e apanhar todas as groselhas.

"Podemos apanhar algumas agora?" perguntou a Sandra.

Abanei a cabeça, esperando que ela não tivesse estragado as nossas hipóteses.

"Gostava de tirar uma fotografia com os arbustos de groselha atrás de ti. Cuidado, não as esmaguem, não as arranquem e não comam nenhuma antes da fotografia ou as vossas mãos e bocas ficarão manchadas. Oh, acabei de me lembrar. Agora, esperem aqui enquanto eu entro por um momento".

Sozinhas, posicionadas mesmo em frente às groselhas, era como se estivessem a chamar pelos nossos nomes. Ficámos inquietas. Esperámos. Tentámos não ouvir o sussurro das groselhas. Convidaram-nos a colher uma. Para provar.

"Isto é uma loucura", disse a Sandra. Abriu e fechou os punhos. Virou-se e encarou os arbustos de groselha preta.

Eu virei-me também. "Concordo. Mas se esperarmos pelas groselhas, ganhamos dinheiro suficiente a vendê-las numa tarde."

"Certo", disse Sandra, enquanto olhava para os cachos de fruta. "Mas eu preciso de comer uma"

"Não," disse eu.

"Mas ela nunca vai saber!"

"Está bem, vamos apanhar uma baga."

"Mas são tão pequenas."

A Sandra escolheu uma e eu também. Meti-a na boca e o doce e o azedo fizeram-me querer outra. E mais outra. Pegámos numa mão cheia e atirámo-las à boca. O sumo das groselhas cobriu-me a língua.

A menina Virgínia voltou para o jardim.

Devemos ter sido uma visão e tanto. A Sandra com o sumo espalhado na cara e no vestido. Eu a esconder as mãos nos bolsos.

A Sra. Virgínia não ficou zangada connosco. Em vez disso, ela disse: "Oh, meu Deus, olha para o teu lindo vestido". Abanou a cabeça. Ela se afastou. "Por hoje é tudo, meninas. Agora vão para casa".

"Mas Miss Virgínia. E as groselhas?"

"Sim," disse Sandra, "Pedimos desculpa por não termos esperado, mas elas estavam a chamar por nós."

A Sra. Virgínia riu-se. "Eu lembro-me quando elas chamavam por mim e pelas minhas irmãs."

Ela ficou toda triste de novo e meu estômago fez aquela coisa engraçada. "E as fotos?"

A Sra. Virgínia pediu-nos para irmos para os nossos lugares e depois disse: "Digam queijo". Depois de algumas fotos, ela perguntou: "Por que é que vocês estão tão interessadas nas minhas groselhas?"

A Sandra sussurrou-me ao ouvido e concordámos em contar-lhe tudo.

"Dona Virgínia, nós queremos ganhar dinheiro para trocar pulseiras da amizade. Vimo-las no mercado e custam 25 cêntimos cada uma", disse Sandra.

"A senhora do mercado fá-los ela própria. Ela disse que podíamos fazer uma cerimónia de amizade e depois seríamos melhores amigas para sempre".

A Sra. Virgínia não falou de início. Em vez disso, ela saiu pelo portão e nós seguimo-la. Ela parou e tocou os rostos dos girassóis, como se as flores fossem velhas amigas. Ela parecia perdida em pensamentos.

Perguntei-me se estaríamos a pedir demasiado e a oferecer muito pouco em troca.

"Venham comigo," disse Miss Virginia enquanto começava a apanhar dentes-de-leão. Quando tinha os braços cheios, passou alguns a Sandra, apanhou mais e passou-os a mim. Ainda não tinha terminado, apanhou mais e guardou-os na parte da frente do vestido. Sentou-se e fez um monte com as flores que tinha apanhado. Pediu-nos para juntarmos as nossas flores às dela. Sentamo-nos também, Sandra de um lado e eu do outro.

Dona Virgínia pegou uma flor, depois outra. Ficámos a ver como ela introduzia a unha nos caules e deixava correr o leite do dente-de-leão. Embora os seus dedos ficassem pegajosos, ela continuava a enfiá-los uns nos outros, criando um fio de dentes-de-leão. Terminou um fio e começou outro.

"Estás a ver esta substância leitosa? perguntou a Sra. Virgínia. Nós acenámos com a cabeça. "O que é que acham que é?

"É sangue?" perguntou Sandra.

Também me perguntei isso, mas não queria dizer porque nunca tinha ouvido falar de sangue branco. Não me aventurei a adivinhar e encolhi os ombros.

"Vocês já ouviram falar de látex?

Abanámos a cabeça.

"Eles usam-no para fazer borracha."

"Queres dizer, como a minha bola de borracha da Índia?"

"Ela salta muito alto!" disse a Sandra.

"Sim, meninas, já perceberam. É por isso que é tão pegajosa". Ela continua a enfiar as flores. "Costumávamos fazer isto, as minhas irmãs e eu, quando tínhamos a vossa idade.

"O que é que lhes aconteceu, quero dizer, às tuas irmãs?" perguntou Sandra.

"Elas estão no céu", disse ela, enquanto começava um terceiro cordão de flores.

"Pelo menos elas estão juntas."

Miss Virginia deu-me uma palmadinha na mão. "És muito madura para a tua idade, não és? Disseste que tinhas acabado de fazer sete anos?

"Disse.

"E tu Sandra?

"Eu também tenho sete anos.

A menina Virgínia olhava para o céu e, durante alguns momentos, observámos as nuvens que passavam por cima de nós.

"Aquela parece um urso", eu disse, apontando para cima.

"E aquela parece uma grande mancha de nada", disse Sandra.

Nós rimos. A Sra. Virgínia tinha uma risada adorável. "Agora, quem é o primeiro?", perguntou ela, e como eu estava mais perto dela, pegou no meu braço. Colocou o fio de flores no meu pulso e fechou o círculo: era uma pulseira. Fez o mesmo no pulso de Sandra, depois fechou o terceiro em torno do seu.

"Ah", disse dona Virgínia, percebendo que ainda lhe restavam alguns dentes-de-leão. Começou a amarrá-los até não ter mais nenhum. Ela se levantou. Nós também nos levantámos.

Dona Virgínia colocou o fio de flores na cabeça de Sandra. "Chama-se uma grinalda", disse ela. "Queres uma também?"

"Não, obrigada", eu disse.

"Eu poderia fazer um colar bonito para ti?"

Olhei para os meus pés. "Não quero gastar todos os dentes-de-leão. Precisas deles para o vinho".

Sandra cruzou os olhos e pôs a língua de fora.

A Sra. Virgínia não prestou atenção à careta de Sandra.

"Oh, não há problema nenhum," disse a Sra. Virgínia, 'ainda tenho alguns que sobraram do ano passado,' e começou a apanhar. Nós juntámo-nos e, com as três a trabalhar em conjunto, em pouco tempo eu estava a usar um lindo decote solarengo. Quando eu rodopiava, ele também rodopiava.

Satisfeitas com os nossos adornos, a Sandra e eu não tínhamos pressa em partir e passámos a tarde a arrancar ervas daninhas e a arrumar o jardim.

Quando estava quase na hora do jantar, dissemos que tínhamos de ir.

"Esperem aqui só um momento", disse dona Virgínia. Ela voltou com uma toalha de banho, uma bacia cheia de água e sua carteira. "Posso?

Quando Sandra assentiu, Dona Virgínia mergulhou o pano na água e tirou a mancha do vestido de Sandra. "Vai secar enquanto vais para casa." Ela usou o pano nas nossas mãos e nos nossos rostos.

"Obrigada", dissemos.

"Ah, e mais uma coisa", ela pegou na carteira e deu-nos duas moedas.

Afinal, podíamos comprar as pulseiras da amizade!

Sem hesitação ou consulta, recusámos com gratidão.

A senhora Virgínia não pareceu importar-se. "Até para o ano", disse ela antes de fechar a porta da frente.

Puxámos a carroça vazia pela estrada esburacada, segurando a pega com cuidado para não danificar as nossas pulseiras.

"Talvez no ano que vem?" perguntou Sandra.

"Sim, talvez no próximo ano", respondi. "Agora, vamos buscar o pão".

A Sandra meteu a mão no bolso. Mexeu no troco. "Não te esqueças do gelado de banana."

Quando chegámos à loja da esquina, largámos a pega e entrámos a correr, sem pensar na velha senhora Macguire.

EPÍLOGO

Voltei a esta rua com o meu filho adolescente quarenta e sete anos mais tarde e, como podem imaginar, muitas coisas tinham mudado. Algumas para o bem e outras não.

A rua já não era um beco sem saída. Estava totalmente pavimentada e alargada, pelo que já não havia valas. A maior parte das casas tinha sido reconstruída com paredes de madeira e alumínio. Algumas tinham antenas parabólicas.

Agora que a rua estava aberta, uma nova estrada, muitas casas, uma torre de telemóveis e uma central hidroelétrica preenchiam o espaço.

A casa de dona Virgínia foi demolida e transformada em unidades. O jardim das traseiras foi transformado num parque de estacionamento.

A casa da velha senhora Macguire está praticamente na mesma, embora as cortinas tenham sido substituídas por persianas californianas.

A Sandra e eu seguimos caminhos diferentes quando a família dela se mudou para o Norte. Ela regressou a casa em 1975 e fomos ver o filme *Jaws*. Depois disso, perdemos o contacto.

A minha carrinha vermelha passou para os meus irmãos, para as minhas irmãs e depois para os meus primos. Se pudesse falar, teria muitas histórias maravilhosas para contar.

A simples menção de groselhas negras ainda me leva de volta ao verão de 67.

A ESTRELA MAIS BRILHANTE

Era tarde da noite e um jovem casal encontrava-se sob o manto do céu noturno sem obstáculos. Atrás deles, um muro de sempre-vivas perfumadas guardava os limites.

Sob a lua cheia, William e Linda estavam de mãos dadas, embora os seus olhos e espíritos fossem consumidos pelas estrelas.

O céu da meia-noite estendia os seus braços abertos sobre eles. No abraço da noite escura, dançaram lentamente o repertório selecionado do Northern Mockingbird, enquanto as estrelas e os pirilampos disputavam a atenção.

O casal sentia-se como se fossem os únicos dois seres vivos que restavam na Terra. Juntos, estavam à beira do mundo, observando, ouvindo, casados com o céu e, depois que o pássaro-dos-olhos se afastou, com os sons estimulantes do silêncio.

Até que uma estrela solitária se acendeu, mesmo ali à frente deles, chamando a atenção para si própria. Uma estrela cadente. Caindo. Queimando um caminho no céu. A chiar, dentro de uma corrente eléctrica invisível, a acelerar, a cair.

"Ouve, ouviste aquilo?" perguntou Guilherme.

"Sim, parecia um som de anjos a bater as asas", respondeu Linda.

Ficaram a ver como avançava, mudava de rota e desaparecia atrás de uma nuvem. A experiência de o ver, de o partilhar, fez com que o casal sentisse que fazia parte de algo maior do que ser, algo de outro mundo.

Todos nós nascemos da poeira das estrelas. Ligados para sempre, tanto os vivos como os mortos.

Quando a estrela deixou de ser visível, o casal sentou-se junto e esperou que algo mais acontecesse. Nenhum deles falou, pois estavam a guardar a memória, misturando sentimentos e sensações. O momento ficou gravado nas suas mentes para sempre.

Linda e William sabiam uma coisa com certeza: a natureza era a chave. Nos dias em que tudo parecia impossível, em que a vida era impossível de viver - uma ligação espiritual aos elementos curava-os. Deu-lhes esperança e elevou os seus corações, mentes e corpos.

"Pediste um desejo?" Linda perguntou enquanto um bando de Geeze do Canadá buzinava no céu.

"Não, já te tenho a ti", respondeu Guilherme enquanto pegava Linda ao colo. O jovem casal continuou a olhar para o céu até que os gansos deixaram de ser vistos ou ouvidos.

Linda e Guilherme tinham passado por tanta coisa juntos e, no entanto, para cada um deles, o outro era suficiente.

"Sabes, eu podia ficar aqui sentada para sempre contigo, William, e deixar o mundo passar. Eu não sinto que estou perdendo nada, e eu gosto quando o mundo está quieto e é quase como se você e eu estivéssemos abandonados numa ilha só nossa."

William abraçou-a cada vez mais e Linda agora estava sentada confortavelmente no colo dele.

Enquanto davam as mãos, uma sirene tocou ao longe. Por momentos, o seu pequeno mundo foi invadido por ela, até que William, numa voz sussurrada, começou a recitar o seu poema favorito de Walt Whitman:

*"Quando ouvi o astrónomo erudito,Quando as provas, os números, estavam dispostos em colunas diante de mim,Quando me mostraram os gráficos e diagramas, para os somar, dividir e medir,Quando me agitei a ouvir o astrónomo onde ele deu uma palestra com muitos aplausos na sala de conferênciasQuanto tempo depois, inexplicavelmente, fiquei cansado e doenteAté que, levantando-me e deslizando para fora, vagueei sozinhoNo místico ar húmido da noite, e de vez em quando, olhava para cima em perfeito silêncio para as estrelas."**

Uma sirene gritou ao longe, quebrando o momento. Seguida de outra e de uma terceira. Os ecos rasgaram a calma, mas apenas por um tempo fugaz como a estrela. Um gritando, outro queimando. Ambos a precisarem de chegar a algum lado - rapidamente. O primeiro um som feio e áspero, um som que significava perigo e caos. Um ser humano precisava de ajuda, imediatamente. O segundo, uma estrela, belas asas de anjo a bater, a morrer. Fim.

Assim é a vida e assim é a morte. Todos acabamos da mesma maneira, por mais que gritemos ou por mais que nos esforcemos para nos destacarmos, para sermos úteis.

O casal permaneceu sentado, totalmente perdido no momento. Partilhando cada respiração enquanto a noite se desenrolava à sua volta. Os grilos chilreavam e os mosquitos zumbiam. As árvores gemiam, manifestando a sua indignação contra o vento que as acordava prematuramente.

Linda lembrou-se do dia em que conheceu William. Ela estava no liceu e eles tinham dezasseis anos. Linda era a miúda nova, de uma família de militares que andava sempre a mudar de casa. Mesmo assim, ela nunca teve problemas em se encaixar ou fazer amigos porque ela era doce e bonita e as pessoas eram atraídas por ela. No primeiro dia em que viu William no campo de futebol, ela soube que ele era a pessoa certa para ela. Ele olhou na direção dela, sorriu e, algum tempo depois, convidou-a para sair. Em breve eram um casal, namorados de liceu. Destinados a ficar juntos para sempre.

William era filho único e o seu primeiro amor era o desporto. Esperava conseguir uma bolsa de estudos de futebol numa das melhores universidades depois de se formar. Quando não estava a treinar, estava a jogar. Não era um estudioso, longe disso, mas admirava o trabalho exigente e era um excelente juiz de carácter. Um dia, viu a Linda a lutar para abrir o cadeado do seu cacifo. Ofereceu-se para ajudar, mas o cadeado abriu-se assim que ele pediu. Depois desse dia, ele quis convidá-la para sair, mas não o fez até ao dia em que trocaram olhares no campo de futebol. Quando ela sorriu para ele, ele soube que ela era a tal.

Infelizmente, os seus percursos profissionais levaram-nos em direcções diferentes. Foi uma despedida com lágrimas nos olhos de ambos. Ambos prometeram vir a casa todos os fins-de-semana e manter o contacto todos os dias. No início, mandavam mensagens e telefonavam diariamente, depois passou a ser dia sim, dia não, e depois semanalmente. Mas não fazia mal, porque continuavam a ir a casa todos os fins-de-semana, para se verem e estarem juntos. O afastamento e o reencontro tornaram-nos mais fortes e mais ligados.

Depois aconteceu algo, mas nenhum deles sabia ao certo o que era. Talvez estivessem demasiado ocupados, ou talvez o facto de estarem separados se tenha tornado a nova norma.

Sentindo falta da companhia um do outro, mas não a podendo ter, começaram a sair com outras pessoas. Concordaram em sair com outras pessoas, para testar as águas, por assim dizer.

William namorou uma ou duas vezes, mas independentemente de quem visse, só conseguia pensar em Linda. Ele perguntava-se o que é que ela estaria a fazer e com quem estaria. Ele tentava não se importar, quando as pessoas falavam dela ou a viam num encontro, mas ele se importava - ele a amava - ela era tudo para ele - mas se ela estava feliz, ele era homem o suficiente para se afastar e dar tempo para ela descobrir o que ele já sabia.

Linda também namorava, era uma beldade, e era inteligente. Ela tentou afastar William e os pensamentos sobre ele da sua mente.

Ela tentou de tudo, namorou rapazes diferentes de William, mas sempre faltava alguma coisa. Quando ela soube que ele andava com outras mulheres, ela levantou o queixo e disse: "Se ele consegue, eu também consigo." Uma das suas amigas, que secretamente queria William para si, desprezou-a e Linda continuou a sair com um rapaz que ela sabia que não era para ela. Na verdade, nenhum dos rapazes estava à altura de William porque ela o amava e só a ele. O seu coração não podia amar nenhum outro.

Então ela foi para casa, e William também estava em casa, e eles correram um para o outro como os actores faziam nos filmes e juraram que quando se formassem, nunca mais se separariam. E assim aconteceu.

Quinze anos depois, ainda casados. Continuam juntos.

Mesmo quando perderam os seus empregos. Trabalhar na mesma empresa tinha as suas vantagens, mas não quando a economia ia mal e era o último a entrar, primeiro a sair. A Linda foi despedida primeiro e esforçou-se por encontrar outro emprego, mas com o bebé a caminho, decidiram ficar na mesma empresa, com o William a trabalhar a tempo inteiro e com todos os benefícios médicos e a Linda a ficar em casa até o filho ter idade suficiente para frequentar a creche (que a empresa tinha no local).

Em vez de a economia melhorar, piorou e, em breve, William também ficou desempregado. Ambos aceitaram biscates, onde e quando podiam, dividindo os cuidados com o filho, uma vez que contratar uma ama seria demasiado dispendioso e precisavam de cada cêntimo para continuar a pagar a hipoteca.

Quando já não havia emprego, perderam a casa. Hipotecaram-na até ao limite, tal como todos os seus amigos, e ficaram sem casa. Viveram no seu carro durante alguns meses, até que os credores os localizaram e o recuperaram também.

Mantiveram-se juntos, fortes. Agarrados um ao outro.

Quando perderam o filho, tudo foi posto à prova. Sem seguro de saúde, sem casa, sem morada. Um vírus, uma gripe, uma pneumonia e, numa noite, ele desapareceu.

Perdê-lo quase os levou ao limite. Cambaleavam e cambaleavam, enquanto as ondas de desespero os arrastavam para baixo, e as garrafas de álcool auto-medicado os puxavam para cima por alguns momentos e depois os atiravam para a sarjeta e quase os despedaçavam. Agora, tudo o que tinham eram recordações do seu filho e uma fotografia emoldurada numa ranhura de plástico no centro de uma almofada que transportavam numa mochila com uma muda de roupa, artigos de higiene e um rolo de papel higiénico.

Depois descobriram uma ligação ao filho através da natureza. Caminhavam, cada vez mais alto, sentindo a sua presença em relação ao céu. Não precisavam de se alimentar ou, quando precisavam, encontravam algo na natureza. Tomavam banho nos riachos, comiam maçãs e bagas silvestres. Dentes-de-leão e espargos selvagens. Cabeças de violino e cebolinhas. Agriões e arroz selvagem do Norte. Tudo iguarias que conseguiam colher e preparar sem nada à mão. E água, bebiam o orvalho matinal das folhas das árvores e, quando chovia, abriam a boca para o céu e bebiam até se fartarem.

E encontraram este sítio, bem acima das luzes da cidade. Longe da tentação e da poluição sonora. Rodeados pela natureza, onde podiam estar totalmente juntos. Num lugar onde não precisavam de se esconder da dor, onde a natureza a absorvia por eles, neles.

Onde a simplicidade de uma estrela que desce podia cativá-los e trazer-lhes o filho de volta num instante, na morte de uma estrela nocturna.

"É melhor dormirmos um pouco, amanhã é um grande dia", disse William, enquanto esticava os braços e bocejava.

"No entanto, detestava ver isto acabar."

Um coelho saltava pela relva, parando de vez em quando para cheirar o ar. Os seus estômagos roncavam, mas nenhum deles estava disposto a tirar uma vida por uma refeição.

Linda meteu a mão na mochila e tirou a almofada. Beijou a fotografia do filho e William fez o mesmo.

William deu uma palmadinha num lugar para si e depois num lugar para Linda.

Linda afofou a almofada. Deitou-a no chão e pousou a sua face sobre a fotografia do filho. William fez o mesmo.

Aconchegaram-se bem juntinhos, como duas colheres.

Como William estava atrás, desdobrou cuidadosamente as páginas do jornal. William segura os jornais junto ao peito, protegendo-os como se fossem mais valiosos do que ouro.

Quando o ar ficou calmo de novo, William cobriu Linda com a primeira e a segunda páginas, depois cobriu-as com a terceira e a quarta.

Eles se aconchegaram mais perto. Tão próximos quanto dois seres humanos poderiam estar.

"Boa noite, amor", disse ele.

"Boa noite, amor", respondeu ela.

*Quando Ouvi o Astrónomo Aprendido por Walt Whitman 1865

MA REVELAÇÃO DE MARGARIDA

A primavera estava no ar. Mesmo assim, Margarida não conseguia sair do marasmo.

Quando os sentimentos a dominavam, Margarida abraçava-se a si própria porque mais ninguém se oferecia para o fazer. Os amigos diziam que ela estava a fugir. Ela devia falar mais alto. Pedir, não *exigir* o que precisava. Diziam-lhe que não devia estar à espera que o marido tivesse E.S.P.

Nessas alturas, Margaret enrolava-se numa bola de pelo imaginária, como uma mamã ursa. Depois esticava-se e bocejava, como se estivesse a acordar de uma longa hibernação de inverno.

Bebe mais um copo, diziam eles, como se o facto de te embebedares melhorasse as coisas.

Margaret ansiava por um novo começo. Um renascimento sazonal, em que pudesse voltar a ligar-se ao seu âmago.

***

Às cinco da manhã, num subúrbio de Toronto West, perto do Lago Ontário, os pássaros tinham regressado das suas férias de inverno. Alguns permaneceram durante todo o ano - estes ela considerava os seus amigos de todas as estações. Já tinham desnudado o arbusto de Huckleberry. Para os trazer de volta, Margaret encheu os comedouros com sementes de girassol de óleo preto.

No inverno, o repertório de vozes de pássaros variava entre gaios-azuis, cardeais, pombas e gralhas. Margaret esperava no silêncio todas as manhãs para os ouvir trazer os novos dias. Refrescada no corpo e na mente, fechava os olhos e voltava a adormecer. Até que vozes discordantes a despertavam.

Era o seu filho adolescente contra o seu marido. Apesar de partilharem o mesmo sangue, as suas hormonas disputavam o domínio e chocavam entre si - especialmente logo pela manhã.

Margaret e Michael Lindstrom casaram há treze anos e o seu filho, agora com treze anos, nasceu pouco tempo depois. Alguns diziam que o casal *tinha* de se casar, mas não tinham nada a ver com isso.

Tinham-se conhecido num encontro às cegas e tinham-se dado logo bem. Michael era um executivo no sector dos transportes. Margaret trabalhava em dois empregos enquanto frequentava a faculdade para obter um bacharelato em Design Gráfico.

O Michael trabalhava muitas horas. Com Margaret a estudar e a ter dois empregos, o casal não se via com frequência. Mas quando se viam, as faíscas voavam. O amor estava no ar. Pessoas desconhecidas vinham ter com eles, comentando como estavam apaixonados, e o sol nunca deixava de brilhar quando passeavam de mãos dadas.

As amigas da Margarida tinham ciúmes por ela ter um namorado fixo e estavam preocupadas. Com os seus horários de trabalho ocupados, mal tinham tempo para uma aventura, quanto mais para uma relação completa com um homem mais velho.

"Diverte-te sem expectativas", aconselhava Annabelle, embora ela própria, para evitar complicações, tivesse uma política de porta aberta que lhe permitia mudar de parceiro de um momento para o outro.

"Mas eu gosto dele. Quero dizer, gosto *mesmo* dele", respondeu Margaret.

"Se está destinado a ser, pode esperar até depois de te licenciares", disse Lizzy, que estava no jogo da Universidade a longo prazo. Ela estava a tirar um bacharelato em Astrofísica, depois passou para um mestrado em Ciências e ainda estava a decidir qual o curso a tirar depois de se formar. "É velho, mas não ancião, e não é provável que se vá embora tão cedo.

Ele é amável, gentil e atencioso. Além disso, convidou-me para um concerto de trabalho para conhecer os seus colegas. Diz que me quer exibir". Ela sorriu.

"Já tens muito em que pensar, com dois empregos e a licenciatura," Annabelle ofereceu. "Já para não falar que és demasiado nova para te amarrares. A não ser que vocês os dois estejam a fim disso." Ela zombou e bateu os copos com Lizzy.

"Eu poderia dizer não, eu acho," Margaret disse, colocando mais um pouco de vinho em seu copo.

"O que tu não queres fazer," disse Lizzy. "Eu digo para ires. Conheça todas as pessoas chatas com quem ele trabalha todos os dias. Isso vai certamente curar-te de quaisquer ilusões que tenhas sobre ele - se nada mais acontecer."

Margaret suspirou e voltou aos seus estudos. Ele não era assim tão velho, e não agia como tal. Uma diferença de sete anos não era nada hoje em dia.

Mais tarde, saiu para jantar com Miguel, onde conheceu alguns dos seus colegas de trabalho. Ela estava mais perto da idade deles do que Michael, mas ele dava-se bem com toda a gente e, surpreendentemente, ela divertiu-se. Ela gostou quando Michael a apresentou como sua namorada. Depois de o ter dito, ele olhou para ela como se esperasse que ela o refutasse, mas ela pegou-lhe na mão. Ela gostava muito de fazer parte da vida dele.

Pouco tempo depois do trabalho, Michael convidou Margaret para o acompanhar numa viagem de negócios fora da cidade. Ela disse que não, mas depois a tentação de visitar Seattle, Washington, fê-la questionar a sua decisão. Afinal de contas, ela ainda podia estudar e uma pausa na sua rotina diária seria bem-vinda. Se ela fosse, quando voltasse, iria realmente dedicar-se aos livros.

"As despesas estão todas pagas", coagiu Michael. "Eu estarei fora durante o dia... terás muito tempo para estudar - na piscina - na banheira de hidromassagem."

Ela abanou a cabeça em sinal negativo, mas ele percebeu que ela estava a fraquejar.

"E vamos voar em classe executiva."

Bem, isso bastou. Ela fez a mala e lá foram eles para Seattle, onde, durante o dia, ela estudava. À noite, viam os Mariners jogar numa noite e iam ao Trator Tavern Rock Club noutra. Ouviram Bill Clinton dar uma palestra no Seattle Centre. Subiram ao Space Needle e apreciaram as vistas do Chihuly Garden e foram ao Museu da Cultura Pop. Era como se estivessem em lua de mel; o amor estava no ar e conceberam o Tommy.

Margarida e Miguel não tinham falado de filhos. Margaret não sabia como abordar o assunto. Considerou a hipótese de fazer um aborto, mas não tinha coragem de magoar alguém que não tinha escolhido nascer. Convidou Miguel para jantar fora e abordou o assunto.

"Eu quero uma família, muitos filhos", disse ele.

Ela sorriu.

"Mas eu não me vejo como o tipo de pessoa que se casa", ele fez uma pausa. "No entanto, se houvesse uma criança envolvida, eu consideraria a hipótese de me casar. Todas as crianças merecem o melhor começo possível".

"Acho que estou grávida", disse ela sem rodeios.

Ele ficou calado no início, mas depois deu um salto e abraçou-a. Ele disse que eles precisavam de ter a certeza. Ela marcou uma consulta com o seu médico. Quando ele confirmou o que ela já sabia, agarraram-se um ao outro a chorar como idiotas. Mesmo agora, quando pensava nesse dia, tinha de lutar contra as lágrimas.

Abandonou a faculdade quando os enjoos matinais tomaram conta da sua vida. As aulas perdidas pareciam acumular-se.

Quando se tornou claro que teria de repetir o ano inteiro, Margaret tirou uma licença sabática e concentrou-se totalmente no futuro. Havia muito para fazer antes da chegada do bebé. Venderam o apartamento dele. Compraram uma casa nos subúrbios e fizeram um casamento rápido na Conservatória do Registo Civil para oficializar tudo.

A futura mãe passou os dias a tornar a sua casa mais acolhedora. Quando descobriram que iam ter um rapaz, a Margarida avançou a toda a velocidade com a criação de um maravilhoso quarto de bebé. Escolheram um tema desportivo, basebol, hóquei, basquetebol. Até futebol. Todas as actividades desportivas que ela e o Michael gostavam de ver na sua televisão de ecrã plano.

Quando o Miguel estava a trabalhar, por vezes a Margarida fazia um tabuleiro com alimentos como gelado, aipo, cogumelos e salsa. Depois, punha-se em frente à televisão, punha uma música relaxante para o bebé e lia para ele. Margaret já tinha perdido a conta de quantas vezes tinha lido *What to Expect When You're Expecting* para o seu pequenino. Para ela, era como uma bíblia para o bebé e a partilha de conhecimentos reforçava ainda mais a sua ligação.

Numa tarde de sol, foi à livraria local de livros em segunda mão com uma lista dos livros preferidos que tinha adorado em pequena. Tinha-se esquecido de perguntar ao Mark quais eram os seus livros preferidos, mas ele nunca foi muito de ler. Foram precisas duas viagens para trazer todos os livros para dentro de casa. Sentou-se no sofá, com as caixas de livros à sua frente. Não podia acreditar que os tinha encontrado todos! Até o Pokey Little

Puppy, que foi o primeiro livro que ela aprendeu a ler sozinha. Ah, e ela folheou cópias de Charlotte's Web, Anne of Green Gables, Curious George, The Bobbsey Twins, Heidi e toda a série Harry Potter. Mark riu-se e disse que era melhor investirem numa estante. Ele fez melhor do que isso, construiu uma ele próprio, dizendo que não haveria nada daquela mobília de mumbo jumbo no quarto do seu filho.

Pouco tempo depois, Tommy chegou e era a mais bela obra de arte que ela alguma vez tinha visto. Por vezes, nem queria acreditar que ela e o Miguel o tinham criado. O seu coração cresceu, ela nunca pensou que pudesse amar alguém mais do que amava o Miguel: e amava-o muito.

O Miguel queria ter outro bebé imediatamente, mas uma segunda gravidez não estava nos planos. O parto de Tommy tinha sido difícil e o médico aconselhou-os a não tentarem novamente. O Miguel concordou que não valia a pena correr esse risco e não se importava, pelo menos era o que dizia. Margarida não acreditava nele, embora ele tivesse sido sempre honesto no passado.

Os ruídos altos no andar de baixo irromperam novamente, tirando Margarida da cabeça e trazendo-a de volta à realidade. Tommy gritou primeiro, batendo num armário, depois Michael repreendeu-o e as coisas escalaram rapidamente. Discutiram sobre os assuntos mais ridículos. Nenhum deles era matinal... nem ela.

Uma simples manhã de paz e sossego era tudo o que ela precisava para se recompor.

Margarida pensou em levantar-se, mas rejeitou a ideia. Esperaria até que lhe pedissem ajuda. Inevitavelmente, eles *pediriam*.

Tommy entrou de rompante no quarto dela. Em vez de manter a voz baixa, gritou: "Estás a dormir, mãe?" Esperava um ou dois segundos até ela se mexer.

"Sim", respondia sempre, esfregando os olhos cansados, embora fosse impossível dormir durante a algazarra.

Agora que tinha a atenção dela, gritava: "Não encontro a minha camisola desportiva, mãe".

Ela sorria, pois colocava-os sempre no mesmo sítio, mas desta vez não o mencionou. Qual era o objetivo? "Estão no teu armário, amor."

Ele disse: "Não estão nada!", seguido de uma pisadela, uma retirada e uma batida na porta.

Ela começou a contar um Mississippi, dois Mississippi, três Mississippi.

"Encontrei-o! Obrigada, mãe! Esteve sempre aqui".

Margarida voltava a instalar-se debaixo dos cobertores e adormecia mais uma vez. Até o marido, Miguel, regressar ao quarto. Ele seguia um regime rigoroso. Primeiro, a casa de banho, depois a lavagem das mãos, a escovagem dos dentes, o uso do fio dental, a raspagem da língua com sons intermitentes e muito audíveis de engasgamento (que muitas vezes a faziam tapar os ouvidos com a almofada). Tudo cronometrado ao segundo.

Quando acabava, abria a porta de par em par e o vapor quente escapava antes de ele entrar no quarto. Ela observava-o a atravessar o chão como se estivesse a seguir um fantasma em fuga. O cheiro da água de colónia dele e o vapor quente deixavam-na sonolenta e em breve voltaria a adormecer.

"Margarida, viste um botão de punho perdido?"

Ela levantava a cabeça, "Ultimamente não", respondia enquanto ele remexia na gaveta de cima sem a fechar completamente. Depois abria a gaveta do meio, deixando-a parcialmente aberta. Por fim, puxava a gaveta de baixo até ao fim. O armário assemelhava-se a uma escada, mas era um perigo, pois podia facilmente tombar a qualquer momento. Imaginou Tommy a passar e toda a cómoda a cair em cima dele. O terror do que poderia acontecer deixou-a de rastos. Se ela tivesse de o tirar de baixo... será que tinha forças para isso? E se... Saltou da cama e fechou todas as gavetas.

"Eu ia fazê-lo", disse Michael quando bateu com a porta atrás de si ao sair.

Como ela já estava acordada, encostava-se à parte de trás da porta fechada até que, lá de baixo, o Tommy gritava: "Mãe, não encontro o meu almoço!"

"Está na tua lancheira, na segunda prateleira, do lado direito do frigorífico."

"Não, não está", respondeu ele.

"Já vou", disse ela enquanto agarrava no puxador da porta, mas antes de ter tempo de a abrir, ele disse: "Oh, já estou a ver! Obrigado, mamã".

Voltando ao quarto, murmurou *de nada*, enquanto o buraco negro por baixo da cama lhe acenava. Ela podia deslizar para ali sem nada para lhe fazer companhia, exceto os coelhinhos do pó. Ali, ela criaria o seu próprio superpoder - um escudo protetor de escuridão que repelia vozes altas e zangadas.

As vozes que se aproximavam tomaram a decisão por ela e ela meteu-se no espaço escuro. No ambiente acolhedor, a sua respiração e batimentos cardíacos abrandaram. Fechou os olhos, esticou-se e, depois, com a mão, puxou a colcha para o chão e arrastou-a para baixo e para cima do corpo, como se tivesse construído um forte.

O Michael regressou ao quarto. "Querida?", disse ele.

Tommy parou à porta: "Talvez ela esteja na casa de banho?"

Michael verificou, depois olhou para a cama.

"Ela não está aí debaixo outra vez, pois não?" Tommy sussurrou.

"Vamos ver", ouviu Michael responder.

Os dois baixaram-se até ao chão e espreitaram para a escuridão. Viram algum movimento debaixo do cobertor. O Miguel olhou para o filho e depois levou o dedo aos lábios. Ele acenou com a cabeça, feliz por deixar o pai falar primeiro.

"Querido", disse Michael, com uma voz suave, "importas-te de levar as minhas calças e camisas à lavandaria?" Abriu a boca e voltou a fechá-la.

A pobre Margarida não podia acreditar que ele lhe estava a dar uma lista de tarefas e a falar com ela como se ela se escondesse debaixo da cama todos os dias da sua vida. Isso irritava-a imenso.

Não percebendo a dica, ele continuou: "Ah, e esqueci-me de te perguntar no fim de semana, uh, se podia convidar alguns amigos para virem cá a casa. Hoje à noite. Para uma festinha. Uma festa de oito, incluindo nós. Desculpa por ser tão em cima da hora. Queria pedir-te no fim de semana."

Tommy fez um movimento para se juntar à mãe no seu casulo solitário. Em vez disso, ela fez um limbo para sair. Endireitando-se, limpou o pó. Eles estavam a olhar para ela, mas não diziam nada. "Vocês os dois vão para baixo, agora", disse ela ainda a segurar o edredão quente.

O Michael olhou para o relógio.

"Estou bem, perfeitamente bem. Estou aí num minuto, por favor." Ela voltou a pôr o edredão na cama.

"Eles responderam e foram-se embora.

Quando eles se foram embora, ela estendeu a mão para o outro lado da cama. Desligou o cobertor elétrico do lado do marido. Enquanto vestia o seu casaco e os chinelos, imaginou que se tinha esquecido de desligar o cobertor dele. A casa arderia? Provavelmente. E a culpa seria dela. Tudo era sempre culpa dela.

Fechou o roupão, depois ajeitou o cabelo ao espelho. Tinha de falar com o Michael sobre o jantar. Oito pessoas. Esta noite. Pelo menos não era tão mau como da última vez, quando eram doze, ou da vez anterior, quando tinham sido dezoito. Mesmo assim, ela tinha-lhe pedido tantas vezes, noutras ocasiões como esta, para a avisar com mais antecedência. Da última vez que tinha terminado tudo - bem, quase tudo - não teve tempo para pintar as unhas. O Michael chamou a atenção para o facto, de forma embaraçosa, à frente dos convidados e até o filho deles teve inteligência emocional suficiente para mudar de assunto antes que ela desatasse a chorar.

No corredor, as suas pantufas de coelho faziam faíscas quando ela caminhava, dando-lhe choques enquanto apanhava meias, roupa interior e um botão de punho pelo caminho. Pedaços e fragmentos deixados para ela como um rasto que a levaria ao andar de baixo, onde eles estavam à espera.

Agora, no andar de baixo, ela estava no corredor que levava à sala de estar. Ao entrar, viu e ouviu o marido a triturar uma torrada enquanto segurava uma chávena de chá com o dedo mindinho no ar. Ao lado dele estava Tommy, a comer batatas fritas de arroz e a perder a boca. Gotas de leite e restos de cereais juntavam-se entre os seus pés, fazendo barulho ao bater no tapete.

Ela fez uma nota mental para atirar o tapete para a máquina de secar depois de eles se irem embora, aliviada por o tecido no chão estar a limpar o líquido em vez de manchar o que ela acreditava ser a última camisa da escola limpa do filho. Acrescentou uma segunda nota mental para lhe encomendar algumas camisas novas - ele estava a crescer tão depressa; era difícil acompanhar os surtos de crescimento.

Bom dia", disse Margarida na altura em que Fred Flintstone gritou: " *Wilma!*

A família reconheceu a sua presença olhando de relance na sua direção, depois desataram a rir enquanto o Barney e o Fred continuavam com as suas brincadeiras habituais. Pelo menos estavam a dar-se bem. Os Flintstones era uma coisa em que ambos concordavam.

Quando houve um intervalo para publicidade, ela disse: "Sobre este jantar, Michael." Ele baixou o volume do televisor. Tommy protestou, mas acabou de comer os cereais.

"O marido disse-lhe: "Desculpa lá outra vez. "Estava a falar com o meu patrão no fim de semana, no jogo de golfe. Não sei bem como é que acabou por ser aqui, mas quando dei por mim, estava a organizar o raio do evento. Não precisa de ser de gravata preta nem nada de especial. Três pratos, mais a sobremesa, deve servir."

"Quem são os nossos convidados? Que tipo de comida é que eles gostam? Alguma alergia? Algum vegetariano?" Ela fez uma pausa. "Porque não ligamos o grelhador?"

"Não, a ideia do grelhador é óptima para um encontro de fim de semana, mas isto é motivado por negócios."

Ela suspirou.

Ele continuou: "O meu chefe e a mulher dele, o Jim e o Dave do marketing, a Lucy e o marido William do departamento jurídico. Acho que a Lucy deve ser vegetariana ou vegan. O Lance das finanças e a mulher dele - não a conheço. Ele é novo na nossa equipa". Olhou para o relógio e deu um salto.

Margaret agarrou-lhe na manga. Colocou o botão de punho que faltava, depois colocou-se diretamente em frente do marido na esperança de receber um beijo.

Miguel hesitou por um segundo antes de dar a Margarida o que alguns poderiam qualificar como um beijo - ela não o qualificou. Foi mais como uma bicada - administrada de improviso - enquanto ele passava a correr. Os lábios do casal mal se tinham tocado.

Antes que Margarida pudesse dizer uma palavra, Mark bateu com a porta atrás de si.

Ela envolveu-se novamente nos braços. Por um segundo ou dois, parecia que Tommy ia dar-lhe um abraço. Ela abriu os braços e ele, por sua vez, estendeu o braço na direção dela, com a palma da mão aberta para cima. Ela cruzou os braços, enquanto ele entrava diretamente no discurso de vendas 101.

"Sabes, mãe, hoje é o Dia do Hambúrguer - dois por um - e eu preciso de dinheiro. O dinheiro é para caridade e eu já gastei todo o meu dinheiro de bolso esta semana".

"E o almoço que eu fiz?"

"Não há problema, eu como-o no recreio."

Margarida deu-lhe uma palmadinha na cabeça e depois foi para a cozinha, onde tinha a mala pendurada no gancho. Ao chegar lá dentro, olhou para o estado da sua cozinha. Que confusão! E ela tinha de pôr tudo em ordem para o jantar desta noite. Não há problema!

Ela só tinha uma nota de dez dólares, que colocou na mão dele, ainda à espera. "Traz-me o troco", disse ela enquanto ele saía de casa com uma batida firme da porta.

De volta à sala de estar, *os Flintstones* estavam a terminar com: "You'll have a gay old time!" Margarida cantarolava enquanto punha o tapete por cima do ombro, recolhia a chávena e o pires sujos, o copo e a tigela.

Agora na cozinha, pôs o tapete na máquina de lavar roupa, a loiça do pequeno-almoço na máquina de lavar louça, depois serviu-se de uma chávena de chá do bule morno. Voltou para a sala de estar, que estava menos desarrumada. Passou os canais e deparou-se com a juíza Judy. Não pode deixar de admirar aquela mulher, que tinha um controlo total sobre tudo e todos na sua sala de audiências.

Os amigos disseram-lhe que se devia levantar antes da família, para minimizar o caos e a confusão. Nessa altura, ela estaria ao leme da situação. Outros diziam que ela devia arranjar um emprego e sair de casa antes deles, para que eles tivessem de aprender a defender-se sozinhos. Mas ela estava tão cansada, tão fora de si, já para não falar que não trabalhava desde antes do nascimento do filho. Quem é que a iria contratar agora?

Margarida estava cada vez mais insatisfeita com a sua sorte, pois entregava a sua vida às necessidades daqueles que amava. Ressentia-se de estar sempre a dar, embora a escolha fosse sua. Depois, entrava no comboio da culpa e da autocomiseração. Será que todas as mães passam pelo mesmo? Este vazio? Este empurrar e puxar dentro de si, criando um vazio. Este vazio interior, que ela deixava mover-se como uma tempestade de verão e chover sobre tudo na sua vida. Ela era um furacão à espera de acontecer e hoje era o dia que ela temia.

Tomou banho e vestiu-se, sem parar para tomar o pequeno-almoço, mas com tempo para atirar o tapete para a máquina de secar, e com um desejo fervoroso de sair. Para longe. Para qualquer lado, para longe.

Margaret apontou o carro na direção do centro comercial e conduziu. Estacionou. No caminho para o interior, um jovem conduzia carrinhos. Com a ajuda do vento, vários estavam destinados a uma fuga iminente. Ela pensou em dizer alguma coisa para aliviar o fardo do homem, mas em vez disso sorriu-lhe. Ele chamou-lhe cabra.

A dona de casa ignorou-o e apressou-se a entrar. Não pôde deixar de se interrogar porque é que o seu gesto de empatia não tinha conseguido mais do que um abuso. *Não importa*, pensou ela, voltando a concentrar-se no problema que tinha em mãos: os preparativos para o jantar. Mas, antes de mais, o que é que ela ia vestir? Será que devia comprar uma roupa nova? As compras tinham ajudado a levantar-lhe o ânimo no passado. Talvez hoje lhe servisse para isso?

Margaret percorreu o corredor da moda, encontrando um manequim numa montra com um fato elegante de que gostou. Aventurou-se a entrar, onde os espelhos por todo o lado a assaltaram. Recuou.

Na escada rolante, reparou num spa para cabelos e unhas. Olha para as suas unhas. Preferia arranjá-las em casa, quando sabia o que ia vestir - arranjaria tempo. Mas o cabelo, isso era outra questão.

Ficou à porta do salão, observando os estilistas a movimentarem-se, mantendo-se ocupados. Parecia ser um dia calmo no salão, uma vez que apenas uma cadeira estava ocupada. Pensou em entrar e falar com alguém, mas decidiu não o fazer quando olhou para o telemóvel. O tempo estava a passar e ela já tinha demasiadas coisas para fazer.

Um sinal de néon a piscar atraiu-lhe a atenção. Dizia:

Viaje para o seu destino de sonho. Venda apenas hoje!

Já não era Margarida, era Margarita em Cuba. Imaginou-se em Cuba a dançar a rhumba. Depois estava na Austrália, a dançar no Outback. Nem pensar! Era demasiado longe.

Um jovem com cerca de metade da sua idade reparou nela. "Já vou ter convosco", disse ele. Voltou à sua conversa ao telefone.

Ela aventurou-se a entrar e colocou-se desajeitadamente junto à receção. Escutou a voz calma do jovem. Por vezes, ele reconhecia a sua presença com um sorriso. Passados alguns momentos, ele parou de falar e colocou a mão sobre o telefone.

"Sirva-se de uma chávena de café ou de água enquanto espera. Não me vou demorar. Ah, e sinta-se à vontade para folhear as brochuras e as revistas. Eu já vou ter convosco".

Margarida serviu-se de uma chávena de café quente e fumegante, depois acrescentou natas e um torrão de açúcar. Olhou de relance na direção do jovem ao telefone quando reparou numa caixa de biscoitos. Como se estivesse a pedir-lhe autorização.

Ele colocou novamente a mão sobre o auscultador: "Oh, sim, sirva-se de um ou dois biscoitos. És muito bem-vinda."

"Obrigada", sussurrou ela, pegando num biscoito. Era o paraíso do chocolate.

Enquanto esperava, folheou algumas revistas. A primeira era sobre a Suíça. Agora era Maggie que se preparava para esquiar em Zermatt, com um instrutor de esqui alto, louro e bonito chamado Sven a ajudá-la com os esquis. Quando acabaram de esquiar, ele ofereceu-lhe uma chávena de cacau quente. Ela desmaiou e pegou na chávena, depois afastou-o com um piscar de olhos.

Pegou noutra brochura sobre o Havai, imaginando-se na praia de Waikiki, a dançar com George Clooney. Depois olhou para baixo, apercebeu-se de que estava a usar um biquíni e gritou.

Margarida voltou à realidade, olhando de relance na direção do jovem que ainda estava ao telefone. Ele não tinha reparado na sua explosão. Ufa. Ela deu outra dentada no biscoito de chocolate. Usar um biquíni ou qualquer outro tipo de fato de banho estava fora de questão.

Na parede, viu um cartaz a anunciar uma viagem à Grã-Bretanha. Beefeaters. Usando aqueles chapéus altos malucos. Agora era a Cathy, à procura do Heathcliff nas charnecas de Yorkshire. Estava um dia muito frio e ventoso, mas eles estavam a caminhar e a desfrutar do ar fresco...

"Posso ajudar-vos?", perguntou o jovem.

Heathcliff desapareceu. "Estou só a sonhar", responde Margarida com as faces coradas.

O jovem clica no seu teclado, olhando para o ecrã. Virou o computador para ela. "Estas são as ofertas de última hora de hoje, de um dia apenas. Acabaram de chegar!"

Intrigada, ela aproximou-se.

"Se está interessada em Inglaterra, não voltará a encontrar um preço como este."

"Eu sempre quis visitar o Reino Unido."

"Este preço", disse o jovem, "inclui um carro alugado e uma combinação de hotéis e pousadas. Pode viajar por aí e depois escolher onde quer parar e ficar."

"Não sei se posso conduzir até lá, eles não conduzem do outro lado?"

"Isso é verdade, mas vais aprender num instante."

***

Margarida regressou a casa e fez um pedido de comida para levar. Escolheu uma variedade de pratos do menu para satisfazer todas as necessidades. Colocou o Chardonnay, o Rose e a cerveja no frigorífico. As quatro garrafas de tinto foram colocadas na garrafeira.

Ajeitou um avental à volta da cintura e começou a aspirar e a limpar o pó. Reposicionou o tapete limpo na sala de estar. Quando tudo estava perfeito, pôs a mesa com lugares para sete pessoas. Michael não queria arriscar que Tommy fizesse uma cena. Não na frente do chefe e dos colegas de trabalho. Ela preparou um tabuleiro e colocou-o no balcão para que ele o levasse para o quarto.

Margaret foi para o seu quarto e fez uma mala e um saco de mão. Pediu a um Uber que a deixasse no aeroporto.

Três horas depois, embarcou num avião e em breve estaria a voar para o Reino Unido.

Ao olhar pela janela, por uma fração de segundo, uma pontada de culpa apoderou-se dela. Lutou contra isso.

Tinha deixado um bilhete no frigorífico a dizer que ia partir.

Margaret não mencionou para onde ia nem quando regressaria.

Nem que tinha comprado um bilhete só de ida. Eles iriam descobrir.

O GUARDA-CHUVA E O VENTO

Era sexta-feira 13 e o vento estava a soprar. Coisas que não estavam destinadas a voar estavam a saltar e a fazer ricochete. Por cima e por baixo. Davam cambalhotas à minha volta.

Num dia assim, alguns reformados poderiam ter ficado na cama, mas eu não. Por que razão haveria de me aventurar a sair, num dia tão terrível? Por isso, e só por isso, precisava de uma chávena de café forte.

Por conseguinte, joguei ao dodgem, esquivando-me e mergulhando para sair de casa e entrar no meu carro. Depois, dirigi-me para o drive-through mais próximo. Não fui o único suficientemente corajoso para me aventurar no desconhecido para curar o meu vício em cafeína.

A fila avançava, avançava a passos largos. Fiz o meu pedido de um Latte de Baunilha Extra Forte e depois dirigi-me à janela para pagar. Procurei a minha carteira e descobri que a tinha deixado em casa.

A senhora que estava à janela estendeu a mão e puxou-a de novo para evitar um pequeno ramo que embateu na minha janela e depois na dela.

"Troco", disse eu, enquanto a mulher estendia de novo a mão. Eu ainda estava a remexer no porta-luvas e nos compartimentos para copos. Depois de contar, tinha setenta e oito cêntimos. Debaixo do meu banco estava outro dólar. Continuei a procurar, enquanto os carros atrás de mim esperavam e o tipo mesmo atrás de mim buzinava, e os outros seguiam-no.

"Já chega", disse a mulher, enquanto pegava nas moedas e me entregava o café.

Eu sorri o meu maior sorriso e disse: "Obrigada". Fechei a janela e afastei-me, sempre muito agradecida. O café cheirava a céu, mas não dei um gole até ao primeiro sinal vermelho.

Enquanto esperava, bebericando, saboreando, um guarda-chuva sem ser humano partiu o meu para-brisas com o seu cabo de madeira antes de saltar e pousar num ramo de uma árvore próxima.

Só me apercebi que a java me estava a queimar quando o semáforo mudou. Encostei em segurança e saí do veículo. Não há nada como café quente a escorrer pela perna até às meias e aos sapatos. Abanei a perna, como um cão que tivesse tomado banho recentemente.

Vi-o chegar, mas era demasiado tarde.

Aquele maldito guarda-chuva. Outra vez.

***

Acordei, ainda no parque de estacionamento, com o cabo de madeira do guarda-chuva enrolado no pescoço. Tinha caído com força, mas consegui agarrar-me à porta do carro ao cair, o que foi bom por um lado e mau por outro, pois escondeu a minha situação.

O betão por baixo de mim era frio e esponjoso. Tentei levantar-me e o vento apanhou o guarda-chuva, que continuou a sua viagem como uma erva daninha.

Ainda não estava de pé, mas lancei-me para cima, empurrando o meu peso contra a porta do carro. O clique repentino da fechadura da porta não era um bom presságio para mim — tinha deixado as chaves na ignição. Procurei o meu telemóvel, percebendo rapidamente que estava em casa com a minha mala.

Encostei-me ao carro com os braços cruzados, na esperança de atrair um bom samaritano.

Ao longe, avistei o guarda-chuva que se dirigia para outro lado. Ops. Um veículo em sentido contrário, ao tentar evitar o dervixe rodopiante, embateu na traseira de outro carro. Alguém chamaria a polícia agora. Eu acenava-lhes para que me ajudassem também. Tudo bem.

Em pouco tempo, o maldito guarda-chuva estava de novo a voar a toda a velocidade na minha direção. Será que eu era um íman de guarda-chuvas? Desta vez, voou bem alto, a girar. Era uma coisa linda ao longe. Abria-se para o céu em toda a sua escuridão. Era hipnotizante, de tão alto que subia, e sabem como é o velho ditado: "O que sobe, sobe", bem, estava a provar ser verdade, pois a maldita coisa caiu no chão com o potencial de me deitar abaixo de vez. Tal como o lema dos escuteiros, eu estava preparado e, em vez de esperar que a coisa batesse na minha cabeça, estendi a mão e agarrei-a pela pega.

Agarrei-me com toda a força, na esperança de não me tornar uma Mary Poppins. Os meus pés saíram do chão, mas apenas por um ou dois segundos, antes de ouvir as sirenes e os sapatos a bater no pavimento.

Uma jovem mulher colocou a sua mão sobre a minha na pega. Ficámos firmes, enquanto mais passos percorriam as ruas e o seu dono carregava no botão e fechava a capota dobrável.

***

Depois da estranha manhã, fui para casa e pus os pés para cima, recusando-me a sair dali até o vento abrandar. Mantive o plano até o meu filho me pedir para o ir buscar pouco depois das 19h30 a casa de um amigo do outro lado da cidade. Os pais deviam levá-lo a casa, mas eram condutores nervosos, daí a minha convocação.

A racha no para-brisas era uma lembrança constante de como o meu dia estava a correr até então. Ainda estava à espera de notícias da minha companhia de seguros sobre a franquia. Estavam a investigar a questão do "ato de Deus".

Contactei a polícia, que disse que verificaria a existência do guarda-chuva, mas não a sua ligação ao meu para-brisas. Quando me viram, eu estava a agarrar-me a ele.

Sentindo-me extremamente zangado com a pessoa que não tinha conseguido segurar o seu guarda-chuva, tive vontade de escrever à Câmara para pedir uma licença de utilização do guarda-chuva. Depois podia obrigá-los a pagar a minha franquia ou, melhor ainda, processá-los.

Liguei o carro e saí da entrada da garagem, consciente dos objectos voadores, quando uma garrafa verde me chamou a atenção. Estava a girar e a girar em círculo, como se fossem pessoas imaginárias a jogar ao "Gira a Garrafa". Não saía do chão a maior parte do tempo e parecia uma nave espacial verde oblonga quando descolava, subia cada vez mais alto, depois despenhava-se, girava e voltava a subir. Continuei, por coincidência na mesma direção em que a garrafa se dirigia.

Quando vi um homem e uma mulher a caminharem um para o outro, enquanto a garrafa dava um perigoso salto mortal, abri a janela e chamei-os. Como não reagiram, buzinei. A garrafa, agora no ar, começou a cair em queda livre na direção deles.

A garrafa caiu, atingindo a cabeça da mulher com toda a força. O recipiente verde fez ricochete e acertou na cabeça do homem. O objeto verde indiferente levantou-se e caiu várias vezes antes de parar contra o tronco de uma árvore.

Liguei os quatro piscas e desliguei o motor antes de sair da segurança do meu carro para o vento perigoso que se fazia sentir mais uma vez.

Tanto o homem como a mulher estavam conscientes, mas não se mexiam nem tentavam levantar-se. Medi o pulso da mulher, depois o do homem e avaliei a situação, lembrando-me da minha formação em Primeiros Socorros de há anos atrás. Liguei para o 112. A central fez algumas perguntas, mas os estalos atrás de nós fizeram com que as pessoas se sentassem

Ficámos a ver como o vento continuava a rugir, fazendo voar a garrafa. O majestoso salgueiro-chorão inclinou-se para a recuperar, mas demasiado tarde. O vento partiu-lhe o tronco grosso ao meio e, quando a árvore bateu no chão, as reverberações abanaram a terra por baixo de nós.

"Vamos!" Eu gritei.

Com o vento a bater-nos nos calcanhares, fugimos.

***

Assim que chegámos ao santuário do meu carro e colocámos o cinto de segurança, eu acelerei. Já sem a garrafa à vista, fomos buscar o meu filho.

Após alguns momentos de recuperação do fôlego, apresentámo-nos.

Brent Welch era um homem alto e muito bonito, com cabelo escuro e olhos azuis. Tinha uma covinha no queixo como o Cary Grant. Era sócio de uma firma de advogados local, falava muito bem, tinha uns modos muito agradáveis e era solteiro.

Eileen Manny, também solteira, tinha longos cabelos loiros e usava demasiada maquilhagem. Era uma representante de cosméticos reservada e de fala mansa, pelo que o seu "rosto era a sua palete".

Apresentei-me. "O meu nome é Alice Mitchell. Fiquei viúva recentemente e sou professora reformada do ensino secundário."

Agora que já nos conhecíamos, agradeceram-me por as ter salvo. Depois, perguntaram-me sobre a racha no para-brisas quando Jasper entrou no veículo e pôs o cinto de segurança.

Depois das apresentações, continuei a contar a história do guarda-chuva. Os meus passageiros riram-se à gargalhada.

"O que é que tem tanta piada?" perguntei.

"Não podia ter acontecido a mais ninguém", respondeu o Jasper.

Partimos para casa, deixando o Mark e a Eileen pelo caminho.

Quando finalmente chegámos, apercebi-me de que ainda faltavam duas horas para esta sexta-feira 13 mais do que agitada. Deitei-me na cama, puxei os cobertores para cima da cabeça e tentei dormir.

Não fazia ideia do que ainda estava para vir.

***

Na manhã seguinte, sábado, dia 14, demorei alguns minutos a acordar. Era como se a campainha estivesse a tocar no meu sonho, até que o meu filho Jasper bateu à porta do meu quarto.

"Mãe, é para ti — a polícia."

Atirei os cobertores para trás, puxei a camisa de dormir para cima da cabeça, substituí-a por um fato de treino e penteei o cabelo com os dedos antes de sair.

O meu filho, que tem pouca etiqueta nestas coisas, apesar de ter sido educado com excelentes maneiras, tinha deixado os polícias no alpendre da frente.

Quando pus a cabeça de fora, meio para dentro e meio para fora, o vento aumentou e quase me arrancou a porta das mãos.

O aspeto dos oficiais era desgrenhado, o que antigamente se designava por "desarrumado e interessante". O par de oficiais, corpulento, era suficientemente bonito para ser stripper do Thunder from Down Under. Convidei-os a entrar.

"Não, obrigado, minha senhora", disse o tipo de cabelo louro, que quando tirou o chapéu parecia o outro tipo, aquele que não era o 'Ponch' do C.H.I.P.S.

"Jon", disse eu em voz alta sem querer (o nome do tipo louro do C.H.I.P.S. tinha-me acabado de ocorrer).

"O nome é Marshall", disse o loiro. "O meu parceiro é o agente Ramsey.

"Prazer em conhecer-vos. E o que posso fazer por vós?"

A loura disse: "Recebemos ontem uma denúncia de uma chamada abandonada para o 112, pode explicar-nos o que aconteceu?"

"Observei um homem e uma mulher a caminharem um para o outro enquanto esperavam que um sinal vermelho mudasse. Reparei na garrafa".

"Em pleno voo?" perguntou Ramsey.

Eu acenei com a cabeça. "Sim, a garrafa subiu e depois voltou a descer. Tentei chamar a atenção deles, mas quando dei por mim, a garrafa atingiu primeiro a mulher e depois o homem. Ambos caíram no passeio, com força."

"Em que estado se encontravam quando os alcançou e quanto tempo demorou a chegar lá? Jon, quero dizer Marshall, perguntou.

"Estacionei em segundos e fui imediatamente para o lado deles."

Ramsey era o tipo das notas, estava a anotar tudo o que eu dizia.

Marshall tinha o telemóvel apontado para mim; estava a gravar tudo o que eu dizia.

Calculei que estava tudo bem, embora não o tenha questionado na altura.

"Estavam conscientes, a respirar e com pulsações fortes. Depois de confirmar isto, liguei para o 112."

"O que aconteceu depois?"

"Uma árvore enorme caiu e nós fugimos para o meu carro.

"Algum deles pediu para ir ao médico ou às urgências?

"Não, estavam bem acordados. Estávamos a rir e a falar. As casas deles eram no caminho de volta, deixámo-los lá e não houve problema nenhum."

Ficámos em silêncio.

***

"O que é que se passa?" Perguntei, sentindo o vento a cortar o meu fato de treino.

"Alguma vez conheceste algum deles?" perguntou o Marshall. "Afinal, as casas deles não são muito longe da tua."

"Não." Fiquei em silêncio, tentando perceber onde queriam chegar com as perguntas. O que é que importava se eu já tinha visto algum deles? Dentro de casa, o meu filho ligou a televisão e o som começou a tocar. Fechei a porta atrás de mim e saí.

"Que tipo de garrafa era?" O Ramsey perguntou.

"Era uma garrafa verde."

Os dois agentes trocaram olhares.

"É verdade que tiveste outro incidente ontem envolvendo um guarda-chuva?" perguntou Marshall.

"Sim, foi uma terrível sexta-feira 13."

"O problema é que", disse Ramsey. "O Welch e o Manny morreram."

***

Acordei depois de ter desmaiado com três rostos preocupados a olharem para mim. Dois deles pertenciam aos agentes Ramsey e Marshall. Nas suas mãos tinham exemplares da Reader's Digest que me acenavam como se fossem fãs. O outro era o do Jasper, que tinha um copo de água do qual, de vez em quando, me atirava gotas para a testa.

"Estás bem, mãe?"

Eu não tinha cem por cento de certeza. Mesmo assim, tentei sentar-me para evitar mais ataques do Reader's Digest e da água.

"Teve um pequeno choque", disse Ramsey, no momento em que dois assistentes de ambulância se aproximaram de mim. Um verificou o meu pulso, o outro colocou a banda de tensão arterial e começou a bombear. Ambos disseram: "Tudo bem".

Tentei acompanhá-los até à porta, mas eles disseram que não era necessário.

Ramsey sentou-se à minha frente.

As borboletas no meu estômago estavam a remexer-se e eu ainda me sentia um pouco delicada, enquanto as perguntas sobre garrafas voadoras que matam pessoas flutuavam na minha cabeça.

Pensei que estava a pensar apenas no último pensamento, até que Ramsey respondeu: "Ainda não sabemos a causa da morte. O médico legista está a examinar os corpos".

"Reparámos que tem uma grande fenda no para-brisas", disse Marshall. "Algum deles chocou contra ela?

"Não, foi causada pelo guarda-chuva."

"Acho que já temos informação suficiente", disseram os agentes.

O Jasper acompanhou-os à saída.

Fui para a cozinha, preparei uma chávena de chá forte e abri um pacote de bolachas de chocolate. Lá fora, ouvia o vento que soprava as folhas de um lado para o outro. Abri a porta das traseiras e pedi à Mãe Natureza que parasse de soprar.

Como era de esperar, ela ignorou o meu pedido.

***

Domingo foi um dia calmo. Fiquei sozinha e o Jasper tratou-me como se fosse o Dia da Mãe, com pequeno-almoço, almoço e jantar na cama. Ainda em choque, aceitei alegremente o papel de inválida por um dia e apenas um dia.

Na segunda-feira de manhã, logo cedo, dirigi-me à loja de substituição de vidros. Tudo o que tinha de fazer era pagar a franquia e eles arranjavam-no na hora.

O meu telefone tocou e era o agente Ramsey. Pediu-me para ir à esquadra e trazer o seu carro.

Expliquei-lhe onde estava e porquê. Ele disse que o meu carro estava "sob investigação". Disse que eu ia ficar sem carro durante uns dias.

Disse-lhe que estaria lá o mais depressa possível e saí do local.

Mais tarde, estava à espera num sinal vermelho quando reparei num jovem casal que caminhava de mãos dadas. Na outra mão, ele tinha uma chávena de café. Ela bebia de uma garrafa verde. Num momento estavam felizes, no momento seguinte ela largou a mão dele como se fosse uma batata quente. Ele, por sua vez, deixou cair o seu café quente, que se espalhou pelas suas calças e sapatos.

Num instante, ele bateu no fundo da garrafa dela e esta voou para o ar. Os que estavam à espera nos semáforos viram-na subir. Era como um foguetão, a voar a direito para o alto.

Desceu no momento em que o jovem casal olhava para cima.

Bateu primeiro na cabeça da mulher, fez ricochete na cabeça do homem e rolou pelo passeio até à rua.

Saí do meu carro num instante, ligando para o 112 pelo caminho. Outros seguiram-me, saindo dos seus veículos. Bloqueámos todo o cruzamento.

A rapariga estava inconsciente e o homem estava bem acordado.

"Uma ambulância está a caminho", disse eu.

Ouvimos as sirenes. Vimos os carros da polícia.

"Que raio estão a fazer aqui?" perguntou o Ramsey.

"Oh, pá", respondi.

***

Expliquei a situação. Desta vez, havia muitas testemunhas.

Depois de a ambulância ter colocado o casal lá dentro e ter gritado, os agentes mandaram toda a gente sair da área, exceto eu. Já tinham falado com a maioria das testemunhas.

"Estão a prender-me?"

Eles trocaram olhares.

"Ainda precisam de apreender o meu veículo?" Eu estava a exibir-me, já tinha visto muitos espectáculos policiais.

"Pode ir para casa", disse Ramsey.

"Nós sabemos onde vives", disse Marshall com um sorriso. "Mas não saias da cidade, está bem?"

Eu ri-me e segui o meu caminho.

***

Não houve incidentes no caminho para casa.

Pus o frango assado no forno, descasquei as batatas e cortei alguns legumes, enquanto pensava nas garrafas verdes transportadas pelo ar.

Fui para o meu escritório e escrevi "garrafas voadoras" num motor de busca. O motor de busca ligava-me a um tipo no YouTube que colocava rebuçados dentro de uma garrafa e depois esmagava-a no chão. Não aconteceu nada. Intrigado, continuei a ver. Da próxima vez que ele a esmagou, a garrafa, depois de embater na cara de um operador de câmara, lançou-se no ar como um foguetão.

Foi então que me deparei com algumas experiências dos Myth Busters que confirmaram que uma garrafa cheia tinha o potencial de partir um crânio. Pelo contrário, as garrafas vazias não podiam — esse mito tinha sido verdadeiramente derrubado pelas duas mortes recentes.

Desliguei o computador. Não queria pensar mais nisso.

Na hora certa, Jasper entrou. "Está tudo bem, mãe?"

Contei-lhe o último incidente e as experiências no YouTube.

"Estás a brincar, não estás?"

Abanei a cabeça e fui para a cozinha mexer as batatas.

"Para cúmulo, os agentes chamados ao local eram o Ramsey e o Marshall. Devem pensar que sou uma espécie de azarado."

"É uma cidade pequena, mãe, estamos todos na vida uns dos outros. Alguém gravou o incidente nos seus telemóveis?"

Da boca de bebés. Se gravaram, pode ter sido colocado online. "Como é que o encontro? Que palavras-chave devemos usar?"

Voltámos ao meu gabinete e, de facto, lá estava.

"Tens de dizer aos agentes."

O agente Ramsey respondeu de imediato. Jasper enviou-lhe a ligação direta enquanto eu lhe contava os pormenores.

As batatas estavam quase prontas, por isso deitei fora a água e acrescentei um pouco de sal e pimenta.

O Jasper e eu sentámo-nos para jantar com o som da televisão ao fundo. Havia uma notícia sobre o casal atingido pela garrafa. Pousámos os talheres e aproximámo-nos. O locutor disse que o estado da rapariga era crítico, mas que, felizmente, o rapaz estava estável.

Já não tínhamos fome.

***

Não dormi muito, estava sempre a mexer-me e a virar-me.

Acabei por ceder e preparei uma chávena de chá para mim.

Fiquei de pé, com a chávena na mão, a olhar pela janela para o vento que continuava a soprar e a agitar as coisas. Arrepiei-me.

Na minha vida, as coisas boas e as coisas más aconteciam sempre de três em três.

Entrei no meu escritório e cliquei em algumas informações sobre acontecimentos sobrenaturais, incluindo pressentimentos. Todos os sinais estavam lá. O universo estava a tentar dizer-me alguma coisa.

Mas o quê?

Os sinais sugeriam que podia ser um espírito zangado, alguém que tinha sido assassinado ou morto antes do tempo. Alguém que andava a rondar, à procura de vingança. Eu não conseguia ver nenhuma ligação com as vítimas. Afinal, eram desconhecidos.

Comecei a escrever furiosamente. Fazer listas ajudava-me sempre a perceber as coisas.

Na coluna número um, coloquei-me a mim próprio. Solteira. Viúva. Reformada. Um filho. Casada durante trinta e cinco anos. O marido morreu de cancro do cólon. Fase 4. Ambos os meus pais já faleceram. Eu era filha única. A nossa família sempre viveu na região. A nossa genealogia remontava a esta zona.

Na lista número dois, coloquei Brent Welch. Tinha trinta e três anos de idade e era advogado. Pesquisei o seu obituário no Google. Ele era solteiro. Nunca se casou. Vivia sozinho. A sua linhagem familiar também era muito antiga nesta zona. Como é que nunca nos tínhamos encontrado antes? Os seus familiares foram fundamentais para tornar a nossa comunidade num lugar habitável, nos tempos dos pioneiros. A sua mãe e o seu pai já tinham falecido. Ele era filho único.

Tínhamos algumas coisas em comum. Isso fez-me sentar.

Na coluna seguinte, coloquei Eileen Manny. Ela tinha trinta e nove anos. Tinha uma irmã gémea chamada Esther que vivia na zona. Lá se foi essa teoria. Tinham raízes locais, mas não eram tão antigas como as minhas e as de Brent. A Eileen era casada, mas o marido já tinha falecido. Os pais de Eileen estavam ambos vivos, mas tinham-se mudado. A filha de Eileen frequentava a mesma escola que Jasper. É estranho que não nos tenhamos cruzado antes.

As minhas listas continham pouca informação e não ajudavam em nada.

Já com sono, voltei para a cama, onde as listas de informações inúteis se agitavam na minha cabeça.

***

Estava a chover muito forte, mas as nuvens não estavam nos seus lugares habituais. Em vez disso, estavam por baixo de mim. Estava a chover, de baixo para cima. Mais um sinal das alterações climáticas e da poluição urbana?

Flutuava fora de mim, enquanto os meus pés permaneciam firmemente plantados dentro dos meus Tender Tootsies. As minhas pernas estavam escondidas debaixo de uma saia florida e multicolorida, ao estilo dos anos sessenta. Soprava com o vento, expondo-as, enquanto a saia se abria e voltava a entrar. Na minha cintura tinha um cinto de couro castanho muito grosso. Estava demasiado apertado, apertando-me.

Estaria eu morta?

Belisquei-me. Então não estava morta.

Tinha vestida uma blusa branca com uma gola alta de folhos e um colar de contas, preto, um rosário. Passei as contas frias pelos meus dedos, tentando ler tudo, mas não me lembrava do que fazer com elas.

O vento pegou em mim e levou-me. Soprava-me para a frente e para trás.

O meu cabelo comprido serpenteava pelas minhas costas numa trança apertada.

Estava então sobre um pedaço de terra, acima das nuvens. Não havia muito espaço para me deslocar sem medo de cair

"Mãe! Mãe! Acorda! Acorda, por favor."

Era o Jasper. Eu estava de volta.

Gritei quando uma bola de fogo verde chamuscou o meu cabelo e derreteu o rosário. Escorreu pelo meu peito e pelos meus dedos.

***

Sentei-me e olhei para os meus dedos, esperando ver gotas verdes a escorrer, mas estavam limpos como um assobio. Não tinha passado de um sonho mau.

O meu filho continuava a chamar por mim. Corri para a sala de estar e abri e fechei os olhos algumas vezes para me certificar de que estava a ver o que estava a ver. Que confusão!

Uma coisa verde tinha-se despenhado pelo telhado da minha casa. Ao descer para o seu lugar de repouso final (a cave) tinha esmagado e destruído tudo no seu caminho, ao mesmo tempo que pulverizava uma substância verde néon pela minha casa como um cão a marcar o seu território. O tom de verde poderia ter sido um toque agradável, se não fosse tanto e se não tivesse sido espalhado de forma aleatória.

"Mas que raio?"

"Não ouviste?" perguntou Jasper. "Foi como um estrondo sónico."

Aproximei-me do buraco. Não tinha ouvido nada. Tinha estado a dormir, a sonhar. Agora estava bem acordado e sem palavras.

Cruzei os braços e olhei para baixo. O vapor estava a sair do buraco. Estiquei a palma da mão e, apesar de ser um andar abaixo de nós, senti o calor a subir. Tentei falar, mas não havia palavras.

Jasper observava, esperando que eu dissesse alguma coisa.

Não parecia nada de especial, incrustado no chão da minha cave. Não era redondo, nem quadrado, nem em forma de ovo. Tinha muitas faces, era tridimensional, esférico, quase euclidiano, um sólido dodecaedro.

"Não devíamos chamar alguém? perguntou Jasper enquanto se inclinava sobre a borda ao meu lado.

"Não sei bem quem devemos chamar. Nós não estamos feridos, é a casa que está. Não é um fantasma, por isso a equipa Ghost Busting não ajudaria. Não sei se o Neil deGrasse Tyson ou alguma das revistas científicas fazem visitas ao domicílio."

Jasper riu-se. "Quem me dera que o Stephen Hawking ainda andasse por cá.

"Acho que isto é mais uma coisa à Stephen King", disse eu.

Estávamos em estado de choque, mas a aguentar-nos com humor.

"Temos de ir lá abaixo e ver melhor."

"Não sei, mãe; a coisa está a irradiar calor. Sinto-me como se estivesse a apanhar uma queimadura solar só de estar aqui parado."

Ele tinha razão, mas eu não tinha reparado porque os afrontamentos na minha idade eram a norma.

"E a polícia?" perguntou Jasper, sacando do telemóvel e tirando algumas fotografias.

"Não sei como é que eles podem ajudar, mas pelo menos estão a uma curta distância de carro." Eu temia a ideia de falar com os agentes Ramsey e Marshall.

"Eu tirei esta", Jasper mostrou-me, "quando ela atravessou o telhado."

A foto da coisa em movimento descendente mostrava-a a dobrar-se e a desdobrar-se mesmo antes de embater.

"Está distorcida", disse Jasper. "Estava a mover-se muito depressa."

Liguei para o departamento de polícia e o agente Ramsey estava de folga, por isso pedi para falar com o agente Marshall. Depois de explicar, ele perguntou: "Isto é uma piada?"

Tendo enviado uma fotografia antes, enviei-lhe uma agora. Prova. Fiquei à espera.

O agente Marshall perguntou se alguém se tinha magoado, e eu confirmei que era apenas a casa. Expliquei a nossa intenção de descer as escadas e ver melhor. Ele sugeriu que esperássemos por ele e verificássemos juntos.

Depois de desligar, Jasper e eu fomos para a cozinha e eu pus a chaleira ao lume.

"De todas as casas do mundo, porquê a nossa?", perguntou ele.

"Estava a pensar a mesma coisa, filho." Também estava a pensar na companhia de seguros e no que iriam dizer. Primeiro o para-brisas partido e agora uma casa demolida. Deitei água no café instantâneo e sentámo-nos.

"Se fosse feito de jade, estaríamos podres de ricos", disse Jasper.

"Sim, os chineses chamam ao jade a pedra preciosa do céu."

Bebemos um gole e andámos a olhar para baixo, para o calor que se derramava. A subir. Perguntei-me se não estaria suficientemente quente para incendiar o resto da casa. Decidi chamar os bombeiros.

***

Pouco tempo depois, a campainha da nossa porta começou a tocar com convidados inesperados. Não eram os polícias nem os bombeiros. Eram os nossos vizinhos. Ouviram o estrondo, juntaram-se e vieram investigar (e ver se estávamos bem).

Entraram à força, vendo que eu e o Jasper estávamos bem.

"Está mesmo calor aqui dentro", disse Artois, do outro lado da rua. Ele era famoso por dizer o óbvio.

"O que é que se passa?", perguntou a mulher, espreitando para dentro do buraco.

"O teu palpite é tão bom como o meu", disse eu.

"Os polícias estão aqui", disse Jasper, e foi deixá-los entrar.

"Voltem para as vossas casas", exigiu o agente Marshall, mas ninguém se mexeu.

Os bombeiros chegaram com as mangueiras a postos. Seguiram o calor e pulverizaram o objeto a partir de cima. Em vez de arrefecer, o objeto sibilou e cuspiu. Saiu mais vapor. Estava a ficar mais quente, ao ponto de derreter as nossas roupas.

"Recuem! Recuem!" O agente Marshall exigiu. Os tipos que usavam o vestuário de proteção não conseguiam sentir o calor como nós. Em segundos, cessaram o ataque com água.

Nessa altura, chegou o representante da companhia de seguros: "Uau!", disse ele.

Foi a última coisa que ouvi.

***

Acordei na cama com os cobertores puxados até ao pescoço, certo de que tinha acabado de ter um pesadelo com uma coisa verde a cair do teto. Saí para investigar.

Na sala de estar, o que vi foi um aparelho de recolha gigante que estava a ser baixado para o buraco com a intenção de retirar a cratera verde da minha casa. Parecia-me um bom plano.

A boca da coisa abriu-se, grande, maior, e depois o mais larga possível. Passou por baixo da coisa com as mandíbulas prontas e agarrou-se a ela.

"Todos os sistemas prontos!" alguém gritou.

O aparelho torceu-se e rangeu. A coisa gritou e depois cedeu com um suspiro e um maxilar partido. Dentes de metal foram dobrados e torcidos enquanto o que restava ligado ao aparelho de elevação era puxado de volta para cima.

"E agora?" perguntei.

"Minha senhora", disse o agente Marshall, "porque é que a senhora e o seu filho não se hospedam num hotel por uns dias? Talvez até tenha um seguro que o cubra".

"Ato de Deus", disse eu.

"O meu cunhado é um homem dos seguros e eu perguntei-lhe sobre isso. Ele disse que a maioria das apólices cobrem meteoros, por isso se conseguirmos determinar se esta coisa é um meteoro, então tudo estará coberto."

"E quem é que decide o que é ou não é?"

"Contactámos alguém que poderá aconselhar-nos ou indicar-nos a direção certa.

Sentei-me na minha cadeira preferida — sem exceção, o meu pedacinho de paz no caos.

***

Quando ninguém estava a olhar, desci as escadas para ver a coisa mais de perto. À medida que me aproximava, parecia haver um som, um zumbido ou um zumbido que se tornava mais forte quanto mais me aproximava, para além do aumento do calor. Havia também um cheiro que me fez pôr a mão sobre o nariz.

Ao estar ao lado, tive uma sensação de que tudo estava virado do avesso. De facto, quando olhei para cima, os convidados que estavam na sala de estar estavam espelhados em baixo, como se o seu corpo estivesse no andar de cima e a sua sombra no andar de baixo a flutuar pelo chão comigo. Era uma sensação estranha, como se eu estivesse lá em baixo mas não estivesse sozinho.

As sombras eram imagens espelhadas com luzes verdes, energia que conduzia ao objeto. Estudei os convidados no andar de cima e a sua contraparte no andar de baixo; quando eles se moviam, a sua energia sombria movia-se também.

Andei à volta de um dos raios e aproximei-me da massa caída e o calor diminuiu. Se seguisse o padrão de utilização das energias das sombras, poderia aproximar-me do objeto caído.

Examinando-o mais de perto, fui atraído por fendas na superfície da coisa. Tinham a forma de olhos, mas não tinham pupila, nem pálpebras, nem pestanas. Depois de a ter rodeado, senti-me tonto.

Para me estabilizar, apoiei o braço na parede. Quando dei por mim, a parede tinha-se deslocado e eu estava no exterior da minha casa. A parede da minha cave tinha-se tornado um torniquete.

Para além da relva, nada na parte de trás tinha o aspeto que devia ter. O telheiro tinha desaparecido, assim como o suporte para bicicletas e a bicicleta do meu filho. Outra coisa, as casas dos vizinhos tinham desaparecido todas.

Comecei a andar, desejando ter uma corda presa à casa para me agarrar, caso me perdesse,

Olhei para cima e não havia sol nem céu. O que os tinha substituído era apenas verde em cima e à volta, exceto as árvores. As árvores não tinham ramos, eram apenas troncos que se estendiam para o céu.

Belisquei-me, para me certificar de que estava acordado. E estava.

Virei-me e observei a minha casa. O objeto que se aproximava era visível, meio dentro e meio fora.

Por um momento, quis voltar para trás, até que um sentimento se apoderou de mim. Apeteceu-me cantar e foi o que fiz. Tom Jones, " *The Green, Green Grass of Home*".

Balançando e dançando comigo mesmo, era como se estivesse a flutuar numa nuvem. Depois, uma mão estava na minha mente, a mão do meu marido Luther.

Atirei os meus braços à volta do seu pescoço e ele fez o mesmo à volta do meu.

Beijámo-nos e dançámos.

Quando a canção terminou, ele fez uma vénia, mandou-me um beijo e desapareceu.

Limpei uma lágrima.

***

Sentindo-me mais sozinha agora do que no dia em que ele morreu, envolvi-me com os braços e dirigi-me para casa.

De novo lá dentro, fui atraído pelo objeto que parecia estar a mexer e a zumbir. Outra coisa, girava no sentido contrário ao dos ponteiros do relógio.

No andar de cima, ouvi um grito seguido de um estrondo. Um corpo caiu pelo buraco, juntou-se à energia da sua sombra e foi parar à superfície do objeto. A carne do homem ardia e cuspia, até que tudo o que restava era uma forma de X onde os braços e as pernas do homem se tinham espalhado.

O meu estômago remexeu-se enquanto subia as escadas.

***

As caras em branco diziam tudo.

Fui ter com o Jasper e perguntei-lhe quem era o homem. Ele explicou que era um operador de câmara do jornal local. Tinha tentado tirar a melhor fotografia, mas inclinou-se demasiado.

"Toda a gente para fora!" Marshall exigiu. Desta vez, não estava a aceitar um não como resposta.

O Jasper e eu voltámos a ter a nossa casa só para nós, o que restava dela.

***

O agente Marshall e mais dois agentes estavam estacionados à frente da minha casa.

Chegaram mais dois agentes e foram colocados nas traseiras.

Isolaram a zona com fita-cola. Obrigaram os vizinhos intrometidos a atravessar a rua.

O Jasper e eu abrimos as cortinas e espreitámos para fora no momento em que uma procissão de veículos pretos parou. As portas abriram-se em simultâneo, como numa cena de *Homens de Negro*. Fatos pretos. Óculos de sol.

"Oh, meu Deus", disse o agente Marshall. "Acho que o perito que contactámos pode ter trazido as autoridades."

"Caramba, como ele já trouxe", disse eu.

"Uau", exclamou Jasper quando viu a única mulher da comitiva.

Ela estava vestida com um fato vermelho de duas peças, com um casaco feito à medida e uma saia acima do joelho. Por baixo do casaco, usava uma blusa branca com gola aberta e um colar com um coração de diamantes. A rematar o visual, um par de saltos vermelhos de sete centímetros e uma mala de mão a condizer.

Os homens contiveram-se enquanto a mulher subia as escadas.

Ela era claramente a líder do grupo.

Jasper e eu fomos para a entrada, ao lado de Marshall e dos outros dois oficiais. Formámos uma meia ferradura.

A mulher mostrou a sua identificação. Era da Segurança Interna e tinha outro agente com ela. Havia dois do FBI, dois da CIA, dois do Departamento de Proteção de Estrangeiros. Dois dos Serviços Secretos.

"Onde é que está?", exigiu a mulher. O seu nome era Charlotte Cassidy. Tirou os óculos escuros e o seu cabelo corvo contrastou imediatamente com os seus olhos azuis. Na mão, trazia um objeto que fazia tique-taque. "Não é tão grande como eu imaginava."

Aproximou-se do buraco com o aparelho estendido e este ficou silencioso.

"Detetor de radiação?" Jasper sussurrou.

Encolhi os ombros.

O homem da C.I.A., Frank Dune, estava sempre a pôr e a tirar os óculos de sol, apesar de estar lá dentro. Era muito irritante. O seu parceiro, Jake Flatts, deu-lhe uma cotovelada e disse-lhe para parar com aquilo. "Senhora, o que é que sabe sobre este objeto?"

"Caiu do meu telhado. É ridiculamente quente. Faz zumbidos, por vezes zumbidos. Tentaram usar uma empilhadora para o tirar daqui, mas ela partiu-se." Aproximei-me mais, fazendo sinal para explicar a forma de X deixada pelo morto.

"Desapareceu", disse Jasper.

"O que é que se foi?" Charlotte perguntou.

O agente Marshall juntou-se a nós. "Um fotógrafo caiu e derreteu-se sobre ela. Havia uma marca do seu corpo, na forma de um X, mas já não é visível."

"Se calhar nunca lá esteve?", disse ela.

"Estava mesmo lá", disse eu, "Temos muitas testemunhas."

"Jesus!", disse um dos tipos do Departamento de Proteção de Estrangeiros (T.D.F.T.P.O.A.). O seu nome era Alex Greene, e estava desejoso de ir lá ver.

Charlotte tomou a dianteira, sugerindo que o grupo se separasse. Indicou quem devia ficar lá em cima e quem devia ir lá abaixo com ela. Eu estava incluído neste último grupo.

Alex Greene e a sua parceira Jessie Filtch estavam claramente irritados por terem sido excluídos, mas a Charlotte achou melhor que ela e a sua equipa acedessem primeiro ao perigo antes de deixar os outros à solta.

***

Quando cheguei à escada de baixo, tendo caminhado devagar para poder pensar no caminho — às vezes ser velha tem as suas vantagens — perguntei-me se devia contar-lhes sobre a dança com o meu marido. Apercebi-me que devia, apesar de não ser da conta deles.

Notei imediatamente uma mudança no objeto. Em duas das ranhuras semelhantes a olhos havia dois olhos verdadeiros. Mas a cor não era humana, pois havia manchas verdes no fundo e no lugar da pupila havia uma coisa vermelha como uma bola de fogo. Ofeguei e segui em frente.

Quando recuperei, esperava que os convidados ficassem espantados ou, pelo menos, interessados nas sombras que emanavam das pessoas lá de cima. Estranhamente, eles não pareceram notar.

A Charlotte estava ocupada a abanar o seu tique-taque que já não faz barulho. Ela aproximou-se de mim. "O que é que te preocupa exatamente nesta coisa? Parece-me perfeitamente inofensiva."

Fui salvo de dizer algo de que me teria arrependido por P. G. Willow ("Pinguim") — o representante da Segurança Nacional. "Tenha um pouco de sensibilidade, está bem? A casa desta mulher foi invadida e partida em bocados." Ele fez uma pausa: "Já pensaram que pode eclodir?"

"Nem sequer tem a forma de um ovo", retorquiu Charlotte, depois de ter zombado.

"Um ovo como nós o conhecemos," retorquiu o Pinguim.

A Charlotte revirou os olhos.

"O que me preocupa," disse eu, tentando não parecer demasiado irritada quando me sentia irritada, "não é tanto esta coisa, mas todos vocês que andam a passear pela minha casa. Porque é que estão aqui, afinal? Porque é que não estão cá os tipos do Departamento de Proteção de Estrangeiros em vez do FBI, da CIA e da Segurança Interna?"

"Está muito calor," ofereceu o homem do balcão da Segurança Nacional de Charlotte. Chamava-se Brad Hitt e era bom a dizer o óbvio, como o meu vizinho tinha sido.

Eu andava de um lado para o outro, tentando chamar a atenção para as sombras. Andando dentro e fora delas. Nada.

Será que eu era o único que conseguia vê-las?

"O que são aqueles buracos na superfície?" perguntou Hitt.

Eu aproximei-me e perguntei-lhe quais eram. Perguntei-me o que é que ele conseguia ver e o que não conseguia ver. Ele disse que eram centenas ou milhares de coisas vazias, parecidas com ranhuras. Depois estendeu a mão e teria tocado na coisa se eu não o tivesse impedido a tempo.

"Estás a tentar matar-te?"

A Charlotte disse: "Acho que já vimos o suficiente. A coisa precisa de ser arrefecida. Chama os bombeiros. Depois de a arrefecerem, podemos levá-la daqui para fora. É fácil."

Contei-lhe o que aconteceu quando os bombeiros tentaram isso.

A Charlotte falou diretamente para o telemóvel: "O objeto em questão aquece quando se lhe deita água em cima. Repito, aquece em vez de arrefecer quando se lhe deita água fria." Atravessou a sala. Todos nós a seguimos.

"Esperem um minuto", disse Hitt. Ficámos todos à espera. "Não importa", disse ele.

A Charlotte e a sua comitiva saíram depois de nos darem instruções específicas:

#1. Não é permitida a entrada de ninguém novo na casa.

#2. Não publicar nada nas redes sociais ou em qualquer outro sítio sem a autorização dela.

Depois, foram-se embora, exceto dois.

***

Ficaram Alex Greene e o seu parceiro, Jessie Filtch. Os dois tipos do Departamento de Proteção de Estrangeiros.

"Mãe, posso dar-te uma palavrinha?"

Pedimos desculpa e fomos para o meu gabinete.

"Mãe, acho que estes dois gajos são uns idiotas."

"Jasper, que coisa para dizer."

"Acho que devíamos chamar alguém, um perito. Como o Sam e o Dean em Supernatural. Eles saberiam o que fazer."

Abanei a cabeça. "Uh Jasper, eles são personagens de ficção."

"Eu sei, mãe, mas tem de haver tipos como eles na vida real."

"Porque não navegas na Internet e vês o que consegues descobrir?"

Deixei o Jasper no meu gabinete e fui ter com o Alex e a Jessie. Vestiam um equipamento de proteção estranho, incluindo uniformes e máscaras, e, com as armas que traziam, pareciam os Caça-Fantasmas.

Eu esperava ir à frente, mas em vez disso segui os rapazes. Estavam a transportar muitas coisas extra, tubos e engenhocas. Um dos rapazes estava a fazer tique-taque.

Os rapazes trabalhavam bem em conjunto, com uma estranha osmose. Um sabia o que o outro estava a pensar antes de comunicar. Aproximaram-se do objeto e, usando luvas de proteção, puseram as mãos sobre ele. Os seus fatos fizeram o trabalho — a princípio. Trocaram olhares e fizeram um sinal de positivo um para o outro.

Aproximei-me um pouco mais, detectando um cheiro estranho. Algo estava a arder. Primeiro a luva da Jessie acendeu-se e depois a do Alex. Correram para o lava-loiça e arrancaram as luvas desintegradas com a outra mão. Tinham as mãos queimadas, mas não era tão mau como poderia ter sido.

"Uau!" disse Jessie depois de ter tirado a máscara. "Aquele filho da mãe é mais quente que o inferno."

Esta explosão de verdade fez-me rir enquanto Alex tirava a máscara. "Reparaste naquilo?

Os dois homens olharam um para o outro e depois para mim. Eu não sabia ao certo a que é que eles se estavam a referir, por isso fiquei calado.

"Sim", disse Jessie. "Os olhos.

Fiquei surpreendida por eles conseguirem vê-los e disse-o.

"Espera um minuto", disse Alex. "Estás a dizer-nos que consegues vê-los sem qualquer equipamento ocular?"

Acenei com a cabeça.

"Que mais consegues ver?" perguntou Jessie.

Hesitei e disse que já voltava. Elas voltaram a pôr os capuzes e eu subi as escadas para demonstrar a energia das sombras. Esperei, à espera de ouvir alguma coisa deles, como um grito de prazer, mas não ouvi nada."

"Oh, voltaste", disseram eles.

"Reparaste em alguma coisa?"

"Posso usar a vossa casa de banho?" disse Alex e subiu as escadas.

Jessie pôs o capuz e, quando Alex regressou, trocaram olhares.

"Então, conseguem ver as sombras?

"Pusemos as mãos através dela", admitiu Jessie. "E também conseguimos lê-la."

Aproximei-me mais. "Bem, não me deixem em suspense."

"É um brilho de ar ionizado, átomos de Rydberg, daí a tonalidade verde", disse Alex. "É difícil de explicar porque normalmente só ocorre no espaço ou em sítios como a aurora boreal. É extremamente raro, quero dizer, é inaudito na cave de alguém."

Fiquei com a boca aberta. Fechei-a.

"À base de alumínio", explicou Jessie. "Não é tóxico nem perigoso. Pensamos que o objeto está aqui por acidente, vindo de muito, muito longe. Dado o seu tamanho e forma, para não falar do seu peso, não vai ser fácil enviá-lo de volta. De facto, provavelmente não temos a tecnologia para o fazer."

"Preciso de uma bebida", disse eu.

Quando estava a subir as escadas, Jessie perguntou: "E a parede?"

"Supondo que ela a consegue ver", disse Alex.

Fingindo que não os tinha ouvido, continuei. Depois, deitei para trás uma dose de uísque.

"Mãe?"

"Estou na cozinha, amor."

"Encontrei dois tipos, como o Sam e o Dean. Eles estão a vir para cá agora, a cerca de quarenta e cinco minutos de distância, usando o GPS deles. Espero que não se importem, mas ofereci-lhes uma conta corrente. Até cem dólares para cobrir as despesas deles."

Eu sorri. "Tudo bem."

"Eles têm um site e muitos testemunhos e experiência no sobrenatural, no oculto e no alienígena."

"Bom trabalho, Jasper. Avisa-me quando eles chegarem. Entretanto, vou manter os dois hóspedes lá em baixo ocupados."

"Estás bem, mãe? Pareces um pouco cansada?"

"Estou cansada, mas ao mesmo tempo entusiasmada.

"Eu também!"

***

Voltei à cave, confirmando que conseguia ver.

"Já passaste por ela? Para o outro lado?" perguntou a Jessie.

"Fui até lá e encostei-me à parede, assim." Demonstrei e, mais uma vez, atravessei-a a direito. Os rapazes já estavam equipados e seguiram-nos.

"Como é que é o ar?" perguntou Jessie.

"É fresco e bonito."

Tiraram as máscaras.

"Quando é que reparaste pela primeira vez no vazio? perguntou Alex.

"Na verdade, não reparei, apenas me encostei a ele por acidente.

"Parece muito estranho com todo este céu verde", disse Alex. Ele tocou na relva, disse que parecia artificial.

Caminharam na direção oposta à que eu tinha ido antes. Eu segui-o de perto. Caminhámos durante algum tempo, ouvindo atentamente o silêncio. "Porque é que vocês lhe chamaram o vazio?"

"Ele estava só a brincar", disse a Jessie. "O vazio é o que chamam a algo assim no mundo dos jogos ou da realidade virtual. Ainda não sabemos bem o que é isto, mas sentimos que este mundo é o mundo de onde veio o vosso objeto".

"De facto", acrescentou Alex. "Essa coisa estaria camuflada aqui, como um camaleão."

Ouvi um assobio alto. É interessante notar que conseguia ouvir sons do interior da minha casa neste outro sítio. Alex e Jessie não reagiram ao som enquanto eu voltava para a entrada e entrava diretamente. Os rapazes estavam atrás de mim, mas não entraram. Enfiei a mão no vazio (à falta de uma palavra melhor) e depois puxei-a para trás. Estava cheio de uma substância verde gelatinosa. Voltei a entrar com as duas mãos, procurando desesperadamente a Jessie e o Alex. Gritei os seus nomes através da parede e até tentei empurrar-me de novo, mas não tive sorte.

Jasper sussurrou alto.

"Trá-los cá abaixo Jasper, acho que precisamos da ajuda deles — AGORA."

***

Os nossos Sam e Dean eram dois jovens rapazes, pouco mais velhos do que Jasper. Estavam carregados de equipamento enquanto desciam as escadas. O mais alto dos dois tinha cabelo louro e chamava-se Bert (diminutivo de Albert) e o segundo jovem, que tinha um corte de cabelo à moda do exército, chamava-se Leo (diminutivo de Galileu).

Depois de termos trocado algumas gentilezas, expliquei sobre os agentes desaparecidos e o vazio.

O Leo falou para um microfone que tinha no telemóvel. Descreveu o objeto, incluindo o tamanho e as dimensões. Pediu-me que explicasse como funcionava o vazio.

Bert aproximou-se do objeto verde para o ver mais de perto. Estendeu a mão e tocou no objeto antes que eu o pudesse impedir. "É muito fixe", disse ele. "Quero dizer, em termos de temperatura. Tendo em conta a descrição que o Jasper fez dele há pouco, diria que algo entrou em curto-circuito."

Eu próprio toquei-lhe; senti-o excecionalmente suave e fresco. Procurei o par de olhos, sem sorte. Interroguei-me sobre as sombras e pedi ao Jasper para subir as escadas a correr, para eu poder verificar. Nada. Bert e Leo observavam-me atentamente.

"Acho que o dono desta coisa deve ter um feixe de tração."

"Devíamos dizer, TINHA um raio trator", disse Bert. "Porque parece ter-se avariado."

"Posso descer agora?" Jasper perguntou.

Pedi desculpa por me ter esquecido dele.

"Os gajos do outro lado, quais são os nomes deles?" O Leo perguntou.

Chamámos por eles. Nada.

"Então, o feixe de tração", disse eu, "deixou de funcionar, como é que o arranjamos? E se o consertarmos, eles serão capazes de o puxar de novo?"

"Se conseguirmos abrir o vazio, então empurramos o objeto", disse Leo.

"E trazer os rapazes de volta", acrescentou Jasper.

Eu continuaria a ter um buraco enorme no meu telhado, mas pelo menos assim poderia arranjá-lo.

Juntos, nós os quatro ficámos de um lado do objeto. "Quando eu contar até três", disse Bert, e empurrámo-lo com tudo o que tínhamos.

"Foi uma ideia inteligente", disse Bert quando não o conseguimos deslocar nem um bocadinho. Hesitou por um momento e depois perguntou: "Quando estavam do outro lado, sentiram algum perigo?"

Pensei no assunto. Não senti e disse-o. "Uma coisa", admiti. "Jasper, isto vai ser um choque para ti. Esperava poder contar-te em privado."

Expliquei o facto de ter dançado com o meu marido. Preocupada, perguntei ao Jasper o que é que ele achava disso. Ele disse que só desejava ter estado lá comigo.

"Ele perguntou por mim?"

Gostava que tivesse perguntado, mas não o fez. Foi tudo muito rápido.

"Deixa-me esclarecer uma coisa", interrompeu Alex. "Não era o teu marido. Era uma manifestação do teu marido. Os seres sobrenaturais conseguem ler mentes, alguns conseguem conjurar espíritos e até replicar os vivos.

"Mas ele parecia real, até cheirava a real.

"É exatamente isso que eles querem que penses", disse Leo.

Lá fora, ouvi os pneus de um carro a parar.

"Eles voltaram", disse eu enquanto nos dirigíamos para a porta da frente.

"Raios", disseram o Leo e o Bert. "Temos o direito de estar aqui. Não vamos a lado nenhum."

Abri a porta.

Mantivemo-nos firmes no lugar com um forte sentido de propósito e determinação de que não seríamos movidos.

***

Desta vez, quem liderava o grupo não era a Charlotte. Em vez disso, era o Presidente.

Ele era mais alto do que todos os outros, vestido com um sobretudo grosso que era acentuado por um par de luvas de couro. Os seus guarda-costas mantinham-se por perto, falando para microfones e dando nas vistas.

"Sr. Presidente", disse eu com uma vénia. Ele estendeu-me a mão sem luvas. Apresentei-o ao Jasper, depois ao Bert e ao Leo. "Bem-vindo à minha casa, Sr. Presidente."

Ele inclinou a cabeça, entrou e perguntou: "Então, por onde é que eles passaram?"

Como é que ele sabia? Tinham posto a minha casa sob escuta? Eu estava irritado e disse-o.

A Charlotte avançou com o telemóvel estendido e carregou no play. No telemóvel, havia uma mensagem da Jessie e do Alex.

"C'um caraças!" exclamou Bert.

"Porque é que não pensámos nisso? perguntou Leo.

"Não pensariam agora, pois não?" disse a Charlotte com uma arrogância imprópria que as sobrancelhas levantadas do Presidente indicavam que não lhe agradava.

"Sigam-me", disse eu e conduzi-os à cave.

"Espera um minuto," disse o Presidente. "Como é que esta coisa já não está a emitir calor?" Virou-se para a Charlotte. "Pensei que tinhas dito que estava em brasa."

A Charlotte percebeu que o Presidente tinha razão e pediu uma atualização.

"Parece que isso aconteceu quando os rapazes entraram no vazio," eu ofereci.

"Liga-lhes outra vez," ordenou o Presidente, a Charlotte tentou, mas eles não responderam.

Bert disse ao Presidente: "Estávamos a considerar a possibilidade de levar a coisa daqui para fora, agora que está fresca. Se conseguirmos abrir o espaço vazio e fazer com que os rapazes entrem e saiam, isso pode ser considerado como uma troca de boa vontade."

"Para quem?", perguntou o Presidente.

"Para quem o enviou para cá", disse Leo.

"Por favor, conte-me mais", disse o Presidente e logo Charlotte e sua comitiva estavam reunidos em volta ouvindo também.

"Pensamos", disse Leo, "que quem quer que seja a quem esta coisa pertence, deve ter colocado um feixe de tração nela. Pensamos que o feixe de tração não funcionou bem — mas em qualquer dos casos, temos de tirar estes dois tipos daqui antes que se volte a ligar."

O Presidente apertou as mãos de Leo e Bert. Ele se virou para Charlotte. "Contratem estes dois."

Os rapazes ficaram lisonjeados mas recusaram a oferta, depois explicaram as suas experiências passadas com o sobrenatural, o oculto e o alienígena. Falaram ao Presidente dos seus mais de cinco milhões de visualizações no YouTube e dos milhões de seguidores nas redes sociais.

"Bem, isso é muito impressionante", disse o Presidente. Meteu a mão no bolso, tirou dois cartões de visita e deu-os aos rapazes. Eles, por sua vez, deram-lhe os seus cartões de visita.

"Agora vamos ao que interessa", disse o Presidente. "Como trazer os nossos homens de volta e já."

Encostei-me à parede, como já tinha feito antes, na esperança de passar, mas desta vez não resultou.

***

Conseguimos mover ligeiramente o objeto verde, para que ficasse em posição se o vazio se abrisse.

"Tudo o que podemos fazer agora é esperar", disse o Presidente. Depois chamou a Charlotte, agradeceu-nos por sermos excelentes cidadãos e fez uma moção para partirmos.

"Posso pedir um favor?" disse Bert.

"Claro que sim", disse o Presidente.

"Podemos tirar uma selfie para o nosso sítio Web?"

O Presidente respondeu: "Não há problema" e eles tiraram várias.

Subimos as escadas e ficámos à espera de um sinal. Qualquer sinal.

***

O dia transformou-se em noite.

Lá fora, o vento assobiava e agitava as telhas como se estivesse a fazer uma corrida contra si próprio. Fechei os olhos, estremeci, olhei para cima através da abertura no teto e vi um raio de luz na noite estrelada.

Arfei e logo todos estavam perto de mim e a olhar para cima.

"Uau!" exclamou o Leo. "Acho que é o feixe de tração."

"Isso é que é teletransportar-me, Scotty!" disse Bert.

O feixe de tração desceu, serpenteou através do buraco, até à cave onde se prendeu ao objeto verde. O feixe de tração também era verde, mas tremeluzia e abanava à medida que se estendia e agarrava a coisa.

Assim que o agarrou com firmeza, pareceu parar, e depois acelerou os motores. O som era ensurdecedor, e todos tapámos os ouvidos, enquanto o objeto se afastava da parede, primeiro, e depois subia lenta mas firmemente para o céu.

Não conseguíamos tirar os olhos do objeto. Podíamos estar em perigo — mas não conseguíamos desviar o olhar. Subiu cada vez mais alto e até ao céu noturno. Fomos lá fora, para ver melhor o que estava do outro lado, mas de todas as perspectivas nada era visível, exceto o feixe de uma linha verde que levava o objeto para longe.

Quando o objeto desapareceu completamente, tão alto que era invisível a olho nu, permanecemos juntos em silêncio até que eu disse: "Muito bem, o objeto desapareceu, mas o que vamos fazer com o Alex e a Jessie? Eles ainda estão presos no vazio".

"Acho que precisamos de um plano B", disse Leo.

"Deixamos isso para si", disse Charlotte enquanto carregava na tecla de marcação rápida do telemóvel e informava o Presidente, declarando o caso encerrado. "Não há problemas de segurança aqui, e não há alienígenas." Ela e a sua comitiva fizeram as malas e dirigiram-se para os seus veículos.

"Esperem um minuto!" Eu gritei. "Nem sequer se preocupam com os vossos homens?"

"Danos colaterais," disse a Charlotte enquanto batia a porta do seu carro. Elas foram-se embora.

"Acho que é connosco", disse eu.

Bert e Leo olharam um para o outro.

O Bert disse: "Lamento, mas não sabemos o que fazer nem como os trazer de volta. Nós também vamos andando, para dormir um pouco. Telefonamos-vos de manhã se nos lembrarmos de alguma coisa".

Jasper e eu não nos divertimos. Agora que o objeto tinha desaparecido, todos se iam embora. Abandonavam-nos.

O Jasper foi para o seu quarto e eu vesti o meu pijama, sempre a pensar nos homens desaparecidos. Tentei distrair-me lendo um romance de mistério, mas o mistério debaixo do meu próprio teto exigia a minha atenção. Depois de duas horas a rebolar, levantei-me para fazer uma chávena de chá.

Teria vestido o meu casaco se soubesse que vinha aí alguém.

***

Bebericando o chá, perguntando-me como poderia resolver o dilema, olhei para as estrelas, enquanto uma lágrima escorria pela minha face. Dois homens estavam perdidos algures no vazio, sem família, sem amigos, sem país. Tinham sido cidadãos corajosos. Mereciam melhor.

Peguei num biscoito de chocolate e estava prestes a dar uma dentada quando reparei numa estrela verde cintilante. Uma estrela verde? Esfreguei os olhos, mas ela ainda lá estava, a piscar-me o olho. Fui lá fora, para ver o céu noturno.

Não era uma estrela.

Estava a mover-se, a cair rapidamente na minha direção, cada vez maior.

"Oh não!" Gritei para ninguém. Depois chamei o Jasper, e ele veio a correr. Apontei para cima, enquanto pensava num movimento rápido se precisássemos de sair do seu caminho.

Quando a distância entre eles e nós diminuiu, não conseguimos conter a nossa excitação e saltámos de alegria quando a coisa parou e lá estavam eles.

Dois guarda-chuvas pretos abriram-se, o Alex e a Jessie agarraram num deles e começaram a descer em direção a nós.

Usando fatos feitos de um material refletor, Alex e Jessie caíram suavemente na nossa direção.

Depois de aterrarem suavemente, os dois meteram a mão dentro dos fatos e tiraram duas garrafas verdes. Depois de abrirem a tampa, beberam o conteúdo. Desceram dos fatos, revelando as roupas com que tinham partido. Voltaram a colocar as garrafas no interior e prenderam-nas aos guarda-chuvas.

O raio trator prendeu-se aos guarda-chuvas e aos fatos. Acenámos enquanto os objectos eram puxados para o céu e observámos até não os conseguirmos ver mais.

"Bem-vindos de volta!" Jasper e eu exclamámos.

"Eu podia matar uma chávena de chá!" disse Alex.

"Eu preferia um shot de whisky", disse a Jessie.

"Quem eram eles?" Eu perguntei. "Ou devo dizer O QUE eram eles?

"Tudo a seu tempo", disseram em uníssono os nossos dois heróis regressados. "Mas primeiro temos de comer biscoitos e bebidas."

Eles adaptaram-se a estar de volta, enquanto eu preparava o prato. Sentámo-nos juntos à mesa de jantar, a bebericar. À espera. Eles não tinham nada a dizer. Nenhuma pergunta para nós, apesar de o enorme objeto verde já não estar em minha casa.

A minha paciência começou a esgotar-se e pedi-lhes que nos contassem o que tinha acontecido.

"Foram umas férias curtas", disse Alex.

"Sim, umas férias pagas", disse a Jessie.

Eu levantei-me. "O que é que querem dizer? Onde é que vocês estavam? Quem te tinha? Estavam presos? Como é que eles eram? Como é que os convenceste a mandarem-te de volta?" Voltei a sentar-me.

Jasper continuou: "E o que era aquela coisa verde? Porque é que estava aqui? Alguém levou uma tareia por a ter deixado cair?"

Os homens olharam uns para os outros com caras de espanto. Não faziam ideia do que estávamos a falar. Isto é que é ser sem noção.

"Mãe, acho que os extraterrestres lhes limparam a mente."

"Concordo. Isso é que é uma folha limpa."

Não havia mais nada que pudéssemos dizer ou fazer, para além de irmos dormir. A Jessie deitou-se no sofá e o Alex na cadeira La-Z-Boy.

O Alex levantou-se. "Oh, antes que me esqueça."

A Jessie também saltou. "Sim, temos uma coisa para ti."

O Jasper e eu olhámos um para o outro, como se tivéssemos sido picados ou chocados.

O Jessie tirou do bolso um estojo verde e cintilante. Quando a peguei na mão, ela ondulou e pareceu-me muito fresca. Abri-a e fiquei ofegante. Lá dentro estava a medalha de S. Cristóvão do meu marido. A que eu lhe tinha dado no nosso primeiro aniversário de casamento.

Alex entregou um objeto semelhante a Jasper. Lá dentro estava o relógio do pai dele. Jasper colocou-o diretamente no pulso. "Ele disse alguma coisa sobre mim?"

Alex disse: "Ele vê-vos todos os dias, a ambos. É verdade o que dizem, aqueles que amamos nunca estão longe de nós".

Tanto Alex como Jessie saltaram, desta vez em uníssono. "Temos de ir."

"E agora?" Eu perguntei. "Vocês estão bem?"

"Sim", disseram em conjunto. "Temos algo para entregar ao Presidente. Agora."

Um carro parou lá fora e eles foram-se embora.

***

"Temos de ser nós a entregar-lho", exigiram Jessie e Alex.

Era a meio da noite, mas o Presidente concordou em recebê-los.

Quando entraram na Sala Oval, o Presidente estava sentado e vestia o seu roupão de seda.

"O que é que vocês os dois têm para mim?", perguntou o Presidente.

Juntos, Jessie e Alex apresentaram-lhe o objeto. Era um botão verde excecionalmente grande. Nele estavam escritas as seguintes palavras: "PUSH ME. FAÇA-O".

"O que é que vai acontecer?", perguntou o Presidente.

"Não sabemos.

"Preciso de perguntar a alguém, a um dos meus conselheiros. Não posso simplesmente..."

"Mas tu és o Presidente", disse Jessie.

"Sim, podes fazer tudo, não podes?"

O Presidente colocou o botão verde na sua secretária ao lado do botão vermelho. Juntos, tinham um ar bastante natalício.

Jessie e Alex disseram: "Lá para fora. Lá para fora. Lá para fora".

"Muito bem, rapazes, muito bem", disse o Presidente. "Vamos lá."

Uma vez lá fora, o Presidente mal podia esperar para carregar no botão e assim fez.

O céu passou de azul a verde e um feixe de tração cobriu o país de costa a costa, capturando todas as AR-15.

EPÍLOGO

Longe, muito longe, no planeta com o céu verde e a terra verde, mas onde as árvores não passavam de troncos, os extraterrestres reaproveitaram os materiais terrestres que tinham recolhido.

As AR-15 foram transformadas em ramos.

As garrafas eram penduradas nos ramos e assobiavam ao vento.

Os guarda-chuvas forneciam proteção contra a chuva e o sol.

Sempre que os extraterrestres precisavam de mais AR-15, acendiam o botão e os Presidentes carregavam sempre nele.

DARRYL E EU

No mesmo dia em que soube que estava grávida, o meu marido morreu.

Estou numa zona de guerra. Não estou sozinha. O meu bebé está comigo, dentro de mim.

Cruzo os braços sobre o meu bebé, protegendo-o, enquanto ando pela rua e as bombas explodem à nossa volta. Tento encontrar um abrigo para nós, mas as bombas estão cada vez mais perto.

Estou perdida, mas sem medo. O meu filho dá-me um pontapé na mão para me tranquilizar. Estamos a unir-nos enquanto o resto do mundo se desmorona.

Paro e olho para mim num espelho no centro da rua. Estou a usar um vestido vermelho vivo com sapatos vermelhos a condizer e meias pretas. Afofo o cabelo com os dedos, vou à bolsa buscar um batom. Faço uma marca de beijo no vidro, depois atiro a cabeça para trás e tiro uma selfie. Publico-a no Instagram. Ou tento. Não tenho a certeza se tenho barras suficientes.

Ouço uma sirene a gritar. Vem na minha direção. Está a dirigir-se para o espelho. Estico a mão para a agarrar, mas uma mão agarra a minha. Eu grito. A sirene grita.

"Vai para dentro. Estás louco? Entra!", diz o condutor da ambulância numa língua que não conheço nem compreendo. Felizmente, há legendas.

Hesito antes de entrar. Preciso de encontrar o Darryl. O Darryl está aqui algures e o nosso bebé precisa do pai. O Darryl anda à minha procura e nós andamos à procura dele. O nosso filho é o íman. O radar. O GPS.

Atiro a cabeça para trás e grito o nome dele alto e bom som: "Darryl!" Escuto e depois grito outra vez. Chamo o nome dele e ouço. O condutor da ambulância diz que estou louco e põe o carro em marcha-atrás.

A ambulância bate no espelho e rebenta uma bomba. Voam bocados por todo o lado.

Há muito sangue nos pedaços de vidro.

Acordo e grito.

***

Tive o mesmo sonho todas as noites depois da morte do Darryl. Estava sempre a reviver o que tinha acontecido, apesar de não estar lá. Era uma operação de rotina como parte da Força de Manutenção da Paz das Nações Unidas.

É um mecanismo de sobrevivência, isto de sonhar e viver. Tentar encontrar o homem que amo quando o enterrámos. O funeral foi lindo. Eu estava tão orgulhosa do Darryl. Ele deu a sua vida pela causa e eu compreendo-o. Admiro-o pela sua dedicação, porque isso fez dele um homem melhor.

Puseram a bandeira sobre o seu caixão. Atirei dois punhados de terra para o chão e depois caí de joelhos a soluçar. A minha mãe e outras pessoas, incluindo os meus amigos, tentaram ajudar-me, mas eu afastei-os aos gritos. Queria estar sozinha com o Darryl. Queria contar-lhe sobre o bebé.

O nosso bebé.

Não me ia embora enquanto não tivesse a oportunidade de me despedir. Deitei-me ao lado da campa aberta, de barriga para baixo, com a cabeça apoiada nos braços. Disse-lhe o quanto o amava e despedi-me antes de lhe dar um beijo e de me levantar.

A minha mãe estava ao meu lado e a Moni também. Cada uma pegou num dos meus braços e puxou-me de novo para junto de si. Dirigimo-nos para o carro.

No caminho para casa, senti a presença do Darryl. Os seus braços envolveram-me. Os pêlos eriçaram-se nos meus antebraços, senti o cheiro dele. Sentia-o.

Depois, ele foi-se embora.

Em casa, do lado de dentro da porta, esperava-me uma caixa de forma oblonga com um laço no meio. Quis perguntar-lhe o que estava ali a fazer, mas a tristeza que reinava na sala levou-me para longe. Flutuei de pessoa para pessoa, aceitando os seus clichés de "lamento imenso" e "com o tempo tudo vai melhorar". A treta habitual depois do funeral.

Depois de se irem embora, senti-me vazia.

A mãe deitou-me na cama, como costumava fazer quando eu era pequena.

Depois de fechar a porta atrás de si, ergui os punhos cerrados aos céus por terem levado o Darryl.

Depois caí de joelhos em gratidão pelo nosso bebé que crescia dentro de mim.

***

Acordo a olhar para o espaço vazio ao meu lado, limpando a baba dos cantos da boca. A campainha da porta está a tocar. Atiro os cobertores para trás e deito-me no chão. Antes mesmo de conseguir sair do nosso quarto, a minha mãe de quarto voa para mim com os braços bem abertos.

Tenho de lhe pedir a chave de volta.

"Estava tão preocupada", diz ela, abraçando-me, apertando-me e fazendo-me sentir como uma menina de novo. Ela afasta-se e olha para a minha cara.

Ponho o cabelo atrás da orelha esquerda e tento sorrir. Aponto na direção da cozinha e, quando lá chego, encho a cafeteira de água. Abro a máquina de lavar louça para me manter ocupada enquanto a máquina de café cospe atrás de mim. A minha mãe fecha a porta da máquina de lavar louça, carrega nos botões necessários e põe-me de costas para uma cadeira onde não me dá outra alternativa senão sentar-me.

Ela está no lugar do Darryl e eu não estou no lugar de ninguém. Quando se apercebe, muda-se para a outra cadeira de ninguém. Levanta-se antes de mim e serve-me o café. Eu ponho natas e açúcar no meu e bebo um gole. Um gole é suficiente. Vou a correr para a casa de banho. Esqueci-me que o café provocava enjoos matinais a algumas das minhas amigas.

Quando volto à cozinha, a minha mãe preparou uma chávena de chá de camomila descafeinado. É para me acalmar.

Sento-me e bebo a bebida amarga e quente e vejo a minha mãe a movimentar-se na minha cozinha como uma pessoa numa missão. "Estou a fazer-te uma torrada", diz ela quando a torrada aparece quase na hora certa. A mãe usa a faca para esmagar a côdea, mais um flashback de quando eu era pequena. Depois espalha a manteiga e vira-se para olhar para mim.

A mãe põe um pouco de compota de morango e vai ao frigorífico. Tira de lá o bloco de queijo que desfaz sobre a minha torrada. Volta a colocá-la em cima da torradeira (com o lado da compota e do queijo virado para cima) e carrega no botão para deixar a torrada aquecer durante alguns segundos.

Este é outro ritual da minha infância e estou grato por ela estar aqui.

A mãe corta a tosta em triângulos e eu nem acredito no sabor maravilhoso que tem quando a mordo. Como as duas fatias e depois bebo mais um pouco de chá, que já não tem um sabor tão amargo desde que ela pôs umas gotas de mel. Ela pensa que eu não reparei... Pego na mão da mãe e agradeço-lhe mais uma vez.

O bebé já não tem fome.

A mãe do bebé já não está confortavelmente entorpecida.

A avó do bebé já não se sente inútil.

A mãe limpa a casa, falando sobre isto e aquilo. Eu ouço sem apreciar os seus esforços de distração. Deixo que ela pense que as suas tácticas de distração estão a resultar. Para ser sincero, não consigo acompanhar a sua linha de pensamento e o seu ritmo. Parece que estou a ouvi-la debaixo de água.

Ela ri-se. Eu salto. Estou de volta do sítio para onde a minha mente viajou. Fui a algum lado num instante. Senti-me a ir.

Era uma menina, escondida debaixo das escadas. Depois subi as escadas e entrei no armário, onde estava muito escuro. As mangas da camisa do meu pai mexiam-se. Saí a correr, dando a conhecer o meu esconderijo. Fui apanhado.

"Lembro-me dessa altura", diz a mãe, trazendo-me de volta ao presente. É como se ela estivesse a contar a história pela primeira vez. "Costumavas esconder as côdeas quando eras pequena. Antes de eu começar a esmagá-las com uma faca, encontrávamo-las nos bolsos, nas jardineiras. Ah, as que estavam nos vasos. Elas absorviam a água, matando algumas das plantas antes de percebermos o que estavas a fazer."

"A matar as plantas", imito.

Ela vem até mim, ajoelha-se e pergunta: "Estás bem, amor?"

Quase me rio da sua pergunta ridícula, mas controlo-me antes de o fazer, antes de dizer: "NÃO, NÃO ESTOU BEM". Darryl. Jesus Darryl. Empurro a cadeira para trás, criando espaço entre mim e a minha mãe e levanto-me. Sou como um zombie. Mas não preciso de me alimentar de carne humana. Eu quero o Darryl. Sorrio quando repito need to feed need to feed need to feed outra vez na minha cabeça.

Agora que estou de pé, devia estar a mexer-me. Os meus pés querem ir a algum lado, a qualquer lugar, e no entanto dou por mim a fazer exatamente o contrário. Volto a sentar-me. A minha mãe faz o mesmo. Bebe a sua chávena de café, que já deve estar muito fria.

Levanto-me e digo: "Estou cansada", apesar de ter acabado de acordar, eu sei disso. Ela sabe-o. Mas não quero saber. Volto para o nosso quarto, o meu quarto, com a minha mãe a seguir-me. Quando ela me alcança, coloca a mão direita na minha anca, como se precisasse de me guiar. Como se eu pudesse perder-me no caminho.

Já à porta, viro-me e encaro-a. Ela tem lágrimas nos olhos, mas não estão a transbordar. Ela sabe o que é perder um marido, porque perdeu o papá, mas não é a mesma coisa. Eles tiveram uma vida inteira juntos. Estiveram juntos durante trinta e sete anos antes de o papá morrer. Nós só estivemos casados durante dois anos e meio. O Darryl nunca verá o seu filho ou filha. Eu quero dizer isto, mas não quero.

Acho que ela sabe o que estou a pensar, embora não tenha a certeza. É aquela coisa de osmose entre mãe e filha. Ela beija-me na testa enquanto me deita na cama. Sai e fecha a porta atrás de si.

Levanto-me de novo da cama, vou ao espelho e olho para mim. Em quarenta e oito horas, envelheci dez anos. Apesar de ter estado a dormir durante a maior parte do tempo, as bolsas debaixo dos meus olhos são enormes. Parece que estive a chorar o tempo todo, mas a verdade é que já não tenho lágrimas. A minha cara já não se parece comigo. Sou uma estranha, até para mim própria.

Deito um pouco de água e salpico-a na cara antes de deitar água morna numa toalha de rosto, a do Darryl. Seguro-a sobre mim para o inspirar.

Encontro a toalha de banho dele, dispo-me e enrolo-a à minha volta. Envolve-me e aquece-me como se estivesse nos seus braços. Fico assim sentada durante o que parece ser uma eternidade. Como se ele me estivesse a abraçar. Não correm lágrimas. Não há mais lágrimas para chorar. É como se o Darryl nos estivesse a envolver. A segurar-nos juntos, nós os três, Darryl, o bebé e eu.

O bater da mãe à porta traz-me de volta ao presente. Devo ter adormecido. Levanto-me demasiado depressa quando a porta se abre. A toalha do Darryl cai no chão.

A mãe e a vizinha entram no quarto e eu agarro a toalha do Darryl a tempo de esconder a minha nudez. Começo a rir-me e não consigo parar.

A mãe e a vizinha parecem preocupadas. Os olhos da vizinha estão a saltar-lhe da cabeça. Em breve, vão chamar os homens dos casacos brancos para me virem buscar se eu não me recompuser.

***

É o dia do meu casamento e estou a caminhar pelo corredor no braço do meu pai, numa grande igreja. Sei que estou a sonhar porque o meu pai nunca me levou ao altar. Ele já estava morto quando eu e o Darryl nos casámos, e o Darryl e eu não nos casámos numa igreja. "Your Song", do Elton John, é a nossa canção. Quer dizer, era a minha canção e a do Darryl. Na verdade, preferimos a versão do Ewan McGregor, uma vez que adorámos o Moulin Rouge.

O pai e eu cumprimentamos as pessoas que vemos pelo caminho. A avó Eleanor, que já morreu desde que eu era pequena, manda-me um beijo. Tiro uma flor do meu bouquet. Bafo de bebé, a sua preferida. Dou-lha.

Ela sorri, e uma lágrima cai-lhe pela face.

Do outro lado do corredor, está a minha prima Ruth. Ela e eu éramos muito próximas quando éramos crianças. Agora, raramente nos vemos. Imagino que ela esteja a pensar exatamente o mesmo que eu quando passo por ela. Nota para mim próprio: convidá-la para jantar um dia destes.

Há os dois irmãos mais novos do Darryl, o Dale e o Donny. Os pais deles tinham uma espécie de mania com a letra D. Nota para mim próprio: não continuar com essa tradição.

Vejo a minha outra avó, a mãe da minha mãe. Ela não foi ao nosso casamento. Ela e a mãe estão de mãos dadas e eu solto-me do pai por uns segundos para lhes dar um grande abraço. Os meus joelhos dobram-se um pouco quando a avó estende a mão, pega na minha mão e deixa cair algo dentro dela. Instintivamente, fecho os meus dedos à volta da coisa; apesar de não ver o que é, consigo sentir que é uma chave. O meu pai puxa-me para o seu braço e voltamos a entrar no caminho que nos leva ao altar.

As minhas damas de honor, Trish e Moni (diminutivo de Monique) estão agora perto de mim. Estão deslumbrantes nos seus vestidos brancos antigos, mas esperem, fui eu que usei branco antigo.

O pai vira-me, tira a minha mão do seu braço e coloca-a à volta da mão do Darryl. Viro-me para olhar para o meu futuro marido, mas não é o Darryl. Bem, já foi Darryl, mas agora já não é. Ele está morto. Ele está morto. É um cadáver a apodrecer.

Eu grito enquanto o lodo verde escorre dos seus lábios quando ele tenta sorrir. Não sou o único a gritar.

Toda a gente está a gritar.

Tudo está a gritar - até as máquinas.

Abro a minha mão.

Engulo a chave.

Pedaços de vidro estilhaçam-se por todo o lado.

***

Abro os olhos. Não estou em casa, mas no hospital. Ouço tiquetaques, batimentos cardíacos. Bipes. Sussurros. Volto a fechar os olhos. Finjo que estou a dormir.

"Não há mudanças."

"Não posso desistir."

"E o bebé?"

O bebé. Estas duas palavras trazem-me de volta à realidade e eu tento sentar-me e descubro que não consigo.

Quando não consigo mexer os braços ou as pernas, grito. Agarro na minha barriga, no meu bebé, no nosso pequenino, e descubro que a barriga está maior agora. Há quanto tempo estou a dormir?

"Mamã?"

"Oh, querido! Querido", diz ela. "Vais ficar bem", diz ela, mas eu não acredito nela. Nem uma única palavra.

"Há quanto tempo estou aqui?" pergunto, e a minha cabeça parece uma câmara de eco enquanto as palavras reverberam dentro do meu crânio.

Ela abraça-me e abraça-me em vez de responder. Quando me afasto, ela segura a minha cabeça com a mão e olha-me nos olhos como se estivesse a tentar encontrar-me.

Tento não pestanejar, mas não consigo parar. Não detestas quando isto acontece? Assim que tentamos não fazer uma coisa, o nosso corpo trai-nos e leva-nos a fazê-la ainda mais.

Ela não diz nada. Ela acha que eu não consigo lidar com a verdade. A voz que está na minha cabeça para lidar com a verdade é a do Jack Nicholson em A Few Good Men. O Darryl adorava esse filme. Vimo-lo tantas vezes que perdi a conta.

"Eu quero saber," ouço-me a dizer, mas pela forma como ela olha para mim, não tenho a certeza se o disse em voz alta ou na minha cabeça. Tento de novo, desta vez um pouco mais alto e ela reage.

"Deixa-me", diz ela e depois sai, voltando dentro de momentos com alguém que não reconheço. Os dois circulam pela sala como se estivessem a preparar um palco para uma peça de teatro. Sussurram, depois olham para mim e sussurram mais.

Que falta de educação.

Fico à espera, como se fosse invisível, e tento não explodir.

O desconhecido espeta-me uma agulha no braço e vou-me embora, pensando que os funcionários do hospital em roupa de rua deviam ser proibidos.

Sonho novamente que estou a descer a rua, à procura do Darryl, enquanto as bombas explodem.

***

O galo em mim é ainda maior agora. De facto, visivelmente maior. Quando o bebé se mexe, vejo pedaços dele ou dela através da minha pele. Membros que fazem marcas como virar-me do avesso enquanto o nosso filho empurra contra as paredes do meu estômago.

Já não estou no hospital. Estou em casa, sentada num quarto de bebé, a balançar numa cadeira de amamentação que não balança no sentido habitual da palavra. Em vez disso, desliza.

Ovelhas adormecidas com zzzs à volta da cabeça alinham-se nas paredes à espera de serem contadas. Começo a contar, depois sorrio, olhando para o berço. O tempo pára, tem de parar, porque nada está a acontecer aqui, hoje, agora.

Levanto-me da cadeira, meio acordado e meio a dormir. Toco no telemóvel e ele começa a tocar Frere Jacques. Canto a música, enquanto pego numa manta com uma ovelha.

Dobro a manta cada vez mais pequena, até ficar um quadrado minúsculo. Depois, volto a colocá-la no berço e vejo-me no espelho do canto.

Parte do espelho é visível e outra parte não, porque há qualquer coisa a tapá-lo. Aproximo-me, tiro a proteção contra o pó para revelar um tesouro que está na minha família há décadas. Uma herança de família transmitida pela mãe da mãe da minha mãe.

A moldura é fria ao toque quando passo os dedos ao longo dela. É de madeira e está gravada com pares de mãos entrelaçadas. As marcas dos dedos entrelaçados são ainda mais frias ao toque. Aproximo o meu corpo até a minha barriga encostar ao vidro. Não lhe toca. Atravessa-o. À medida que me aproximo mais e mais, a minha barriga desaparece no vidro.

Dou um passo atrás e a minha barriga desliga-se com um som de sucção. O meu bebé dá pontapés e volta a dar pontapés enquanto me afasto do espelho e volto para a cadeira onde tinha começado. Quando me sento, o móbil recomeça e começamos a deslizar em sintonia com ele.

O meu bebé acalma-se e nós dormimos.

***

"Acorda Cath", diz o Darryl.

Viro-me para ele e aconchego-me nele. O bebé choca-se entre nós. Não conseguimos estar tão perto um do outro como dantes, mas estamos mais próximos a muitos outros níveis.

O alarme toca e eu estou abraçada à almofada do Darryl, não a ele. O meu bebé dá pontapés e eu saio da cama para vaguear pelo corredor, semi-desperta, até à casa de banho, onde vou à sanita. Ligo a água, entro no chuveiro e deixo a água correr sobre mim.

O meu bebé adora a água e ficamos ali até que a água quente se esgote e se torne fria. Já com fome, visto o meu casaco e desço as escadas quando a mãe entra pela porta da frente. Ela deve ter tocado à campainha quando eu estava no duche. Nota para mim próprio: pedir à mãe para devolver a chave.

"Trouxe prendas", diz ela. Deita uma caixa inteira de donuts gelados em cima da mesa; os donuts ainda estão quentes e cheiram a céu. Enfio um na minha boca e ela enfia um na dela. Abraçamo-nos e comemos um segundo donut antes de decidirmos fazer um chá.

O meu bebé dá um pontapé de agradecimento e a mãe também o sente. "Oh", digo eu, enquanto o bebé dá a conhecer a sua presença fazendo o que parece ser uma cambalhota dentro de mim.

"Estás bem?" A mamã pergunta.

"Ele está feliz", digo eu.

A mãe apercebe-se do facto de eu ter dito "ele". Ela não o menciona. Em vez disso, conta-me os últimos mexericos.

Eu ouço por educação, não porque me interesse pelos acontecimentos locais. Antes, quero dizer, antes de conhecer o Darryl, eu contribuía saltando para o comboio dos mexericos. Por vezes, até era o maquinista, sem o chapéu. Outras vezes, eu era o vagão. De uma forma ou de outra, eu estava sempre no comboio. Deixava-me levar pelos mexeriqueiros.

"Viste o berçário?" Pergunto do nada, enquanto ela está a meio de uma frase de fofoca.

Ela olha para mim como se eu fosse um estranho. "Tens a certeza que estás bem?", pergunta, com uma grande carranca na testa em forma de ponto de interrogação horizontal.

Apercebo-me que disse algo estranho, talvez até estúpido. Não sei o que é. "Estou bem", digo, tentando tranquilizá-la.

Levanto-me, esperando que ela faça o mesmo, mas ela não o faz. Em vez disso, tira outro donut da caixa e dá uma dentada.

O meu bebé dá-me um pontapé forte. Como se quisesse outro donut. Tenho de fazer xixi e digo-lhe. A mãe segue-me pelo corredor.

"Encontramo-nos no quarto do bebé", digo eu.

"Está bem", responde a mãe.

Quando vou ter com ela ao quarto do bebé, a mãe está em frente ao espelho. Junto-me a ela, fico ao seu lado e aproximo-me cada vez mais do vidro. Estou a testar para ver se o bebé vai passar, como ontem, mas não passa. Não há ondulação. Não há ligação. Estaria eu a sonhar?

Quando me viro, o telemóvel começa a tocar Frere Jacques sozinho.

"Rebobinei, Cath", diz ela, "fizemos um ótimo trabalho de decoração, não foi? Estou tão contente."

Não me lembro de decorar e não quero admiti-lo. Como é que me podia ter esquecido de tal coisa?

"A tua trisavó ficaria muito contente. Estou feliz por o espelho te pertencer agora".

O mundo começa a girar e a desvanecer-se. Dou um passo em frente e quase caio. A mãe apanha-me e coloca-me na cadeira onde deslizo para trás e para a frente e para trás.

"O espelho não é teu por direito?" pergunto eu.

"Sim, mas não me importo. Fica perfeito nesta sala."

Pensando no espelho, adormeço. A mãe já se foi embora. Está escuro aqui, à exceção de uma luz que pisca no canto, a pouca distância do espelho.

O bebé dá pontapés. Está inquieto. Levanto-me e caminho em direção ao espelho. À medida que nos aproximamos, a luz ilumina-se. O meu bebé dá pontapés e mexe-se. Tiro o cobertor e olho para o reflexo da minha barriga, cada vez mais perto. O bebé dá um pontapé de baliza.

A minha barriga bate contra o espelho. O bebé dá outro pontapé, diminuindo a distância entre a barriga e o vidro. Quando os dois se unem, a minha barriga desaparece no espelho. Há um puxão que nos atrai.

Estou agora de nariz encostado ao vidro. Pressiono-me mais para dentro até ficar com a cara toda lá dentro. A minha cabeça segue-me. O meu bebé rola para o reflexo.

Uma forte rajada de vento surge algures atrás de nós e empurra-nos ainda mais para dentro. Agora já estou suficientemente dentro para notar a diferença no ar. outono. Folhas. Era primavera onde estávamos e outono aqui. Como é que isso é possível?

Podia cheirar e sentir o ar fresco, que nos rodeava, dando-nos as boas-vindas. Uma brisa sussurra na minha pele como um toque.

O meu bebé empurra para a frente e para trás, procurando conforto do outro lado. Conforto dentro do mundo de vidro. Acaricio a barriga do meu bebé para me tranquilizar e o meu bebé empurra para trás para fazer o mesmo por mim.

É magnífico. Estou no meio de uma floresta. Não, estou numa praia com areia, areia branca e pura e ondas a baterem e a baterem na costa.

Não, estou perto de montanhas, montanhas altas com caminhos a serpentear à sua volta. São muitos mundos, todos juntos. Ouço pássaros a cantar. Há corvos, corvos, gaios azuis, flamingos, kookaburras, whinchats, pardais, mockingbirds e gaivotas. Sinto o sabor do sal do mar na minha língua.

Chamo: "Olá", e a minha voz ecoa à volta e à volta e à volta. O meu bebé dança ao som do eco, fazendo cócegas, fazendo-me rir. Sinto-me em paz, pura e doce. Alegria. Em casa.

Do outro lado, atrás de mim, algo me puxa para trás. Eu não quero ir. O meu bebé não quer ir, mas algo me agarra. Arranca-nos dali para fora. Para trás.

"Que raio estão a fazer?", grita alguém. A sua voz é trémula, distorcida.

Eu ouço as palavras, mas a voz parece estar dentro de uma nuvem.

***

Assim que voltamos, queremos partir de novo. Queremos estar lá, existir lá. Só lá e em mais lado nenhum.

É a Moni e ela está muito zangada comigo. "Em que é que estavas a pensar?"

Não digo nada enquanto olho para o espelho.

"Não te faças de inocente comigo", diz Moni. "Estavas a viajar. Quero dizer, noutra dimensão, não estavas?"

"A viajar?" Eu imito. Penso nisso por um segundo, em como devo ter parecido louca e digo: "Estava a olhar para o meu reflexo, o nosso reflexo. O bebé e eu".

"A maior parte de ti tinha desaparecido!" A Moni grita. "DESAPARECEU!"

Eu rio-me, tentando fingir que ela não tinha visto o que tinha visto. Tentando fazê-la sentir-se como se estivesse louca. Em vez de mim. Eu tinha estado lá. Tinha visto outro mundo. Atravesso a sala, afasto-me do espelho, viro-me para trás e caminho até ao espelho. Fecho o punho e encosto-o ao vidro, esperando que não aconteça nada e não acontece.

A Moni segue-me e faz a mesma coisa. Depois, ficamos frente a frente e desatamos a rir. Devemos ter parecido loucas. Loucas. Ridículas.

O bebé dá pontapés.

Em pouco tempo, estamos lá em baixo. A Moni diz que a minha mãe teve de sair e que foi por isso que ela veio cá.

"Eu não preciso de babysitting."

"Já passaram seis meses", diz Moni, "desde que o Darryl morreu, e estamos todos preocupados contigo e com o bebé."

"O bebé e eu estamos bem", digo eu. "Ainda sentimos a falta dele todos os dias, mas está a ficar mais fácil." Era uma mentira.

"Já sei o que devíamos fazer amanhã", diz a Moni. "Vamos à praia."

Parece-me divertido e eu concordo. Mas não tenciono usar um fato de banho.

***

Chegamos à praia com um cesto de piquenique cheio de almoço e todo o tipo de guloseimas. Descalçamos os sapatos e deixamos que a areia se esmague entre os dedos dos pés, apesar de estar longe de estar calor.

"Eu e o Darryl adorávamos vir aqui no verão."

"Ele está connosco aqui agora e sempre", diz Moni.

A Moni tem razão, mas isso não me impede de sentir a falta dele. Quero mais do que as suas memórias. Quero-o aqui com os seus braços à minha volta.

"Sinto falta dos seus braços, de me abraçar, da sua respiração. Sinto falta de tudo nele todos os dias."

Moni põe o braço à volta do meu ombro.

"A parte mais difícil", continuo, "é que o Darryl nunca vai conhecer o nosso bebé e o nosso bebé nunca vai conhecer o Darryl."

"Não sabes o que o futuro te reserva", diz a Moni.

Eu sei onde é que ela quer chegar com isto. Ela está a sugerir que eu conheça outra pessoa. A ideia não vale a pena ser considerada. Eu estava a carregar o bebé do Darryl, por amor de Deus.

"Eu não quero mais ninguém. Ninguém pode substituir o Darryl ou o que tivemos juntos. Além disso, o meu coração está demasiado partido. Nunca vou amar mais ninguém. O meu coração pertence ao Darryl e só ao Darryl."

"Não digas isso. Tu não sabes o que o futuro te reserva. O amor pode acontecer mais do que uma vez. Olha para a minha mãe. O meu pai morreu, ela casou com o meu padrasto e encontrou o amor pela segunda vez. Não é a mesma coisa. Nunca poderá ser igual ao primeiro amor, mas pode ser amor na mesma. Pode ser suficiente. Tens de estar aberto a isso. Eles estão felizes e tu também poderás estar, a seu tempo", diz Moni.

Começo então a correr, tanto quanto uma mulher grávida de oito meses pode correr, e entro na água. A temperatura é fria mas refrescante, e gosto de sentir a frescura na minha pele.

A Moni empurra-se para o meu lado.

"Este bebé adora água.

A Moni põe a mão na minha barriga e o bebé dá pontapés. "Ele adora mesmo", diz ela.

Entramos na água até aos joelhos e deixamo-nos levar pelas ondas. O bebé adora e dá umas cambalhotas.

"Vais contar-me como foi?" pergunta a Moni.

"Não sei bem o que queres dizer", digo eu.

"Refiro-me à cena do espelho, ao que estavam a fazer? Estavam a viajar? Andavas a saltitar pelo mundo?"

Penso no assunto e decido que ela tem razão. Quer dizer, através do espelho, eu e o meu bebé tínhamos viajado para outro lugar. Outra dimensão. A música de The Twilight Zone ressoa na minha cabeça.

"E o que é que tu sabes sobre isso?" Eu pergunto.

"Eu vejo filmes, leio livros. Até há viagens em Alice no País das Maravilhas. Quando entrei, a maior parte de ti tinha desaparecido e era óbvio que estava no espelho. Tu estavas no espelho. Então, o que é que viste? Ou viste alguma coisa?"

"Não sei se quero falar sobre isso", digo eu, porque é um segredo. Quero guardá-lo bem perto do meu peito, por enquanto. Parece que se o admitir em voz alta, ele pode desaparecer. Eu sabia que parecia um disparate, mas tinha sido tudo tão estranho e só me tinha acontecido uma vez. Duas vezes para o bebé, mas uma vez para mim. Quero estar lá e voltar a fazê-lo antes de falar sobre isso a mais alguém.

"Promete-me uma coisa", diz a Moni enquanto vemos o pôr do sol no caminho para casa. "Promete-me que não vais sozinho. Quero dizer, sem alguém deste lado para te puxar de volta."

Aceno com a cabeça numa espécie de promessa, mas não sei se tenciono cumpri-la.

"Gostaria de ficar em tua casa esta noite, para te fazer companhia", diz Moni.

Eu digo que não há problema porque estou demasiado cansada para fazer mais do que dormir, exausta do ar fresco do mar. O meu bebé nem sequer se mexe dentro de mim.

Visto o pijama e adormeço de imediato. Sonho com o Darryl, procuro-o, procuro por alto e por baixo e por todo o lado. Ando e ando e os meus pés ficam cheios de bolhas e a sangrar, mas continuo sem o Darryl. Por vezes, encontro alguém ou algo parecido com um espantalho num campo. Pergunto-lhe se viu o Darryl e, como em O Feiticeiro de Oz, ele aponta em todas as direcções. É uma grande ajuda.

Também pergunto a uma mulher estranha e barbuda que trabalha num circo se ela viu Darryl. Ela ri-se e ri-se e ri-se.

Ele não está em lado nenhum, por isso acordo e ligo o meu portátil. Passo a noite a ver fotografias nossas. Da nossa vida.

Quando estávamos juntos, via-se amor à nossa volta. Sei que parece um cliché estúpido, mas estava lá, especialmente quando Darryl olhava para mim ou quando eu olhava para ele. Amávamo-nos com um amor que nunca mais existiria num mundo em que estivéssemos separados.

Quando procuro o passado sozinha, sinto que ele, o bebé e eu estamos juntos a olhar para as fotografias. O bebé está no meu colo. Darryl está atrás de mim, olhando por cima do meu ombro enquanto passo de página em página.

Quando termino, o sol está a nascer e a trazer um novo dia.

Exausta, volto para a cama.

***

"Cath. Cath! CATH!"

O que é que foi? Pára com isso. Eu quero continuar a sonhar.

"CATH!!!"

Apercebo-me que estou a ouvir a voz do Darryl. O quê? Eu sacudo-me para acordar. Escuto e ouço-a de novo.

"Cath."

"Darryl?"

Atiro os cobertores para trás e abro a porta do quarto. Agora que respondi, ele sussurra o meu nome uma e outra vez.

Dou por mim no quarto do bebé, onde fico parado a ouvir. Tremo como se uma brisa soprasse em mim. Depois pego no cobertor do berço e envolvo-o à volta dos meus ombros. O bebé está quieto, como se ainda não tivesse acordado.

"Cath."

Olho para a janela. O vento fá-la estalar e estalar, e depois abre-a. O frio do outono põe os braços à minha volta, segurando-me e ao mesmo tempo empurrando-me.

"Cath."

Viro-me para o sítio de onde vem a voz. O espelho. O meu bebé acorda e dá-me um pontapé forte. Ponho-me em sentido e dirijo-me para o espelho. A moldura de madeira das mãos moveu-se, torceu-se, deslocou-se. O vidro dentro da moldura está a brilhar e a tremer. É como se uma nuvem tivesse entrado no quarto do bebé e estivesse a atravessar o vidro. Aproximo-me. Levanto a minha mão e coloco a palma contra a superfície.

*ESPELHO QUE ME REFLECTE

COM REDUNDÂNCIA.

Um poema que li no liceu invade-me os pensamentos. Vem-me à cabeça quando a minha mão rompe a superfície e desaparece dentro do vidro.

Mais à frente, continuo a fazer a ponte. Ali está ela. Outra mão a pressionar a minha. A mão do Darryl. A mão do Darryl?

Sim. Confirmado quando a nuvem no espelho se dissipa. Tocamo-nos palma com palma.

Assustada, afasto-me e puxo a minha mão para trás também. O bebé dá pontapés e eu toco com a palma da minha mão. A nuvem volta a entrar enquanto eu conforto o bebé e o Darryl desaparece.

Quero esmagá-la.

Quero estar dentro dela.

Terei imaginado tudo isto? Estaria a enlouquecer?

Eu estou louca.

"Cath. Volta. Por favor."

Acaricio o nosso bebé com uma mão e depois uma mão passa por cima, para o nosso lado e segura a minha mão. É a mão de Darryl. Ele está aqui, a confortar o nosso bebé. De alguma forma. De alguma forma. O meu amor.

"Darryl."

A sua outra mão, a que tem a aliança de casamento, passa através do espelho para o nosso lado. Caímos para ele, para o seu abraço, para o espelho.

"Oh Cath."

As mãos dele fazem-me tremer quando as passa pelo bebé. O bebé vira-se para ele e estamos a meio caminho de entrar e a meio caminho de sair.

"Ele é lindo", diz Darryl. "Como a mãe dele."

"Não sabemos se é ele ou ela", digo eu, olhando para os seus olhos azuis.

"Ele é um ele, sem dúvida", diz Darryl. "É forte e saudável."

Em resposta à voz do pai, o bebé dá pontapés e rola.

"Fica quieto", digo eu enquanto me encosto mais ao espelho. O bebé está quase todo dentro do espelho, mas eu não estou dentro do vidro. Posso sempre recuar se for preciso. Não sei bem porque é que me sinto preocupada. Afinal de contas, é o Darryl. Como senti a falta dele. Ainda assim, parte de mim permanece ancorada no outro lado.

"Darryl, este é o teu filho. Filho, este é o teu papá", digo eu enquanto as lágrimas me correm pelas faces como cascatas. Não são lágrimas de mulher pequenina, mas lágrimas grandes e deliciosas de chuva. Choro.

O Darryl beija-me nos lábios. Sabe a outono, mas é quente e fresco ao mesmo tempo. Depois inclina-se e beija o nosso bebé.

"Filho, tens de cuidar da tua mãe por mim, está bem? Estou tão orgulhoso de ti e do que serás um dia. Amo-te. Amo-vos aos dois."

Empurro-nos, avanço um pouco mais. Penso em ir até ao fim, mas há algo, um sentimento que me impede. Eu quero estar lá. Quero atravessar e estar com Darryl onde quer que ele esteja. Quero que nós os três fiquemos juntos, para sempre. Determinada, tento empurrar e empurrar. Quero que passemos até ao fim.

"Não faças isso", suplica Darryl. "Nem sequer tentes. Agora já temos. Vamos aproveitá-lo enquanto podemos. É implacável."

"Eu quero-te. Quero que nós, nós três, fiquemos juntos. Sempre."

"Nós só temos o que ele nos dá", diz Darryl. "O tempo é um amigo ou inimigo inconstante. Nunca sabemos o que virá e o que irá embora."

"És um poeta e eu nem sequer sabia", digo eu com uma risada.

Uma brisa forte sopra e Darryl afasta-se. Afasta-se.

"Vai agora", insiste ele.

"Não! Onde é que vais, Darryl?" Eu grito. "Volta. Por favor, não me deixes. Não nos deixes outra vez."

"Vou tentar voltar, para te ver de novo, assim que puder. Se eu puder. Vai agora. De alguma forma. Lembra-te sempre de mim. Vou estimar-te sempre. Acredita em mim e talvez ela nos deixe tentar encontrarmo-nos de novo".

O vento sopra numa enorme nuvem. Ela impede-nos de ver Darryl. Antes, a nuvem era branca e inchada, mas agora é negra e cheia de raiva.

Puxo-nos para trás.

Quando o faço, os meus joelhos dobram-se.

Deixo-me cair no chão e soluço.

Sinto-me como se tivesse perdido o Darryl outra vez.

Desta vez, porém, estou a chorar por dois. A chorar por dois.

***

"Cath, estás bem?"

Acordo e lembro-me, mas é apenas a minha mãe. Ela está a tentar levantar-me do chão, mas sou demasiado pesada.

"Chamei uma ambulância", diz ela enquanto eu tento levantar-me e não consigo.

"Quero ir para a cama", digo, lutando contra outro festival de choro.

A ambulância chega e eles sobem as escadas a correr. Testam os meus sinais vitais e os do bebé e, depois de confirmarem que estamos bem, ajudam-me a ir para a cama.

A mãe está a pairar e, para a fazer sentir melhor, digo-lhe: "Ele está bem e eu estou bem."

Ela pára no caminho. "Não sabia que já tinhas pedido para saber o sexo do bebé."

"Não perguntei", digo eu, "é um pressentimento que tenho, que ele é um ele."

A mentira parece resultar. Finjo estar mais cansada do que estou na realidade. O bebé também parece estar a dormir. Depois de me beijar na testa, a mãe sai e fecha a porta atrás de si.

Fico acordada durante horas, a pensar no Darryl e a pensar quando é que nos poderemos ver, tocar de novo.

***

Todos os dias, depois da nossa visita a Darryl, quero voltar.

Escrevo exatamente o que acontece. Manter um registo faz sentido. É a única maneira de garantir que o meu cérebro de grávida mantenha as minhas memórias intactas. Escrever tudo, ficar obcecada com isso, permitiu-nos viver o mesmo dia vezes sem conta. É como a nossa própria versão do filme Groundhog Day, só que desta vez eu sou o Bill Murray.

O Darryl tinha dito que era "implacável". Estaria ele a falar do tempo?

Pergunto à Moni o que é que ela acha. Ela também acha muito estranho.

Começamos a trabalhar juntos, a investigar ocorrências sobrenaturais. O nosso objetivo é encontrar eventos relacionados com viagens em espelhos on-line.

Encontramos artigos intrigantes sobre universos paralelos. Alguns referem-se aos espelhos como pontos de entrada. A pesquisa fala de coisas como realidades virtuais e divisões dimensionais. Também se fala de portas dimensionais e do oculto. Para além dos romances de ficção, não conseguimos encontrar provas reais, embora encontremos algumas afirmações.

Encontrámos algumas listas de coisas que nunca se devem fazer com espelhos, como

Nunca se olhe para um espelho à luz de uma vela, pois pode mostrar-lhe uma versão muito assombrada da sua casa.

Se olhar para um espelho entre duas velas altas e brancas, pode ver o espírito de um ente querido que já faleceu. A sua alma pode estar presa no seu espelho.

Esta fez-me saltar o coração pela boca.

A alma do Darryl estava lá presa? Não me parecia um lugar mau ou assustador, mas ele tinha mencionado a coisa da falta de perdão.

Tremo e passo ao ponto seguinte.

Cobrir sempre um espelho assombrado durante uma trovoada. Os relâmpagos libertam os fantasmas.

Digo a Moni que quando entrei no quarto, o espelho estava parcialmente tapado. Abraço-me e volto a tremer.

"Antes de mais," diz Moni, "é mais do que provável que a tua mãe o tenha posto aí para o manter afastado do chão. Não é nada. Uma coincidência." Ela olha para mim. "Tens a certeza que queres continuar com isto?"

Eu aceno com a cabeça e leio o próximo.

É um mau presságio receber um espelho da casa de uma pessoa falecida como presente.

"Oh meu Deus!" Grito e levo o punho à boca. Não quero assustar o bebé, mas há séculos que o espelho está na nossa família depois de uma morte. Não como um presente com um laço, mas como uma prenda e uma herança de família.

Não tenho a certeza de quem tinha o espelho antes de ele vir para a nossa família. Preciso de saber mais sobre ele.

Explico isto à Moni, que se arrepia um pouco antes de ler a próxima.

Se alguém vê o seu reflexo num espelho num quarto onde alguém morreu recentemente, vai morrer em breve.

"Ufa, estamos bem no primeiro", diz ela e depois olha para mim para confirmar, o que eu faço com um aceno de cabeça.

Leio a seguinte.

Se um fantasma vagueia pela nossa casa durante a noite, um espelho pode capturá-lo.

Isso é arrepiante. Nenhum de nós diz nada sobre isso.

O bebé mexe-se.

Continuo a ler o artigo. Há provas científicas. Menciona espelhos quânticos e espelhos do multiverso como portais para outros mundos.

"Precisamos de saber mais. Eu preciso de saber mais sobre este espelho e como chegou à minha família. Onde é que ele começou? Quem no-lo deu e quando?" Eu digo com um tremor.

"Como é que vamos fazer isso?" pergunta Moni, e ficamos as duas a contemplar o assunto, sozinhas mas juntas, durante algum tempo.

Os dias e as semanas passam a correr. Moni e eu continuamos a procurar sempre que temos tempo.

Seguimos o conceito de viajar através de espelhos. Remonta a civilizações antigas.

Examinamos o nosso espelho de alto a baixo, na esperança de encontrar uma marca do fabricante. Não temos essa sorte.

Com o bebé a nascer dentro de uma semana - mais ou menos uns dias -, a Moni e eu sentamo-nos juntas na cozinha. Percebo, pela forma como ela começa e pára, que tem algo importante em mente.

"Podes pensar que é um pouco louco."

"Conta-me", digo eu.

O bebé dá pontapés. Acaricio-lhe o pé.

"Estou a avisar", diz Moni. "Está lá fora."

"Vai lá."

"Ok, aqui vai. Na Internet, encontrei uma mulher que é médium e vidente. Ela tem uma reputação excecionalmente boa, até mesmo excelente. Ela traz resultados para os casos em que ela escolhe se envolver."

Aproximo-me mais.

"A tia Maria faz leituras de cartas como passatempo. Ela leu sobre a mulher de que estou a falar. Só encontrou coisas boas sobre ela."

"Uma vidente, eh?" Eu digo. Não percebo as tretas dos médiuns. Embora eu saiba sobre aquele gajo que estava na televisão, John somebody. Edwards. Digo o nome dele em voz alta.

"Sim", diz a Moni.

"Quer dizer que a senhora médium vai contactar o Darryl?"

Moni acena com a cabeça.

"Mas eu consegui contactá-lo sozinha. Não sei o que é que ela pode fazer para ajudar, porque nós já lá estivemos sozinhos.

"Devíamos tentar. Precisamos dela. Não pelo Darryl, mas pelo espelho", diz Moni. "Se é que é um espelho viajante. Tu dizes que é porque já viajaste nele. Precisamos de saber mais sobre ele. Ela poderia testá-lo. Os videntes fazem testes, quero dizer."

"Oh," digo eu, e agora estou mais interessada do que antes. Aproximo-me um pouco mais.

"Expliquei-lhe um pouco do que aconteceu, sem entrar em muitos pormenores. Chama-se Anna August e quer muito conhecê-lo e ver o quarto e o espelho. Eu também gostava de estar aqui, para dar apoio moral. Isto é, se quiseres que eu esteja".

"Tem de estar aqui comigo", digo eu e o bebé dá pontapés para registar o seu voto. Vou até ao bebedouro e sirvo-me de um copo de líquido fresco. "Quanto é que ela pede por uma visita?" Pergunto depois de alguns goles.

"Quinhentos."

Sento-me e pressiono o copo frio contra a minha testa.

"Sei que é muito para pedir", continua Moni, "e gostaria de o oferecer como uma prenda."

"É muito simpático da tua parte", digo eu. "Mas se nós os dois ficássemos a meias, sendo metade um presente teu, então seria maravilhoso. Como é que ela o recebe? Quero dizer, antecipadamente?"

Moni explica como é que funciona. Temos de enviar imediatamente um depósito de dez por cento como sinal de boa fé. A Anna enviar-nos-ia um recibo, marcaria uma data e uma hora para nos visitar pessoalmente. Na data acordada, o saldo restante seria pago à chegada.

"À chegada?" Eu digo. Parece-me um pouco atrevido pedir dinheiro adiantado dessa forma, mas, por outro lado, quem é que conhecia o protocolo dos médiuns?

Moni vai buscar um copo de sumo de laranja ao frigorífico e bebe um longo gole. "De acordo com o site deles, a entrega é feita ao entrar na casa do cliente, que seria você.

"Oh, então ela não promete nada em troca?

"Não", confirma Moni. "Mas tenho a sensação de que esta é a norma no mundo psíquico. Quando ela concorda em aceitar o seu caso, compromete-se totalmente. Ela quer certificar-se de que os seus clientes também estão. Ela escolhe quem quer ajudar. Ao dizer aos seus novos clientes que quer um pagamento inicial com o saldo adiantado, ela vai conseguir eliminar os malucos."

Eu rio-me, perguntando-me se ela pensaria que eu era uma louca mesmo que pagasse adiantado. "Ela é, a Anna é local?"

"Não, ela está fora da cidade, mas sabia onde vivias. Quero dizer, antes de lhe ter dito a tua morada. Ela disse que nos últimos meses tem sentido uma perturbação estranha nesta zona. De facto, tinha sido tão forte que ela própria pensou em investigar."

Isto parece-me interessante e rebuscado ao mesmo tempo. "Queres dizer que ela teve uma premonição?"

"Foi o que me perguntei também, mas ela disse que não. Embora as tenha muitas vezes. Neste caso, ela sentiu uma perturbação psíquica. Algo se apoderou dela. Deixou-a de cabelos em pé. Esse tipo de coisas".

Ver um filme de terror faz-me isso acontecer, mas não o digo. Em vez disso, concordo em enviar o sinal e em pagar-lhe o montante total à chegada. "Temos de saber mais e não temos muitas opções."

"Há muitas outras opções", diz Moni, "mas a Anna tem credibilidade nas ruas. Vou fazer com que isso aconteça o mais depressa possível."

***

No dia 3 de maio, às três da tarde, a famosa médium e vidente Anna August chega a minha casa. A Moni e eu escondemo-nos atrás das cortinas. Ficamos a ver como ela sai do seu veículo para a minha entrada. Estamos as duas muito curiosas e queremos conhecê-la antes de a encontrarmos em carne e osso.

Nas últimas semanas, formámos uma obsessão pela Anna. Ao mesmo tempo, fiquei obcecado com o espelho desde que a Anna me disse para me manter afastado dele. Eu não tinha falado com ela, mas ela insistiu que a Moni me transmitisse a mensagem urgente.

A mensagem era que, se eu voltasse a entrar, ela saberia. O nosso acordo seria cancelado. Além disso, o pagamento total seria exigido na mesma.

Seria dinheiro fácil para ela se eu ignorasse o aviso. Ela receberia o pagamento sem sequer ter passado pela minha porta. As suas palavras assustaram-me o suficiente para trancar a porta do quarto do bebé. Por via das dúvidas.

Anna tem cerca de sessenta anos e é uma mulher bonita. Não é bonita; é jeitosa. Isto não é um insulto. É a forma como ela nos aparece a ambos. É muito alta, tem cerca de um metro e oitenta e usa o cabelo num carrapito em cima. Isso aumenta ainda mais a sua altura.

Veste um sobretudo de gola alta, vermelho sangue, com botões pretos em forma de coração. Nos pés, umas grossas cunhas pretas. No rosto, o mais pequeno toque de rímel, batom vermelho e nada mais. O cabelo preto escuro atrás da orelha esquerda revelava um brinco preto em forma de coração. Combina na perfeição com os botões do seu casaco.

Anna caminha em direção à porta da frente com um forte sentido de determinação e propósito. Ela balança um pouco nos seus calços e nós rimo-nos. Quando a Anna nos vê, pisca o olho e faz um sinal da cruz sobre si própria. Ela hesita, depois faz o sinal da cruz sobre a minha casa.

Estávamos tão distraídos e absorvidos com tudo o que a Anna fez que não reparámos num homem que seguia atrás dela.

Tem quase um metro e oitenta de altura e é de cabelo e barba pretos. Usa um sobretudo preto, um boné preto que lhe cobre os olhos, calças e sapatos pretos. Move-se como uma nuvem escura e solitária. Apercebemo-nos que a inclinação se deve ao que transporta às costas: um pequeno baú preto. Apesar de ser pequeno, o seu peso é suficiente para o fazer inclinar-se.

Anna bate à porta e nós apressamo-nos a ir ao seu encontro.

***

A Anna entra como o vento e a nuvem negra vem logo atrás. Ela estende-me a mão primeiro e pega na minha outra mão. Ela olha-me nos olhos e eu nos dela - que são de um verde estranho com pequenas manchas vermelhas na pupila.

"É um prazer conhecê-lo finalmente", diz ela, estendendo a mão e parando antes de tocar no bebé. Aceno com a cabeça a dizer que pode fazê-lo e ela coloca a mão aberta sobre o bebé. Espero que ele dê um pontapé para reconhecer a sua presença, mas ele não o faz.

"Deve estar a dormir", digo eu. Por alguma estranha razão, o facto de ele não se apresentar com um pontapé faz-me sentir que somos mal-educados.

A Anna atira o casaco para trás das costas. Vira-se para a Moni e cumprimenta. Apresenta-nos o marido, que está lá ao fundo a esticar as costas. O seu nome é Ballard.

Dirijo-me a ele e apertamos as mãos. Ele precisa de ajuda para tirar o peito das costas e eu ajudo-o. Depois, ele levanta-se direito e alto. Afinal, não é assim tão baixo. É baixo para um homem e a Anna com as suas cunhas eleva-se acima dele.

"Vamos tratar dos pormenores chatos", sugere Ballard.

"Sim", diz Anna.

"Ela está a falar do dinheiro", sussurra Moni.

Vou buscar a minha mala à mesa de cabeceira. Contém a quantia total, que entrego à Anna, que a dá ao Ballard.

"Obrigada", diz Anna.

Ballard tira o dinheiro e folheia o maço. Com a certeza de que a quantia total está lá, mete-a no bolso do casaco.

Anna diz: "Gostava de ver o quarto agora."

Nós os três, Moni, Anna e eu (ou quatro, se incluir o bebé) dirigimo-nos para o quarto do bebé. Olho para trás e vejo Ballard a procurar no bolso uma chave que introduz na fechadura e abre a mala.

Estou curioso sobre a chave, mas mais curioso ainda sobre o seu conteúdo. Ballard continua. Volto a concentrar-me neste assunto.

"A seu tempo", diz Anna enquanto nos faz avançar. Ela vê-me a olhar para Ballard com curiosidade. Parece que não lhe escapa nada.

Antes de chegarmos ao berçário, Anna faz uma paragem súbita. Quase que me cruzo com ela, uma vez que estou agora na parte de trás do grupo, com a Moni à frente.

A respiração da Anna altera-se. Ela suspira e as suas faces ficam muito coradas. Agarra a parede à sua direita e a outra parede à sua esquerda com os punhos fechados e fica parada. Os seus punhos abrem-se como rosas a desabrochar. Ela coloca as mãos abertas sobre a superfície das paredes de cada lado.

A sua cabeça voa para trás e os seus olhos abrem-se muito, olhando para o teto. Todo o seu corpo começa a tremer e a convulsionar como se estivesse a ter um ataque epilético.

***

Algo bombeia através do seu corpo. O que quer que seja, vejo-o a abrir caminho através dela. Olho para a Moni, cujos olhos estão quase a saltar para fora do crânio. Passo a mão pelo ombro da Anna e pego na mão da Moni. Ficamos paradas, sem saber o que fazer. A Anna continua a vibrar e a contorcer-se.

Nessa altura, Ballard está lá, colocando algo na testa virada para cima de Anna. É prateado.

Vejo-o brilhar na luz, mas não consigo perceber o que é. Primeiro um borrão, depois um brilho. Em breve, os braços e a cabeça da Anna caem. Depois, ela está de novo entre nós.

"Sinto muito, meu amor", diz Ballard. "Eu não esperava..." Ele pára e olha para Moni e eu que ainda estamos juntos, de mãos dadas.

"Nem eu", diz Anna enquanto inspira fundo e solta a respiração várias vezes para se acalmar. "Era uma coisa ou alguém poderoso. Posso beber um copo de vinho do Porto antes de continuarmos?"

Começo a dizer que não tenho nenhum Porto em casa. Ballard, que veio preparado, tira um frasco de dentro do casaco. Abre a tampa e entrega-o a Anna.

As mãos dela tremem quando tenta beber um gole. Ballard ajuda-a.

Anna limpa a boca com a mão. Ainda consigo ver os dedos dela a tremer enquanto lhe devolve o frasco. Ballard oferece-me um gole. Recuso-me por causa do bebé. Moni também recusa, mas agradece a Ballard pela oferta.

Anna quebra o silêncio. "E agora, vamos continuar."

***

Antes de chegarmos à porta do quarto do bebé, ela fecha-se com estrondo. A força é tão grande que penso que pode partir as dobradiças. Passo à frente da comitiva, usando a cintura do meu filho para abrir caminho.

Quando chego à porta, pego na chave no meu bolso. Uma vez destrancada, tento rodar o puxador. Digo tentar por duas razões.

Primeiro, não se mexe, e segundo, está em brasa, de tal forma que grito quando a minha pele se funde com ela. É como se a pega metálica se soldasse a mim e a minha pele ardesse e cheirasse como se estivesse a ser grelhada.

A minha carne queimada cheira quase a bacon enquanto continuo a tentar separar-me do cabo. Os segundos que se seguem parecem como se o tempo tivesse parado, e eu concentro a minha mente na pega em vez de na dor. Num só movimento, separo-me. A pega move-se. Por um segundo, penso que vai rodar e abrir-se, mas não o faz.

Olho para a esquerda, onde Moni está de pé, a olhar, a pensar no que fazer, mas sem fazer nada. Olho para o Ballard, que está a olhar para a Anna, que tem os olhos fechados e está a balbuciar palavras.

Observo e ouço os seus murmúrios, percebendo que ela está a fazer um encantamento ou um feitiço. Pelo menos, era o que parecia, com base nos programas de televisão fictícios que eu tinha visto com bruxas.

Será que os videntes fazem encantamentos ou feitiços? Não tinha a certeza, mas o que quer que ela estivesse a planear, esperava que funcionasse.

Quando esse pensamento me passa pela cabeça, o calor do puxador da porta aumenta de um nove para um dez e eu grito de dor. Ballard vem a correr na minha direção com o frasco de brandy na mão e espalha o conteúdo sobre a minha mão. Fumega, cospe e cheira a pudim de Natal estragado.

Funciona, e a minha mão solta-se da maçaneta. Ballard leva-me para longe da porta. Fico parado enquanto Moni entrega a Ballard o estojo de primeiros socorros que foi buscar à casa de banho. Ele envolve-me a mão em gaze depois de a pulverizar com um líquido para aliviar queimaduras. O líquido arrefece a temperatura da minha pele. Quando ele envolve a gaze, a dor é mínima.

Quando voltamos ao corredor, a Anna não está em lado nenhum, mas a porta do berçário está escancarada.

Desta vez, Ballard vai à frente, com Moni e eu a seguir-nos não muito longe. Ballard mantém o braço direito estendido à sua frente, como se estivesse a antecipar a chegada do invisível e desconhecido. Se ele tivesse uma cruz na mão, não estaria deslocado. Tenho visto demasiada televisão para o meu próprio bem.

Assim que entra no berçário, Ballard sussurra: "Anna." Fica à porta, impedindo-me a mim e à Moni de entrar no quarto.

Não há resposta.

O Ballard entra, ainda a chamar pela Anna, e nós entramos atrás dele.

A janela está aberta como no dia em que entrei no espelho. Mas esta brisa é violenta. Sopra as cortinas para a frente. Elas ondulam e flutuam acima do chão de uma forma fantasmagórica.

As cortinas esvoaçantes conduzem os meus olhos na direção do espelho. Moni e Ballard fazem o mesmo, mas desta vez estão atrás de mim enquanto caminho em direção ao espelho. O cobertor, que outrora estava enrolado sobre o espelho, está agora amarrotado no chão.

"Anna!" Eu grito.

Ballard grita o nome da sua mulher.

Apesar de não o conhecer, o tom e a altura da sua voz provocam arrepios ao longo dos meus antebraços. Viro-me e olho para ele, vendo puro medo. Era absurdo para mim que ele estivesse assim tão assustado. Ballard é o seu parceiro em todos os sentidos. Juntos, as suas vidas centram-se em ajudar as pessoas a ligarem-se aos seus entes queridos do outro lado. São profissionais.

Dirijo-me ao espelho. Com um passo de gigante, dirijo todo o meu corpo para ele.

A última coisa que ouço é a Moni a gritar o meu nome.

***

Do outro lado, a escuridão é total.

Isto é diferente de antes. Assustador.

Dou dois passos em frente. Algo estala debaixo dos meus pés. Desvio-me um pouco para o lado, esperando que o que quer que fosse não estivesse ali, mas está. Avanço, piso em algo maior, tropeço um pouco e depois paro.

Demasiado assustado para me mexer, apercebo-me que este lugar é exatamente como eu esperava que fosse o interior de um espelho. O que eu não esperava era o cheiro. É húmido como folhas de outono a apodrecer e frio. Envolvo-me com os braços.

Não me mexo, esperando que os meus olhos se adaptem e se habituem à escuridão.

Os segundos passam. Ainda assim, não dou um passo em qualquer direção. De vez em quando, sinto-me a balançar. Ficar parado com uma barriga tão grande não é uma tarefa fácil. Sinto-me capaz de cair. Acaricio a minha barriga de bebé e tento manter a calma.

Onde estão as florestas, a praia e as montanhas? Onde estão o sol e a brisa de outono? Aqui, o ar gelado está parado.

Pergunto-me se esta é uma dimensão diferente.

Porque é que este lugar me parece tão desconhecido quando o outro me parecia acolhedor? Fui um parvo por ter entrado sem saber que a Anna estava aqui.

Ouço um estalido e depois a voz da Anna. "Cath?"

O meu corpo treme quando respondo.

"Cath", diz ela, "tens de sair daqui."

Acaricio a minha barriga de bebé numa tentativa de normalidade.

"Sabes quantos passos deste depois de entrares?" pergunta Anna.

Digo-lhe que não dei muitos passos e, no entanto, também não os tinha contado.

Ela pergunta se eu seria capaz de me virar, se sabia em que direção tinha vindo, e eu digo que acho que sim.

"Vira-te e vai na direção do exterior", diz Anna. "Eu sigo o som dos teus passos. O som guiar-me-á e sairemos juntos."

Penso no Darryl quando nos conhecemos. Com estes pensamentos felizes na vanguarda da minha mente, uma recordação empurra-me para dentro. Era sobre algo que eu tinha lido ou visto. Sobre demónios no escuro que assumem as vozes daqueles que conhecemos, por vezes até daqueles que amamos. Nela, os demónios fingem ser quem não são.

Acalmo a minha mente e afasto esses pensamentos, ganhando força ao pensar em Darryl e no bebé. Viro-me, estendo os braços para sentir o caminho. O ruído faz-me sentir em pânico, mas eu sabia que não tinha ido longe demais. Avanço como um zombie cego e não sinto nada.

Dou mais dois passos para a esquerda, ainda na mesma direção que antes, e estendo novamente os braços à minha frente. Continuo sem contacto com nada. Mais dois passos.

Lá está ele. Sinto-o e dou um passo em frente. Ballard e Moni puxam-me o resto do caminho.

A Anna agarra a cauda da minha camisola e passa também.

Estamos a salvo.

Estamos de volta.

***

Choro enquanto a Moni me ajuda a atravessar a sala. Sento-me na cadeira como se carregasse o peso do mundo nos meus ombros. Acaricio a minha barriga de bebé e cantarolo Frere Jacques para acalmar o meu coração e a minha mente. O meu bebé não responde com um pontapé, mas não está pior.

A Moni traz-me uma chávena de chá quente. As minhas mãos tremem demasiado para a segurar. Ela leva-a aos meus lábios e eu bebo um gole.

No canto, fora do alcance dos ouvidos, Anna sussurra para Ballard enquanto bebe um gole do frasco. Ela está a tremer e Ballard olha na minha direção de vez em quando e depois de novo para a mulher. Eu tinha-a salvado, tinha-a trazido de volta. Pergunto-me sobre o que estarão a falar, mas estou demasiado cansada para me concentrar na conversa deles.

"Quanto tempo?" Pergunto à Moni.

"Oito horas."

"Não podem ter sido oito horas!"

"Está escuro lá fora. Vês?" Ela puxa as cortinas para trás, mostrando a escuridão lá fora no lugar da luz do dia. Inclina-se e pergunta: "Como estava o Darryl?"

O meu filho dá-me um pontapé tão grande que me deixa sem fôlego. Acaricio-lhe o pé através da minha pele. "Acalma-te, filho."

Moni espera que o bebé se acalme antes de perguntar: "Se o Darryl não estava lá, porque é que estiveste fora tanto tempo?"

"Eu não sei", digo, olhando na direção da Anna e esperando que ela possa dar algumas respostas. Afinal de contas, ela é a única especialista na sala.

Anna bebe mais um gole do frasco. Quando me vê a olhar para ela, atravessa a sala a cambalear. "Estás bem?"

Anna fica à minha esquerda, Moni à minha frente e Ballard à minha direita, como se eu fosse o centro de um semicírculo. Estou a tremer. A Moni atira-me um cobertor para os ombros.

Anna diz: "O espelho tem muitas faces. Aquele", aponta na direção dele, 'deve ter sido destruído'.

"Mas porquê?" Pergunto-lhe com os dentes a bater. "Está na minha família há décadas e trouxe o Darryl até mim."

"Sugiro que o mandes embora se não o conseguires destruir. Ele vai chamar-te de novo e tentar-te a entrar se estiver em tua casa. Da próxima vez, podes não ter tanta sorte. Da próxima vez, podes ficar preso lá para sempre".

"Oiçam a minha mulher", diz Ballard. "Ela sabe do que está a falar e tudo o que quer é evitar que você e o seu filho se magoem."

"Podia ter-nos feito mal, mas não fez", digo eu. "Estava escuro e húmido, mas já estive em sítios piores, muito piores."

A Ana hesita, caminha um pouco e depois diz: "O som do esmagamento. O que é que achaste que era?"

Ballard aproxima-se da mulher e sussurra-lhe ao ouvido. Voltam-se novamente para mim.

"Folhas", respondo. "Folhas mortas."

Os olhos da Anna iluminam-se quando olha para o marido. "Era o som de ossos a partirem-se. Os ossos de outros que nunca conseguiram regressar."

Eu suspiro e tento não gritar. Penso no som que tinha ouvido e pergunto-me se ela não estará a inventar, a tentar assustar-me. Se eu tivesse pisado ossos, qual teria sido o som? O que é que sentiria debaixo dos meus pés? Seriam exatamente iguais aos que estão dentro do espelho.

"Agora, vamos sair daqui", diz a Anna. "Fizemos tudo o que podíamos. Não podemos ficar mais aqui. Ouve o que te digo, se não destruíres essa coisa, a culpa é tua."

Enquanto elas se afastam de mim, eu grito: "Porque não esperaram por mim? Porque é que entraram no espelho sem mim? Antes, o Darryl, o meu marido, estava lá. Tudo estava seguro e bem. Porque não esperaram?" Levanto-me e sigo-os, à espera de uma resposta, de uma explicação.

Anna continua a andar.

Ballard pára e pensa em dizer qualquer coisa. Muda de ideias. "Vem, meu amor. Esta mulher não aprecia o teu sacrifício nem os teus conselhos."

"O sacrifício dela? Eu entrei lá e tirei-a de lá! Eu salvei-a."

"Acalma-te," diz a Moni. "Não é bom para o bebé."

"Saiam da minha casa", grito eu.

Depois de o Ballard prender a mala às costas, ele e a mulher saem de minha casa.

Fico ali de punhos cerrados enquanto a água escorre pelas minhas pernas. Sinto-me tonto e caio no chão.

***

Afinal, não é água. É sangue.

Só descobri isso depois de a ambulância entrar a gritar pela minha entrada e os paramédicos me examinarem. Os meus sinais vitais estão bons, mas eles insistem que vamos para o hospital.

Em repouso, ligada a máquinas e monitores, sinto-me grata por eu e o meu filho estarmos bem. Nada mais e nada menos.

A Moni telefonou à minha mãe, que chegou rapidamente. Sentou-se comigo, segurando a minha mão, dizendo-me que tudo ia correr bem. Agora, está a dormir profundamente numa cadeira.

Olhando para ela a dormir, apercebo-me que as mães são como deuses. Contamos com elas para tudo, desde o momento da nossa conceção. Quando nos explicam que tudo vai correr bem, mesmo sabendo que não podem saber, acreditamos nelas na mesma. Se nos dissessem que o céu era cor de laranja, teríamos de acreditar nelas. Porque é que nos mentiriam? As nossas mães são enfermeiras, médicas, conselheiras ou orientadoras, professoras, filósofas e nossas amigas. As mães usam tantos chapéus.

Sinto a minha barriga de bebé, pensando no meu próprio potencial para desempenhar o papel de mãe e de única progenitora do meu filho. Espero conseguir igualar a força e a coragem da minha mãe. Se conseguir chegar a oitenta por cento do que ela foi para mim, ficarei muito feliz.

Penso no que o médico me disse. A hemorragia não era nada de grave. Era um problema temporário e já tinha parado. O bebé está bem, com um batimento cardíaco forte. Ainda assim, a data prevista não está longe e eles querem que estejamos cá.

Adormeço a pensar na Anna, desiludida. Tinha havido uma grande preparação para a sua vinda e para a sua oferta de ajuda. Tinha pedido à Moni que entrasse em contacto com ela para ver se ela podia preencher algumas das lacunas. Queria saber o que lhe tinha acontecido antes de eu entrar no espelho. O que é que ela sabia? O que é que ela tinha visto?

Também queria saber porque é que ela tinha saltado para o espelho antes de qualquer um de nós estar na sala.

As lágrimas escorrem-me pelas faces num choro silencioso. Tenho tantas saudades do Darryl. A vida seria muito diferente se ele estivesse aqui. A vida é demasiado curta, demasiado preciosa para desperdiçar um único momento.

Volto a encostar-me à almofada e fecho os olhos.

***

Os meus pés levantam-se do chão. Voei com as minhas asas de borboleta monarca para o ar livre. Subo cada vez mais alto no céu enquanto os aviões passam por mim. Os passageiros acenam pelas janelas. Os pássaros param. Um senta-se no meu ombro. Abre e fecha o bico, cantando, como se estivesse a tentar conversar comigo. Voa, feliz por ter tentado comunicar com o seu companheiro do céu.

Por baixo de mim, segue-se um pequeno ser alado. Acaricio a minha barriga de bebé, mas vejo que já não está lá. O ser alado que se encontra em baixo é o meu filho. As suas asas são azuis e pretas. Está a aprender a voar. Dirige-se a mim, debatendo-se.

"Mãe", diz ele.

Eu pairamo no lugar à espera que ele me apanhe.

"Mãe," ele chama novamente.

Eu empurro-me para baixo até estarmos lado a lado. Pego-lhe na mão.

Juntos, levantamo-nos.

Atiro a cabeça para trás, ainda com a mão dele na minha, e o céu muda de dia para noite numa fração de segundo. O ar passa de quente a frio e o vento levanta-se e empurra-nos para longe.

O meu filho e eu agarramo-nos um ao outro, agarrados, batendo as asas em sincronia. Impotentes.

Os trovões chegam. Os relâmpagos atravessam o céu atrás de nós, por baixo de nós, cada vez mais perto.

Um impacto direto nas minhas asas. Uma faísca acende-se nas suas.

Voltamos a cair de onde viemos.

***

Eu acordo a gritar. Lá se foi o facto de não ter acordado a mãe.

O sonho tinha sido tão real, tão vívido. Fez os monitores piscarem e apitarem. O pessoal do hospital veio a correr e assumiu o controlo.

"Foi só um sonho", digo-lhes para os tranquilizar. Mesmo assim, continuam a correr de um lado para o outro.

Limpo o sono dos meus olhos.

Há qualquer coisa de errado com a mamã. Não vieram buscar-me.

Puseram-na numa cama de hospital e levaram-na para fora do quarto. As rodas rangem e afastam-na de mim.

"O que está a acontecer?" Eu grito. Tento levantar-me, para ir com ela, para estar com ela. Tenho de apanhar a comitiva.

Mas estou amarrado. Tento libertar-me. Não é suficientemente rápido.

Uma enfermeira espeta-me uma agulha no braço.

A última coisa de que me lembro é de estar a praguejar com ela.

***

A Moni estava ao meu lado quando acordei. Era de dia quando adormeci. Agora, está escuro. Tudo através da janela parece negro como tinta e sem estrelas.

Enquanto tento juntar as peças, o meu filho dá-me um pontapé muito forte. É quase como se me estivesse a lembrar de o pôr em primeiro lugar, como se eu precisasse de ser lembrada. Primeiro, foi aquele sonho assustador. Depois, a mãe estava em apuros, doente ou algo do género.

Volto à realidade.

A Moni dá-me um copo de água. Ela e eu somos amigas há tanto tempo que às vezes parece que temos uma ligação telepática. A Moni é a melhor amiga do mundo. Não sei o que faria sem ela.

"Obrigada", digo enquanto tomo um gole e sinto a água fresca a descer para o meu estômago muito vazio. Não admira que o meu bebé esteja a dar pontapés como um louco. Preciso de me reabastecer, pois hoje não comi nada. Não que a comida do hospital seja algo de especial. Pergunto à Moni se ela não se importa de sair à socapa e comprar-me qualquer coisa tipo fast food para mim.

Sendo a sua habitual lógica, Moni sugere-me que ligue à enfermeira. Pergunto se podem fazer alguma coisa por mim, de modo a não interromper as suas necessidades alimentares para mim e para o bebé. Parece-me um bom conselho, embora eu tivesse adorado um cheeseburger, batatas fritas e um batido.

A enfermeira é prestável e diz que trará algo especialmente feito para mim assim que possível. Em linguagem hospitalar, o que significa que assim que eu chegasse ao topo da hierarquia. A primeira a chegar, a primeira a ser servida.

Esfrego a barriga do bebé com uma mão e bebo mais água para afastar a fome.

"Precisamos de falar", diz a Moni.

"Estou a ouvir."

"Antes de mais, a tua mãe está bem. Teve um AVC, mas, pelo que sei, não foi grave. Não sei pormenores específicos porque não sou da família, mas tenho a impressão de que ela vai recuperar totalmente."

Respiro de alívio e lembro a Moni que ela é como a irmã que nunca tive.

"Eu tenho uma irmã", diz Moni, 'mas tu és a minha irmã de eleição'.

"Adoro-te", digo eu.

"Também te amo."

Ficamos em silêncio por um momento, e depois ela diz: "Falei com a Anna por ti. A visita a tua casa e ao espelho assustou-as completamente. Aquelas duas não são novatas. Ela, quero dizer a Anna, nunca se sentiu tão próxima do mal puro como quando esteve dentro do teu espelho.”

Lembro-me da sensação de felicidade quando estava com o Darryl. A sensação do seu toque. A ligação dele com o filho. O que ela estava a dizer parecia ridículo e eu digo-o.

“O que é que queres dizer?”

“Antes de mais, eu também lá estava. Sim, estava muito escuro. Era húmido e até um pouco malcheiroso, mas não senti a presença do mal no ar. Se o mal estivesse à espreita naquela escuridão, poderia ter-nos apanhado a qualquer momento. Estávamos à sua mercê. Então porque é que ele não fez nada?”

“Ela diz que o demónio só quer as almas dos danificados. Aqueles que cometeram o mal ou fizeram más acções. As únicas excepções são os que vêm até ele de boa vontade e que são puros de coração.”

“E Anna, onde é que ela se encaixa nesse cenário? pergunto eu.

“A Anna disse que se tu e o bebé não estivessem lá, a coisa tê-la-ia levado. Ela diz que a coisa lhe sussurrou que ela estava perdida, que era dele, antes de entrares no espelho. Quando o fez, uma luz emanou do bebé. Não era uma luz brilhante. Era fraca, mas era suficiente para ela saber que tu estavas lá. Essa luz levou-a até ti e, no último segundo possível, ela agarrou-te e tu puxaste-a para fora. Sem o bebé, sem ti, ela teria ficado perdida, a sua alma teria ficado eternamente presa lá dentro”.

Sem pensar nisso, acaricio o pé do bebé. Ele vira-se dentro de mim.

Levanto os olhos quando um estranho com uma prancheta entra na sala. Ele tem uma carranca tão grande como o Grand Canyon, mas está corado e pálido ao mesmo tempo.

"É a Cath?", pergunta ele.

***

Ele não está a usar uma bata branca, nem é da família ou um amigo.

Aceno com a cabeça, confirmando que sou eu.

Em resposta, ele diz: "Tragam-no".

Dois estafetas trazem um objeto grande e coberto.

Antes de o revelarem, já sei do que se trata. O espelho. "O que é que isso faz aqui? Não vos pedi para o trazerem."

"Assina aqui." O homem dá uma caneta à Moni. Ela recusa-se terminantemente a assinar, mas o homem levanta a voz. Ameaça causar um tumulto e ela assina, mas só depois de eu lhe dizer para o fazer.

"Vamos pensar no que fazer com isto depois destes dois palhaços - sem ofensa - saírem."

A Moni sorri e eu também.

Os estafetas retiram-se.

"E agora? Moni pergunta, afastando-se o mais possível do espelho sem sair pela porta.

Sinto-me segura onde estou, na cama, embrulhada em cobertores. Daqui, posso fazer o meu melhor para ignorar o elefante na sala. Que raio fazia ele aqui e quem o enviou?

***

O telefone da Moni toca, fazendo-nos saltar aos dois. Ela está ocupada a empurrar o espelho para o lado, perto da janela.

"Volto já", diz ela.

No caminho para me receber, um novo empregado vê o espelho e descobre-o. "Que espelho tão bonito", diz ele. "A moldura e a madeira em particular são absolutamente deslumbrantes." Passa os dedos sobre as mãos unidas gravadas e diz: "É japonês, não é?"

"Eu não sei, mas está na minha família há décadas.

O empregado posiciona o espelho de modo a que fique visível na minha visão periférica. Parte dele está virada para mim e outra parte está virada para a janela.

Ele olha para a parte de trás. "Eu já vi algo assim antes. Se alguma vez o quiser vender, ligue para aqui, pergunte por mim ou deixe uma mensagem.

O meu nome é Daniel Chung." Ele dá-me o seu cartão.

"Obrigado", digo eu quando Moni regressa à sala.

"Está tudo bem?", pergunta ela, olhando para o espelho e vendo o empregado a acariciá-lo.

"Sim", respondo, "o Daniel estava a dizer-me que achava que o espelho era japonês. Ele disse que já tinha visto algo assim antes. Ah, e ele estaria interessado em comprá-lo. Isto é, se eu alguma vez me quisesse desfazer dele."

Moni empalidece.

Daniel verifica-me o pulso. Confirma que está tudo bem e pergunta-me se preciso de alguma coisa.

"Que gajo estranho", diz Moni.

As minhas águas rebentam.

***

As coisas acontecem demasiado depressa. Os monitores ficam loucos. Começam as contracções. Estou dilatada e pronta para fazer força. O ritmo cardíaco do bebé está a baixar, tal como a sua pressão arterial. Levam-me para a sala de operações e começam a preparar-me para uma cesariana de emergência. Gostava tanto que o Darryl estivesse aqui comigo.

Está tudo a postos. Eles drogam-me e entram para salvar o meu filho.

Estou fora de mim, não consigo ver nem sentir nada. Vejo o pessoal do hospital a movimentar-se. Ouço as máquinas. Espero e rezo para que o meu filho fique bem.

Levantam-no, para que eu o possa ver.

Ele não chora.

Está azul.

Eu grito.

Alguém espeta uma agulha no meu braço.

Durmo sabendo que o meu filho está morto.

***

Acordo e lembro-me.

"Quer pegar-lhe ao colo?", pergunta uma enfermeira.

Eu aceno com a cabeça.

Ela sai do quarto.

Levanto-me da cama.

O meu filho chega numa caixa de vidro, enrolado numa manta verde. Tem um gorro de malha a condizer.

Ela entrega-mo. As lágrimas rolam pelo meu rosto quando lhe beijo a testa fresca e nos vejo reflectidos no espelho do outro lado do quarto.

Dirijo-me a ele.

Ainda sou uma mãe. A segurar o meu filho.

Beijo cada uma das suas pálpebras.

O chão debaixo dos meus pés começa a tremer, enquanto o sol grita luz para o quarto, para o espelho e para o meu filho.

As suas pálpebras abrem-se. Ele vê-me. Conhece-me.

Depois desaparece.

Eu tropeço, segurando a leveza do nada nos meus braços.

Ali, no espelho, Darryl está a segurar o nosso filho.

"Amo-te", diz Darryl beijando-lhe a testa.

"Eu também te amo", digo enquanto o nosso filho começa a chorar.

O espelho começa a girar, primeiro lentamente, depois ganha impulso. Dá pancadas e moinhos, torcendo-se como se fosse voar.

Hipnotizada, não consigo desviar o olhar.

A mão do Darryl estende-se para fora do espelho e eu pego nela.

E ficamos juntos para sempre, Darryl, o nosso bebé e eu grávida, o meu marido morreu.

Estou numa zona de guerra. Não estou sozinha. O meu bebé está comigo, dentro de mim.

Cruzo os braços sobre o meu bebé, protegendo-o, enquanto desço a rua e as bombas explodem à nossa volta. Tento encontrar um abrigo para nós, mas as bombas estão cada vez mais perto.

Estou perdida, mas sem medo. O meu filho dá-me um pontapé na mão para me tranquilizar. Estamos a unir-nos enquanto o resto do mundo se desmorona.

Paro e olho para mim num espelho no centro da rua. Estou a usar um vestido vermelho vivo com sapatos vermelhos a condizer e meias pretas. Afofo o cabelo com os dedos, vou à bolsa buscar um batom. Faço uma marca de beijo no vidro, depois atiro a cabeça para trás e tiro uma selfie. Publico-a no Instagram. Ou tento. Não tenho a certeza se tenho barras suficientes.

Ouço uma sirene a gritar. Vem na minha direção. Está a dirigir-se para o espelho. Estico a mão para a agarrar, mas uma mão agarra a minha. Eu grito. A sirene grita.

"Vai para dentro. Estás louco? Entra!", diz o condutor da ambulância numa língua que não conheço nem compreendo. Felizmente, há legendas.

Hesito antes de entrar. Preciso de encontrar o Darryl. O Darryl está aqui algures e o nosso bebé precisa do pai. O Darryl anda à minha procura e nós andamos à procura dele. O nosso filho é o íman. O radar. O GPS.

Atiro a cabeça para trás e grito o nome dele alto e bom som: "Darryl!" Escuto e depois grito outra vez. Chamo o nome dele e ouço. O condutor da ambulância diz que estou louco e põe o carro em marcha-atrás.

A ambulância bate no espelho e rebenta uma bomba. Voam bocados por todo o lado.

Há muito sangue nos pedaços de vidro.

Acordo e grito.

***

Tive o mesmo sonho todas as noites depois da morte do Darryl. Estava sempre a reviver o que tinha acontecido, apesar de não estar lá. Era uma operação de rotina como parte da Força de Manutenção da Paz das Nações Unidas.

É um mecanismo de sobrevivência, isto de sonhar e viver. Tentar encontrar o homem que amo quando o enterrámos. O funeral foi lindo. Eu estava tão orgulhosa do Darryl. Ele deu a sua vida pela causa e eu compreendo-o. Admiro-o pela sua dedicação, porque isso fez dele um homem melhor.

Puseram a bandeira sobre o seu caixão. Atirei dois punhados de terra para o chão e depois caí de joelhos a soluçar. A minha mãe e outras pessoas, incluindo os meus amigos, tentaram ajudar-me, mas eu afastei-os aos gritos. Queria estar sozinha com o Darryl. Queria contar-lhe sobre o bebé.

O nosso bebé.

Não me ia embora enquanto não tivesse a oportunidade de me despedir. Deitei-me ao lado da campa aberta, de barriga para baixo, com a cabeça apoiada nos braços. Disse-lhe o quanto o amava e despedi-me antes de lhe dar um beijo e de me levantar.

A minha mãe estava ao meu lado e a Moni também. Cada uma pegou num dos meus braços e puxou-me de novo para junto de si. Dirigimo-nos para o carro.

No caminho para casa, senti a presença do Darryl. Os seus braços envolveram-me. Os pêlos eriçaram-se nos meus antebraços, senti o cheiro dele. Sentia-o.

Depois, ele foi-se embora.

Em casa, do lado de dentro da porta, esperava-me uma caixa de forma oblonga com um laço no meio. Quis perguntar-lhe o que estava ali a fazer, mas a tristeza que reinava na sala levou-me para longe. Flutuei de pessoa para pessoa, aceitando os seus clichés de "lamento imenso" e "com o tempo tudo vai melhorar". A treta habitual depois do funeral.

Depois de se irem embora, senti-me vazia.

A mãe deitou-me na cama, como costumava fazer quando eu era pequena.

Depois de fechar a porta atrás de si, ergui os punhos cerrados aos céus por terem levado o Darryl.

Depois caí de joelhos em gratidão pelo nosso bebé que crescia dentro de mim.

***

Acordo a olhar para o espaço vazio ao meu lado, limpando a baba dos cantos da boca. A campainha da porta está a tocar. Atiro os cobertores para trás e deito-me no chão. Antes mesmo de conseguir sair do nosso quarto, a minha mãe de quarto voa para mim com os braços bem abertos.

Tenho de lhe pedir a chave de volta.

"Estava tão preocupada", diz ela, abraçando-me, apertando-me e fazendo-me sentir como uma menina de novo. Ela afasta-se e olha para a minha cara.

Ponho o cabelo atrás da orelha esquerda e tento sorrir. Aponto na direção da cozinha e, quando lá chego, encho a cafeteira de água. Abro a máquina de lavar louça para me manter ocupada enquanto a máquina de café cospe atrás de mim. A minha mãe fecha a porta da máquina de lavar louça, carrega nos botões necessários e põe-me de costas para uma cadeira onde não me dá outra alternativa senão sentar-me.

Ela está no lugar do Darryl e eu não estou no lugar de ninguém. Quando se apercebe, muda-se para a outra cadeira de ninguém. Levanta-se antes de mim e serve-me o café. Eu ponho natas e açúcar no meu e bebo um gole. Um gole é suficiente. Vou a correr para a casa de banho. Esqueci-me que o café provocava enjoos matinais a algumas das minhas amigas.

Quando volto à cozinha, a minha mãe preparou uma chávena de chá de camomila descafeinado. É para me acalmar.

Sento-me e bebo a bebida amarga e quente e vejo a minha mãe a movimentar-se na minha cozinha como uma pessoa numa missão. "Estou a fazer-te uma torrada", diz ela quando a torrada aparece quase na hora certa. A mãe usa a faca para esmagar a côdea, mais um flashback de quando eu era pequena. Depois espalha a manteiga e vira-se para olhar para mim.

A mãe põe um pouco de compota de morango e vai ao frigorífico. Tira de lá o bloco de queijo que desfaz sobre a minha torrada. Volta a colocá-la em cima da torradeira (com o lado da compota e do queijo virado para cima) e carrega no botão para deixar a torrada aquecer durante alguns segundos.

Este é outro ritual da minha infância e estou grato por ela estar aqui.

A mãe corta a tosta em triângulos e eu nem acredito no sabor maravilhoso que tem quando a mordo. Como as duas fatias e depois bebo mais um pouco de chá, que já não tem um sabor tão amargo desde que ela pôs umas gotas de mel. Ela pensa que eu não reparei... Pego na mão da mãe e agradeço-lhe mais uma vez.

O bebé já não tem fome.

A mãe do bebé já não está confortavelmente entorpecida.

A avó do bebé já não se sente inútil.

A mãe limpa a casa, falando sobre isto e aquilo. Eu ouço sem apreciar os seus esforços de distração. Deixo que ela pense que as suas tácticas de distração estão a resultar. Para ser sincero, não consigo acompanhar a sua linha de pensamento e o seu ritmo. Parece que estou a ouvi-la debaixo de água.

Ela ri-se. Eu salto. Estou de volta do sítio para onde a minha mente viajou. Fui a algum lado num instante. Senti-me a ir.

Era uma menina, escondida debaixo das escadas. Depois subi as escadas e entrei no armário, onde estava muito escuro. As mangas da camisa do meu pai mexiam-se. Saí a correr, dando a conhecer o meu esconderijo. Fui apanhado.

"Lembro-me dessa altura", diz a mãe, trazendo-me de volta ao presente. É como se ela estivesse a contar a história pela primeira vez. "Costumavas esconder as côdeas quando eras pequena. Antes de eu começar a esmagá-las com uma faca, encontrávamo-las nos bolsos, nas jardineiras. Ah, as que estavam nos vasos. Elas absorviam a água, matando algumas das plantas antes de percebermos o que estavas a fazer."

"A matar as plantas", imito.

Ela vem até mim, ajoelha-se e pergunta: "Estás bem, amor?"

Quase me rio da sua pergunta ridícula, mas controlo-me antes de o fazer, antes de dizer: "NÃO, NÃO ESTOU BEM". Darryl.

Jesus Darryl. Empurro a cadeira para trás, criando espaço entre mim e a minha mãe e levanto-me. Sou como um zombie. Mas não preciso de me alimentar de carne humana. Eu quero o Darryl. Sorrio quando repito need to feed need to feed need to feed outra vez na minha cabeça.

Agora que estou de pé, devia estar a mexer-me. Os meus pés querem ir a algum lado, a qualquer lugar, e no entanto dou por mim a fazer exatamente o contrário. Volto a sentar-me. A minha mãe faz o mesmo. Bebe a sua chávena de café, que já deve estar muito fria.

Levanto-me e digo: "Estou cansada", apesar de ter acabado de acordar, eu sei disso. Ela sabe-o. Mas não quero saber. Volto para o nosso quarto, o meu quarto, com a minha mãe a seguir-me. Quando ela me alcança, coloca a mão direita na minha anca, como se precisasse de me guiar. Como se eu pudesse perder-me no caminho.

Já à porta, viro-me e encaro-a. Ela tem lágrimas nos olhos, mas não estão a transbordar. Ela sabe o que é perder um marido, porque perdeu o papá, mas não é a mesma coisa. Eles tiveram uma vida inteira juntos. Estiveram juntos durante trinta e sete anos antes de o papá morrer. Nós só estivemos casados durante dois anos e meio. O Darryl nunca verá o seu filho ou filha. Eu quero dizer isto, mas não quero.

Acho que ela sabe o que estou a pensar, embora não tenha a certeza. É aquela coisa de osmose entre mãe e filha. Ela beija-me na testa enquanto me deita na cama. Sai e fecha a porta atrás de si.

Levanto-me de novo da cama, vou ao espelho e olho para mim. Em quarenta e oito horas, envelheci dez anos. Apesar de ter estado a dormir durante a maior parte do tempo, as bolsas debaixo dos meus olhos são enormes. Parece que estive a chorar o tempo todo, mas a verdade é que já não tenho lágrimas. A minha cara já não se parece comigo. Sou uma estranha, até para mim própria.

Deito um pouco de água e salpico-a na cara antes de deitar água morna numa toalha de rosto, a do Darryl. Seguro-a sobre mim para o inspirar.

Encontro a toalha de banho dele, dispo-me e enrolo-a à minha volta. Envolve-me e aquece-me como se estivesse nos seus braços. Fico assim sentada durante o que parece ser uma eternidade. Como se ele me estivesse a abraçar. Não correm lágrimas. Não há mais lágrimas para chorar. É como se o Darryl nos estivesse a envolver. A segurar-nos juntos, nós os três, Darryl, o bebé e eu.

O bater da mãe à porta traz-me de volta ao presente. Devo ter adormecido. Levanto-me demasiado depressa quando a porta se abre. A toalha do Darryl cai no chão.

A mãe e a vizinha entram no quarto e eu agarro a toalha do Darryl a tempo de esconder a minha nudez. Começo a rir-me e não consigo parar.

A mãe e a vizinha parecem preocupadas. Os olhos da vizinha estão a saltar-lhe da cabeça. Em breve, vão chamar os homens dos casacos brancos para me virem buscar se eu não me recompuser.

***

É o dia do meu casamento e estou a caminhar pelo corredor no braço do meu pai, numa grande igreja. Sei que estou a sonhar porque o meu pai nunca me levou ao altar. Ele já estava morto quando eu e o Darryl nos casámos, e o Darryl e eu não nos casámos numa igreja. "Your Song", do Elton John, é a nossa canção. Quer dizer, era a minha canção e a do Darryl. Na verdade, preferimos a versão do Ewan McGregor, uma vez que adorámos o Moulin Rouge.

O pai e eu cumprimentamos as pessoas que vemos pelo caminho. A avó Eleanor, que já morreu desde que eu era pequena, manda-me um beijo. Tiro uma flor do meu bouquet. Bafo de bebé, a sua preferida. Dou-lha.

Ela sorri, e uma lágrima cai-lhe pela face.

Do outro lado do corredor, está a minha prima Ruth. Ela e eu éramos muito próximas quando éramos crianças. Agora, raramente nos vemos. Imagino que ela esteja a pensar exatamente o mesmo que eu quando passo por ela. Nota para mim próprio: convidá-la para jantar um dia destes.

Há os dois irmãos mais novos do Darryl, o Dale e o Donny. Os pais deles tinham uma espécie de mania com a letra D. Nota para mim próprio: não continuar com essa tradição.

Vejo a minha outra avó, a mãe da minha mãe. Ela não foi ao nosso casamento. Ela e a mãe estão de mãos dadas e eu solto-me do pai por uns segundos para lhes dar um grande abraço. Os meus joelhos dobram-se um pouco quando a avó estende a mão, pega na minha mão e deixa cair algo dentro dela. Instintivamente, fecho os meus dedos à volta da coisa; apesar de não ver o que é, consigo sentir que é uma chave. O meu pai puxa-me para o seu braço e voltamos a entrar no caminho que nos leva ao altar.

As minhas damas de honor, Trish e Moni (diminutivo de Monique) estão agora perto de mim. Estão deslumbrantes nos seus vestidos brancos antigos, mas esperem, fui eu que usei branco antigo.

O pai vira-me, tira a minha mão do seu braço e coloca-a à volta da mão do Darryl. Viro-me para olhar para o meu futuro marido, mas não é o Darryl. Bem, já foi Darryl, mas agora já não é. Ele está morto. Ele está morto. É um cadáver a apodrecer.

Eu grito enquanto o lodo verde escorre dos seus lábios quando ele tenta sorrir. Não sou o único a gritar.

Toda a gente está a gritar.

Tudo está a gritar - até as máquinas.

Abro a minha mão.

Engulo a chave.

Pedaços de vidro estilhaçam-se por todo o lado.

***

Abro os olhos. Não estou em casa, mas no hospital. Ouço tiquetaques, batimentos cardíacos. Bipes. Sussurros. Volto a fechar os olhos. Finjo que estou a dormir.

"Não há mudanças."

"Não posso desistir."

"E o bebé?"

O bebé. Estas duas palavras trazem-me de volta à realidade e eu tento sentar-me e descubro que não consigo.

Quando não consigo mexer os braços ou as pernas, grito. Agarro na minha barriga, no meu bebé, no nosso pequenino, e descubro que a barriga está maior agora. Há quanto tempo estou a dormir?

"Mamã?"

"Oh, querido! Querido", diz ela. "Vais ficar bem", diz ela, mas eu não acredito nela. Nem uma única palavra.

"Há quanto tempo estou aqui?" pergunto, e a minha cabeça parece uma câmara de eco enquanto as palavras reverberam dentro do meu crânio.

Ela abraça-me e abraça-me em vez de responder. Quando me afasto, ela segura a minha cabeça com a mão e olha-me nos olhos como se estivesse a tentar encontrar-me.

Tento não pestanejar, mas não consigo parar. Não detestas quando isto acontece? Assim que tentamos não fazer uma coisa, o nosso corpo trai-nos e leva-nos a fazê-la ainda mais.

Ela não diz nada. Ela acha que eu não consigo lidar com a verdade. A voz que está na minha cabeça para lidar com a verdade é a do Jack Nicholson em A Few Good Men. O Darryl adorava esse filme. Vimo-lo tantas vezes que perdi a conta.

"Eu quero saber," ouço-me a dizer, mas pela forma como ela olha para mim, não tenho a certeza se o disse em voz alta ou na minha cabeça. Tento de novo, desta vez um pouco mais alto e ela reage.

"Deixa-me", diz ela e depois sai, voltando dentro de momentos com alguém que não reconheço. Os dois circulam pela sala como se estivessem a preparar um palco para uma peça de teatro. Sussurram, depois olham para mim e sussurram mais.

Que falta de educação.

Fico à espera, como se fosse invisível, e tento não explodir.

O desconhecido espeta-me uma agulha no braço e vou-me embora, pensando que os funcionários do hospital em roupa de rua deviam ser proibidos.

Sonho novamente que estou a descer a rua, à procura do Darryl, enquanto as bombas explodem.

***

O galo em mim é ainda maior agora. De facto, visivelmente maior. Quando o bebé se mexe, vejo pedaços dele ou dela através da minha pele. Membros que fazem marcas como virar-me do avesso enquanto o nosso filho empurra contra as paredes do meu estômago.

Já não estou no hospital. Estou em casa, sentada num quarto de bebé, a balançar numa cadeira de amamentação que não balança no sentido habitual da palavra. Em vez disso, desliza.

Ovelhas adormecidas com zzzs à volta da cabeça alinham-se nas paredes à espera de serem contadas. Começo a contar, depois sorrio, olhando para o berço. O tempo pára, tem de parar, porque nada está a acontecer aqui, hoje, agora.

Levanto-me da cadeira, meio acordado e meio a dormir. Toco no telemóvel e ele começa a tocar Frere Jacques. Canto a música, enquanto pego numa manta com uma ovelha.

Dobro a manta cada vez mais pequena, até ficar um quadrado minúsculo. Depois, volto a colocá-la no berço e vejo-me no espelho do canto.

Parte do espelho é visível e outra parte não, porque há qualquer coisa a tapá-lo. Aproximo-me, tiro a proteção contra o pó para revelar um tesouro que está na minha família há décadas. Uma herança de família transmitida pela mãe da mãe da minha mãe.

A moldura é fria ao toque quando passo os dedos ao longo dela. É de madeira e está gravada com pares de mãos entrelaçadas. As marcas dos dedos entrelaçados são ainda mais frias ao toque. Aproximo o meu corpo até a minha barriga encostar ao vidro. Não lhe toca. Atravessa-o. À medida que me aproximo mais e mais, a minha barriga desaparece no vidro.

Dou um passo atrás e a minha barriga desliga-se com um som de sucção. O meu bebé dá pontapés e volta a dar pontapés enquanto me afasto do espelho e volto para a cadeira onde tinha começado. Quando me sento, o móbil recomeça e começamos a deslizar em sintonia com ele.

O meu bebé acalma-se e nós dormimos.

***

"Acorda Cath", diz o Darryl.

Viro-me para ele e aconchego-me nele. O bebé choca-se entre nós. Não conseguimos estar tão perto um do outro como dantes, mas estamos mais próximos a muitos outros níveis.

O alarme toca e eu estou abraçada à almofada do Darryl, não a ele. O meu bebé dá pontapés e eu saio da cama para vaguear pelo corredor, semi-desperta, até à casa de banho, onde vou à sanita. Ligo a água, entro no chuveiro e deixo a água correr sobre mim.

O meu bebé adora a água e ficamos ali até que a água quente se esgote e se torne fria. Já com fome, visto o meu casaco e desço as escadas quando a mãe entra pela porta da frente. Ela deve ter tocado à campainha quando eu estava no duche. Nota para mim próprio: pedir à mãe para devolver a chave.

"Trouxe prendas", diz ela. Deita uma caixa inteira de donuts gelados em cima da mesa; os donuts ainda estão quentes e cheiram a céu. Enfio um na minha boca e ela enfia um na dela. Abraçamo-nos e comemos um segundo donut antes de decidirmos fazer um chá.

O meu bebé dá um pontapé de agradecimento e a mãe também o sente. "Oh", digo eu, enquanto o bebé dá a conhecer a sua presença fazendo o que parece ser uma cambalhota dentro de mim.

"Estás bem?" A mamã pergunta.

"Ele está feliz", digo eu.

A mãe apercebe-se do facto de eu ter dito "ele". Ela não o menciona. Em vez disso, conta-me os últimos mexericos.

Eu ouço por educação, não porque me interesse pelos acontecimentos locais. Antes, quero dizer, antes de conhecer o Darryl, eu contribuía saltando para o comboio dos mexericos. Por vezes, até era o maquinista, sem o chapéu. Outras vezes, eu era o vagão. De uma forma ou de outra, eu estava sempre no comboio. Deixava-me levar pelos mexeriqueiros.

"Viste o berçário?" Pergunto do nada, enquanto ela está a meio de uma frase de fofoca.

Ela olha para mim como se eu fosse um estranho. "Tens a certeza que estás bem?", pergunta, com uma grande carranca na testa em forma de ponto de interrogação horizontal.

Apercebo-me que disse algo estranho, talvez até estúpido. Não sei o que é. "Estou bem", digo, tentando tranquilizá-la.

Levanto-me, esperando que ela faça o mesmo, mas ela não o faz. Em vez disso, tira outro donut da caixa e dá uma dentada.

O meu bebé dá-me um pontapé forte. Como se quisesse outro donut. Tenho de fazer xixi e digo-lhe. A mãe segue-me pelo corredor.

"Encontramo-nos no quarto do bebé", digo eu.

"Está bem", responde a mãe.

Quando vou ter com ela ao quarto do bebé, a mãe está em frente ao espelho. Junto-me a ela, fico ao seu lado e aproximo-me cada vez mais do vidro. Estou a testar para ver se o bebé vai passar, como ontem, mas não passa. Não há ondulação. Não há ligação. Estaria eu a sonhar?

Quando me viro, o telemóvel começa a tocar Frere Jacques sozinho.

"Rebobinei, Cath", diz ela, "fizemos um ótimo trabalho de decoração, não foi? Estou tão contente."

Não me lembro de decorar e não quero admiti-lo. Como é que me podia ter esquecido de tal coisa?

"A tua trisavó ficaria muito contente. Estou feliz por o espelho te pertencer agora".

O mundo começa a girar e a desvanecer-se. Dou um passo em frente e quase caio. A mãe apanha-me e coloca-me na cadeira onde deslizo para trás e para a frente e para trás.

"O espelho não é teu por direito?" pergunto eu.

"Sim, mas não me importo. Fica perfeito nesta sala."

Pensando no espelho, adormeço. A mãe já se foi embora. Está escuro aqui, à exceção de uma luz que pisca no canto, a pouca distância do espelho.

O bebé dá pontapés. Está inquieto. Levanto-me e caminho em direção ao espelho. À medida que nos aproximamos, a luz ilumina-se. O meu bebé dá pontapés e mexe-se. Tiro o cobertor e olho para o reflexo da minha barriga, cada vez mais perto. O bebé dá um pontapé de baliza.

A minha barriga bate contra o espelho. O bebé dá outro pontapé, diminuindo a distância entre a barriga e o vidro. Quando os dois se unem, a minha barriga desaparece no espelho. Há um puxão que nos atrai.

Estou agora de nariz encostado ao vidro. Pressiono-me mais para dentro até ficar com a cara toda lá dentro. A minha cabeça segue-me. O meu bebé rola para o reflexo.

Uma forte rajada de vento surge algures atrás de nós e empurra-nos ainda mais para dentro. Agora já estou suficientemente dentro para notar a diferença no ar. outono. Folhas. Era primavera onde estávamos e outono aqui. Como é que isso é possível?

Podia cheirar e sentir o ar fresco, que nos rodeava, dando-nos as boas-vindas. Uma brisa sussurra na minha pele como um toque.

O meu bebé empurra para a frente e para trás, procurando conforto do outro lado. Conforto dentro do mundo de vidro. Acaricio a barriga do meu bebé para me tranquilizar e o meu bebé empurra para trás para fazer o mesmo por mim.

É magnífico. Estou no meio de uma floresta. Não, estou numa praia com areia, areia branca e pura e ondas a baterem e a baterem na costa.

Não, estou perto de montanhas, montanhas altas com caminhos a serpentear à sua volta. São muitos mundos, todos juntos. Ouço pássaros a cantar. Há corvos, corvos, gaios azuis, flamingos, kookaburras, whinchats, pardais, mockingbirds e gaivotas. Sinto o sabor do sal do mar na minha língua.

Chamo: "Olá", e a minha voz ecoa à volta e à volta e à volta. O meu bebé dança ao som do eco, fazendo cócegas, fazendo-me rir. Sinto-me em paz, pura e doce. Alegria. Em casa.

Do outro lado, atrás de mim, algo me puxa para trás. Eu não quero ir. O meu bebé não quer ir, mas algo me agarra. Arranca-nos dali para fora. Para trás.

"Que raio estão a fazer?", grita alguém. A sua voz é trémula, distorcida.

Eu ouço as palavras, mas a voz parece estar dentro de uma nuvem.

***

Assim que voltamos, queremos partir de novo. Queremos estar lá, existir lá. Só lá e em mais lado nenhum.

É a Moni e ela está muito zangada comigo. "Em que é que estavas a pensar?"

Não digo nada enquanto olho para o espelho.

"Não te faças de inocente comigo", diz Moni. "Estavas a viajar. Quero dizer, noutra dimensão, não estavas?"

"A viajar?" Eu imito. Penso nisso por um segundo, em como devo ter parecido louca e digo: "Estava a olhar para o meu reflexo, o nosso reflexo. O bebé e eu".

"A maior parte de ti tinha desaparecido!" A Moni grita. "DESAPARECEU!"

Eu rio-me, tentando fingir que ela não tinha visto o que tinha visto. Tentando fazê-la sentir-se como se estivesse louca. Em vez de mim. Eu tinha estado lá. Tinha visto outro mundo. Atravesso a sala, afasto-me do espelho, viro-me para trás e caminho até ao espelho. Fecho o punho e encosto-o ao vidro, esperando que não aconteça nada e não acontece.

A Moni segue-me e faz a mesma coisa. Depois, ficamos frente a frente e desatamos a rir. Devemos ter parecido loucas. Loucas. Ridículas.

O bebé dá pontapés.

Em pouco tempo, estamos lá em baixo. A Moni diz que a minha mãe teve de sair e que foi por isso que ela veio cá.

"Eu não preciso de babysitting."

"Já passaram seis meses", diz Moni, "desde que o Darryl morreu, e estamos todos preocupados contigo e com o bebé."

"O bebé e eu estamos bem", digo eu. "Ainda sentimos a falta dele todos os dias, mas está a ficar mais fácil." Era uma mentira.

"Já sei o que devíamos fazer amanhã", diz a Moni. "Vamos à praia."

Parece-me divertido e eu concordo. Mas não tenciono usar um fato de banho.

***

Chegamos à praia com um cesto de piquenique cheio de almoço e todo o tipo de guloseimas. Descalçamos os sapatos e deixamos que a areia se esmague entre os dedos dos pés, apesar de estar longe de estar calor.

"Eu e o Darryl adorávamos vir aqui no verão."

"Ele está connosco aqui agora e sempre", diz Moni.

A Moni tem razão, mas isso não me impede de sentir a falta dele. Quero mais do que as suas memórias. Quero-o aqui com os seus braços à minha volta.

"Sinto falta dos seus braços, de me abraçar, da sua respiração. Sinto falta de tudo nele todos os dias."

Moni põe o braço à volta do meu ombro.

"A parte mais difícil", continuo, "é que o Darryl nunca vai conhecer o nosso bebé e o nosso bebé nunca vai conhecer o Darryl."

"Não sabes o que o futuro te reserva", diz a Moni.

Eu sei onde é que ela quer chegar com isto. Ela está a sugerir que eu conheça outra pessoa. A ideia não vale a pena ser considerada. Eu estava a carregar o bebé do Darryl, por amor de Deus.

"Eu não quero mais ninguém. Ninguém pode substituir o Darryl ou o que tivemos juntos. Além disso, o meu coração está demasiado partido. Nunca vou amar mais ninguém. O meu coração pertence ao Darryl e só ao Darryl."

"Não digas isso. Tu não sabes o que o futuro te reserva. O amor pode acontecer mais do que uma vez. Olha para a minha mãe. O meu pai morreu, ela casou com o meu padrasto e encontrou o amor pela segunda vez. Não é a mesma coisa. Nunca poderá ser igual ao primeiro amor, mas pode ser amor na mesma. Pode ser suficiente. Tens de estar aberto a isso. Eles estão felizes e tu também poderás estar, a seu tempo", diz Moni.

Começo então a correr, tanto quanto uma mulher grávida de oito meses pode correr, e entro na água. A temperatura é fria mas refrescante, e gosto de sentir a frescura na minha pele.

A Moni empurra-se para o meu lado.

"Este bebé adora água.

A Moni põe a mão na minha barriga e o bebé dá pontapés. "Ele adora mesmo", diz ela.

Entramos na água até aos joelhos e deixamo-nos levar pelas ondas. O bebé adora e dá umas cambalhotas.

"Vais contar-me como foi?" pergunta a Moni.

"Não sei bem o que queres dizer", digo eu.

"Refiro-me à cena do espelho, ao que estavam a fazer? Estavam a viajar? Andavas a saltitar pelo mundo?"

Penso no assunto e decido que ela tem razão. Quer dizer, através do espelho, eu e o meu bebé tínhamos viajado para outro lugar. Outra dimensão. A música de The Twilight Zone ressoa na minha cabeça.

"E o que é que tu sabes sobre isso?" Eu pergunto.

"Eu vejo filmes, leio livros. Até há viagens em Alice no País das Maravilhas. Quando entrei, a maior parte de ti tinha desaparecido e era óbvio que estava no espelho. Tu estavas no espelho. Então, o que é que viste? Ou viste alguma coisa?"

"Não sei se quero falar sobre isso", digo eu, porque é um segredo. Quero guardá-lo bem perto do meu peito, por enquanto. Parece que se o admitir em voz alta, ele pode desaparecer. Eu sabia que parecia um disparate, mas tinha sido tudo tão estranho e só me tinha acontecido uma vez. Duas vezes para o bebé, mas uma vez para mim. Quero estar lá e voltar a fazê-lo antes de falar sobre isso a mais alguém.

"Promete-me uma coisa", diz a Moni enquanto vemos o pôr do sol no caminho para casa. "Promete-me que não vais sozinho. Quero dizer, sem alguém deste lado para te puxar de volta."

Aceno com a cabeça numa espécie de promessa, mas não sei se tenciono cumpri-la.

"Gostaria de ficar em tua casa esta noite, para te fazer companhia", diz Moni.

Eu digo que não há problema porque estou demasiado cansada para fazer mais do que dormir, exausta do ar fresco do mar. O meu bebé nem sequer se mexe dentro de mim.

Visto o pijama e adormeço de imediato. Sonho com o Darryl, procuro-o, procuro por alto e por baixo e por todo o lado. Ando e ando e os meus pés ficam cheios de bolhas e a sangrar, mas continuo sem o Darryl. Por vezes, encontro alguém ou algo parecido com um espantalho num campo. Pergunto-lhe se viu o Darryl e, como em O Feiticeiro de Oz, ele aponta em todas as direcções. É uma grande ajuda.

Também pergunto a uma mulher estranha e barbuda que trabalha num circo se ela viu Darryl. Ela ri-se e ri-se e ri-se.

Ele não está em lado nenhum, por isso acordo e ligo o meu portátil. Passo a noite a ver fotografias nossas. Da nossa vida.

Quando estávamos juntos, via-se amor à nossa volta. Sei que parece um cliché estúpido, mas estava lá, especialmente quando Darryl olhava para mim ou quando eu olhava para ele. Amávamo-nos com um amor que nunca mais existiria num mundo em que estivéssemos separados.

Quando procuro o passado sozinha, sinto que ele, o bebé e eu estamos juntos a olhar para as fotografias. O bebé está no meu colo. Darryl está atrás de mim, olhando por cima do meu ombro enquanto passo de página em página.

Quando termino, o sol está a nascer e a trazer um novo dia. Exausta, volto para a cama.

***

"Cath. Cath! CATH!"

O que é que foi? Pára com isso. Eu quero continuar a sonhar.

"CATH!!!"

Apercebo-me que estou a ouvir a voz do Darryl. O quê? Eu sacudo-me para acordar. Escuto e ouço-a de novo.

"Cath."

"Darryl?"

Atiro os cobertores para trás e abro a porta do quarto. Agora que respondi, ele sussurra o meu nome uma e outra vez.

Dou por mim no quarto do bebé, onde fico parado a ouvir. Tremo como se uma brisa soprasse em mim. Depois pego no cobertor do berço e envolvo-o à volta dos meus ombros. O bebé está quieto, como se ainda não tivesse acordado.

"Cath."

Olho para a janela. O vento fá-la estalar e estalar, e depois abre-a. O frio do outono põe os braços à minha volta, segurando-me e ao mesmo tempo empurrando-me.

"Cath."

Viro-me para o sítio de onde vem a voz. O espelho. O meu bebé acorda e dá-me um pontapé forte. Ponho-me em sentido e dirijo-me para o espelho. A moldura de madeira das mãos moveu-se, torceu-se, deslocou-se. O vidro dentro da moldura está a brilhar e a tremer. É como se uma nuvem tivesse entrado no quarto do bebé e estivesse a atravessar o vidro. Aproximo-me. Levanto a minha mão e coloco a palma contra a superfície.

*ESPELHO QUE ME REFLECTE
COM REDUNDÂNCIA.

Um poema que li no liceu invade-me os pensamentos. Vem-me à cabeça quando a minha mão rompe a superfície e desaparece dentro do vidro.

Mais à frente, continuo a fazer a ponte. Ali está ela. Outra mão a pressionar a minha. A mão do Darryl. A mão do Darryl?

Sim. Confirmado quando a nuvem no espelho se dissipa. Tocamo-nos palma com palma.

Assustada, afasto-me e puxo a minha mão para trás também. O bebé dá pontapés e eu toco com a palma da minha mão. A nuvem volta a entrar enquanto eu conforto o bebé e o Darryl desaparece.

Quero esmagá-la.

Quero estar dentro dela.

Terei imaginado tudo isto? Estaria a enlouquecer?

Eu estou louca.

"Cath. Volta. Por favor."

Acaricio o nosso bebé com uma mão e depois uma mão passa por cima, para o nosso lado e segura a minha mão. É a mão de Darryl. Ele está aqui, a confortar o nosso bebé. De alguma forma. De alguma forma. O meu amor.

"Darryl."

A sua outra mão, a que tem a aliança de casamento, passa através do espelho para o nosso lado. Caímos para ele, para o seu abraço, para o espelho.

"Oh Cath."

As mãos dele fazem-me tremer quando as passa pelo bebé. O bebé vira-se para ele e estamos a meio caminho de entrar e a meio caminho de sair.

"Ele é lindo", diz Darryl. "Como a mãe dele."

"Não sabemos se é ele ou ela", digo eu, olhando para os seus olhos azuis.

"Ele é um ele, sem dúvida", diz Darryl. "É forte e saudável."

Em resposta à voz do pai, o bebé dá pontapés e rola.

"Fica quieto", digo eu enquanto me encosto mais ao espelho. O bebé está quase todo dentro do espelho, mas eu não estou dentro do vidro. Posso sempre recuar se for preciso. Não sei bem porque é que me sinto preocupada. Afinal de contas, é o Darryl. Como senti a falta dele. Ainda assim, parte de mim permanece ancorada no outro lado.

"Darryl, este é o teu filho. Filho, este é o teu papá", digo eu enquanto as lágrimas me correm pelas faces como cascatas. Não são lágrimas de mulher pequenina, mas lágrimas grandes e deliciosas de chuva. Choro.

O Darryl beija-me nos lábios. Sabe a outono, mas é quente e fresco ao mesmo tempo. Depois inclina-se e beija o nosso bebé.

"Filho, tens de cuidar da tua mãe por mim, está bem? Estou tão orgulhoso de ti e do que serás um dia. Amo-te. Amo-vos aos dois."

Empurro-nos, avanço um pouco mais. Penso em ir até ao fim, mas há algo, um sentimento que me impede. Eu quero estar lá. Quero atravessar e estar com Darryl onde quer que ele esteja. Quero que nós os três fiquemos juntos, para sempre. Determinada, tento empurrar e empurrar. Quero que passemos até ao fim.

"Não faças isso", suplica Darryl. "Nem sequer tentes. Agora já temos. Vamos aproveitá-lo enquanto podemos. É implacável."

"Eu quero-te. Quero que nós, nós três, fiquemos juntos. Sempre."

"Nós só temos o que ele nos dá", diz Darryl. "O tempo é um amigo ou inimigo inconstante. Nunca sabemos o que virá e o que irá embora."

"És um poeta e eu nem sequer sabia", digo eu com uma risada.

Uma brisa forte sopra e Darryl afasta-se. Afasta-se.

"Vai agora", insiste ele.

"Não! Onde é que vais, Darryl?" Eu grito. "Volta. Por favor, não me deixes. Não nos deixes outra vez."

"Vou tentar voltar, para te ver de novo, assim que puder. Se eu puder. Vai agora. De alguma forma. Lembra-te sempre de mim. Vou estimar-te sempre. Acredita em mim e talvez ela nos deixe tentar encontrarmo-nos de novo".

O vento sopra numa enorme nuvem. Ela impede-nos de ver Darryl. Antes, a nuvem era branca e inchada, mas agora é negra e cheia de raiva.

Puxo-nos para trás.

Quando o faço, os meus joelhos dobram-se.

Deixo-me cair no chão e soluço.

Sinto-me como se tivesse perdido o Darryl outra vez.

Desta vez, porém, estou a chorar por dois. A chorar por dois.

***

"Cath, estás bem?"

Acordo e lembro-me, mas é apenas a minha mãe. Ela está a tentar levantar-me do chão, mas sou demasiado pesada.

"Chamei uma ambulância", diz ela enquanto eu tento levantar-me e não consigo.

"Quero ir para a cama", digo, lutando contra outro festival de choro.

A ambulância chega e eles sobem as escadas a correr. Testam os meus sinais vitais e os do bebé e, depois de confirmarem que estamos bem, ajudam-me a ir para a cama.

A mãe está a pairar e, para a fazer sentir melhor, digo-lhe: "Ele está bem e eu estou bem."

Ela pára no caminho. "Não sabia que já tinhas pedido para saber o sexo do bebé."

"Não perguntei", digo eu, "é um pressentimento que tenho, que ele é um ele."

A mentira parece resultar. Finjo estar mais cansada do que estou na realidade. O bebé também parece estar a dormir. Depois de me beijar na testa, a mãe sai e fecha a porta atrás de si.

Fico acordada durante horas, a pensar no Darryl e a pensar quando é que nos poderemos ver, tocar de novo.

***

Todos os dias, depois da nossa visita a Darryl, quero voltar.

Escrevo exatamente o que acontece. Manter um registo faz sentido. É a única maneira de garantir que o meu cérebro de grávida mantenha as minhas memórias intactas. Escrever tudo, ficar obcecada com isso, permitiu-nos viver o mesmo dia vezes sem conta. É como a nossa própria versão do filme Groundhog Day, só que desta vez eu sou o Bill Murray.

O Darryl tinha dito que era "implacável". Estaria ele a falar do tempo?

Pergunto à Moni o que é que ela acha. Ela também acha muito estranho.

Começamos a trabalhar juntos, a investigar ocorrências sobrenaturais. O nosso objetivo é encontrar eventos relacionados com viagens em espelhos on-line.

Encontramos artigos intrigantes sobre universos paralelos. Alguns referem-se aos espelhos como pontos de entrada. A pesquisa fala de coisas como realidades virtuais e divisões dimensionais. Também se fala de portas dimensionais e do oculto. Para além dos romances de ficção, não conseguimos encontrar provas reais, embora encontremos algumas afirmações.

Encontrámos algumas listas de coisas que nunca se devem fazer com espelhos, como

Nunca se olhe para um espelho à luz de uma vela, pois pode mostrar-lhe uma versão muito assombrada da sua casa.

Se olhar para um espelho entre duas velas altas e brancas, pode ver o espírito de um ente querido que já faleceu. A sua alma pode estar presa no seu espelho.

Esta fez-me saltar o coração pela boca.

A alma do Darryl estava lá presa? Não me parecia um lugar mau ou assustador, mas ele tinha mencionado a coisa da falta de perdão.

Tremo e passo ao ponto seguinte.

Cobrir sempre um espelho assombrado durante uma trovoada. Os relâmpagos libertam os fantasmas.

Digo a Moni que quando entrei no quarto, o espelho estava parcialmente tapado. Abraço-me e volto a tremer.

"Antes de mais," diz Moni, "é mais do que provável que a tua mãe o tenha posto aí para o manter afastado do chão. Não é nada. Uma coincidência." Ela olha para mim. "Tens a certeza que queres continuar com isto?"

Eu aceno com a cabeça e leio o próximo.

É um mau presságio receber um espelho da casa de uma pessoa falecida como presente.

"Oh meu Deus!" Grito e levo o punho à boca. Não quero assustar o bebé, mas há séculos que o espelho está na nossa família depois de uma morte. Não como um presente com um laço, mas como uma prenda e uma herança de família.

Não tenho a certeza de quem tinha o espelho antes de ele vir para a nossa família. Preciso de saber mais sobre ele.

Explico isto à Moni, que se arrepia um pouco antes de ler a próxima.

Se alguém vê o seu reflexo num espelho num quarto onde alguém morreu recentemente, vai morrer em breve.

"Ufa, estamos bem no primeiro", diz ela e depois olha para mim para confirmar, o que eu faço com um aceno de cabeça.

Leio a seguinte.

Se um fantasma vagueia pela nossa casa durante a noite, um espelho pode capturá-lo.

Isso é arrepiante. Nenhum de nós diz nada sobre isso.

O bebé mexe-se.

Continuo a ler o artigo. Há provas científicas. Menciona espelhos quânticos e espelhos do multiverso como portais para outros mundos.

"Precisamos de saber mais. Eu preciso de saber mais sobre este espelho e como chegou à minha família. Onde é que ele começou? Quem no-lo deu e quando?" Eu digo com um tremor.

"Como é que vamos fazer isso?" pergunta Moni, e ficamos as duas a contemplar o assunto, sozinhas mas juntas, durante algum tempo.

Os dias e as semanas passam a correr. Moni e eu continuamos a procurar sempre que temos tempo.

Seguimos o conceito de viajar através de espelhos. Remonta a civilizações antigas.

Examinamos o nosso espelho de alto a baixo, na esperança de encontrar uma marca do fabricante. Não temos essa sorte.

Com o bebé a nascer dentro de uma semana - mais ou menos uns dias -, a Moni e eu sentamo-nos juntas na cozinha. Percebo, pela forma como ela começa e pára, que tem algo importante em mente.

"Podes pensar que é um pouco louco."

"Conta-me", digo eu.

O bebé dá pontapés. Acaricio-lhe o pé.

"Estou a avisar", diz Moni. "Está lá fora."

"Vai lá."

"Ok, aqui vai. Na Internet, encontrei uma mulher que é médium e vidente. Ela tem uma reputação excecionalmente boa, até mesmo excelente. Ela traz resultados para os casos em que ela escolhe se envolver."

Aproximo-me mais.

"A tia Maria faz leituras de cartas como passatempo. Ela leu sobre a mulher de que estou a falar. Só encontrou coisas boas sobre ela."

"Uma vidente, eh?" Eu digo. Não percebo as tretas dos médiuns. Embora eu saiba sobre aquele gajo que estava na televisão, John somebody. Edwards. Digo o nome dele em voz alta.

"Sim", diz a Moni.

"Quer dizer que a senhora médium vai contactar o Darryl?"

Moni acena com a cabeça.

"Mas eu consegui contactá-lo sozinha. Não sei o que é que ela pode fazer para ajudar, porque nós já lá estivemos sozinhos.

"Devíamos tentar. Precisamos dela. Não pelo Darryl, mas pelo espelho", diz Moni. "Se é que é um espelho viajante. Tu dizes que é porque já viajaste nele. Precisamos de saber mais sobre ele. Ela poderia testá-lo. Os videntes fazem testes, quero dizer."

"Oh," digo eu, e agora estou mais interessada do que antes. Aproximo-me um pouco mais.

"Expliquei-lhe um pouco do que aconteceu, sem entrar em muitos pormenores. Chama-se Anna August e quer muito conhecê-lo e ver o quarto e o espelho. Eu também gostava de estar aqui, para dar apoio moral. Isto é, se quiseres que eu esteja".

"Tem de estar aqui comigo", digo eu e o bebé dá pontapés para registar o seu voto. Vou até ao bebedouro e sirvo-me de um copo de líquido fresco. "Quanto é que ela pede por uma visita?" Pergunto depois de alguns goles.

"Quinhentos."

Sento-me e pressiono o copo frio contra a minha testa.

"Sei que é muito para pedir", continua Moni, "e gostaria de o oferecer como uma prenda."

"É muito simpático da tua parte", digo eu. "Mas se nós os dois ficássemos a meias, sendo metade um presente teu, então seria maravilhoso. Como é que ela o recebe? Quero dizer, antecipadamente?"

Moni explica como é que funciona. Temos de enviar imediatamente um depósito de dez por cento como sinal de boa fé. A Anna enviar-nos-ia um recibo, marcaria uma data e uma hora para nos visitar pessoalmente. Na data acordada, o saldo restante seria pago à chegada.

"À chegada?" Eu digo. Parece-me um pouco atrevido pedir dinheiro adiantado dessa forma, mas, por outro lado, quem é que conhecia o protocolo dos médiuns?

Moni vai buscar um copo de sumo de laranja ao frigorífico e bebe um longo gole. "De acordo com o site deles, a entrega é feita ao entrar na casa do cliente, que seria você.

"Oh, então ela não promete nada em troca?

"Não", confirma Moni. "Mas tenho a sensação de que esta é a norma no mundo psíquico. Quando ela concorda em aceitar o seu caso, compromete-se totalmente. Ela quer certificar-se de que os seus clientes também estão. Ela escolhe quem quer ajudar. Ao dizer aos seus novos clientes que quer um pagamento inicial com o saldo adiantado, ela vai conseguir eliminar os malucos."

Eu rio-me, perguntando-me se ela pensaria que eu era uma louca mesmo que pagasse adiantado. "Ela é, a Anna é local?"

"Não, ela está fora da cidade, mas sabia onde vivias. Quero dizer, antes de lhe ter dito a tua morada. Ela disse que nos últimos meses tem sentido uma perturbação estranha nesta zona. De facto, tinha sido tão forte que ela própria pensou em investigar."

Isto parece-me interessante e rebuscado ao mesmo tempo. "Queres dizer que ela teve uma premonição?"

"Foi o que me perguntei também, mas ela disse que não. Embora as tenha muitas vezes. Neste caso, ela sentiu uma perturbação psíquica. Algo se apoderou dela. Deixou-a de cabelos em pé. Esse tipo de coisas".

Ver um filme de terror faz-me isso acontecer, mas não o digo. Em vez disso, concordo em enviar o sinal e em pagar-lhe o montante total à chegada. "Temos de saber mais e não temos muitas opções."

"Há muitas outras opções", diz Moni, "mas a Anna tem credibilidade nas ruas. Vou fazer com que isso aconteça o mais depressa possível."

***

No dia 3 de maio, às três da tarde, a famosa médium e vidente Anna August chega a minha casa. A Moni e eu escondemo-nos atrás das cortinas. Ficamos a ver como ela sai do seu veículo para a minha entrada. Estamos as duas muito curiosas e queremos conhecê-la antes de a encontrarmos em carne e osso.

Nas últimas semanas, formámos uma obsessão pela Anna. Ao mesmo tempo, fiquei obcecado com o espelho desde que a Anna me disse para me manter afastado dele. Eu não tinha falado com ela, mas ela insistiu que a Moni me transmitisse a mensagem urgente.

A mensagem era que, se eu voltasse a entrar, ela saberia. O nosso acordo seria cancelado. Além disso, o pagamento total seria exigido na mesma.

Seria dinheiro fácil para ela se eu ignorasse o aviso. Ela receberia o pagamento sem sequer ter passado pela minha porta. As suas palavras assustaram-me o suficiente para trancar a porta do quarto do bebé. Por via das dúvidas.

Anna tem cerca de sessenta anos e é uma mulher bonita. Não é bonita; é jeitosa. Isto não é um insulto. É a forma como ela nos aparece a ambos. É muito alta, tem cerca de um metro e oitenta e usa o cabelo num carrapito em cima. Isso aumenta ainda mais a sua altura.

Veste um sobretudo de gola alta, vermelho sangue, com botões pretos em forma de coração. Nos pés, umas grossas cunhas pretas. No rosto, o mais pequeno toque de rímel, batom vermelho e nada mais. O cabelo preto escuro atrás da orelha esquerda revelava um brinco preto em forma de coração. Combina na perfeição com os botões do seu casaco.

Anna caminha em direção à porta da frente com um forte sentido de determinação e propósito. Ela balança um pouco nos seus calços e nós rimo-nos. Quando a Anna nos vê, pisca o olho e faz um sinal da cruz sobre si própria. Ela hesita, depois faz o sinal da cruz sobre a minha casa.

Estávamos tão distraídos e absorvidos com tudo o que a Anna fez que não reparámos num homem que seguia atrás dela.

Tem quase um metro e oitenta de altura e é de cabelo e barba pretos. Usa um sobretudo preto, um boné preto que lhe cobre os olhos, calças e sapatos pretos. Move-se como uma nuvem escura e solitária. Apercebemo-nos que a inclinação se deve ao que transporta às costas: um pequeno baú preto. Apesar de ser pequeno, o seu peso é suficiente para o fazer inclinar-se.

Anna bate à porta e nós apressamo-nos a ir ao seu encontro.

***

A Anna entra como o vento e a nuvem negra vem logo atrás. Ela estende-me a mão primeiro e pega na minha outra mão. Ela olha-me nos olhos e eu nos dela - que são de um verde estranho com pequenas manchas vermelhas na pupila.

"É um prazer conhecê-lo finalmente", diz ela, estendendo a mão e parando antes de tocar no bebé. Aceno com a cabeça a dizer que pode fazê-lo e ela coloca a mão aberta sobre o bebé. Espero que ele dê um pontapé para reconhecer a sua presença, mas ele não o faz.

"Deve estar a dormir", digo eu. Por alguma estranha razão, o facto de ele não se apresentar com um pontapé faz-me sentir que somos mal-educados.

A Anna atira o casaco para trás das costas. Vira-se para a Moni e cumprimenta. Apresenta-nos o marido, que está lá ao fundo a esticar as costas. O seu nome é Ballard.

Dirijo-me a ele e apertamos as mãos. Ele precisa de ajuda para tirar o peito das costas e eu ajudo-o. Depois, ele levanta-se direito e alto. Afinal, não é assim tão baixo. É baixo para um homem e a Anna com as suas cunhas eleva-se acima dele.

"Vamos tratar dos pormenores chatos", sugere Ballard.

"Sim", diz Anna.

"Ela está a falar do dinheiro", sussurra Moni.

Vou buscar a minha mala à mesa de cabeceira. Contém a quantia total, que entrego à Anna, que a dá ao Ballard.

"Obrigada", diz Anna.

Ballard tira o dinheiro e folheia o maço. Com a certeza de que a quantia total está lá, mete-a no bolso do casaco.

Anna diz: "Gostava de ver o quarto agora."

Nós os três, Moni, Anna e eu (ou quatro, se incluir o bebé) dirigimo-nos para o quarto do bebé. Olho para trás e vejo Ballard a procurar no bolso uma chave que introduz na fechadura e abre a mala.

Estou curioso sobre a chave, mas mais curioso ainda sobre o seu conteúdo. Ballard continua. Volto a concentrar-me neste assunto.

"A seu tempo", diz Anna enquanto nos faz avançar. Ela vê-me a olhar para Ballard com curiosidade. Parece que não lhe escapa nada.

Antes de chegarmos ao berçário, Anna faz uma paragem súbita. Quase que me cruzo com ela, uma vez que estou agora na parte de trás do grupo, com a Moni à frente.

A respiração da Anna altera-se. Ela suspira e as suas faces ficam muito coradas. Agarra a parede à sua direita e a outra parede à sua esquerda com os punhos fechados e fica parada. Os seus punhos abrem-se como rosas a desabrochar. Ela coloca as mãos abertas sobre a superfície das paredes de cada lado.

A sua cabeça voa para trás e os seus olhos abrem-se muito, olhando para o teto. Todo o seu corpo começa a tremer e a convulsionar como se estivesse a ter um ataque epilético.

***

Algo bombeia através do seu corpo. O que quer que seja, vejo-o a abrir caminho através dela. Olho para a Moni, cujos olhos estão quase a saltar para fora do crânio. Passo a mão pelo ombro da Anna e pego na mão da Moni. Ficamos paradas, sem saber o que fazer. A Anna continua a vibrar e a contorcer-se.

Nessa altura, Ballard está lá, colocando algo na testa virada para cima de Anna. É prateado.

Vejo-o brilhar na luz, mas não consigo perceber o que é. Primeiro um borrão, depois um brilho. Em breve, os braços e a cabeça da Anna caem. Depois, ela está de novo entre nós.

"Sinto muito, meu amor", diz Ballard. "Eu não esperava..." Ele pára e olha para Moni e eu que ainda estamos juntos, de mãos dadas.

"Nem eu", diz Anna enquanto inspira fundo e solta a respiração várias vezes para se acalmar. "Era uma coisa ou alguém poderoso. Posso beber um copo de vinho do Porto antes de continuarmos?"

Começo a dizer que não tenho nenhum Porto em casa. Ballard, que veio preparado, tira um frasco de dentro do casaco. Abre a tampa e entrega-o a Anna.

As mãos dela tremem quando tenta beber um gole. Ballard ajuda-a.

Anna limpa a boca com a mão. Ainda consigo ver os dedos dela a tremer enquanto lhe devolve o frasco. Ballard oferece-me um gole. Recuso-me por causa do bebé. Moni também recusa, mas agradece a Ballard pela oferta.

Anna quebra o silêncio. "E agora, vamos continuar."

***

Antes de chegarmos à porta do quarto do bebé, ela fecha-se com estrondo. A força é tão grande que penso que pode partir as dobradiças. Passo à frente da comitiva, usando a cintura do meu filho para abrir caminho.

Quando chego à porta, pego na chave no meu bolso. Uma vez destrancada, tento rodar o puxador. Digo tentar por duas razões.

Primeiro, não se mexe, e segundo, está em brasa, de tal forma que grito quando a minha pele se funde com ela. É como se a pega metálica se soldasse a mim e a minha pele ardesse e cheirasse como se estivesse a ser grelhada.

A minha carne queimada cheira quase a bacon enquanto continuo a tentar separar-me do cabo. Os segundos que se seguem parecem como se o tempo tivesse parado, e eu concentro a minha mente na pega em vez de na dor. Num só movimento, separo-me. A pega move-se. Por um segundo, penso que vai rodar e abrir-se, mas não o faz.

Olho para a esquerda, onde Moni está de pé, a olhar, a pensar no que fazer, mas sem fazer nada. Olho para o Ballard, que está a olhar para a Anna, que tem os olhos fechados e está a balbuciar palavras.

Observo e ouço os seus murmúrios, percebendo que ela está a fazer um encantamento ou um feitiço. Pelo menos, era o que parecia, com base nos programas de televisão fictícios que eu tinha visto com bruxas.

Será que os videntes fazem encantamentos ou feitiços? Não tinha a certeza, mas o que quer que ela estivesse a planear, esperava que funcionasse.

Quando esse pensamento me passa pela cabeça, o calor do puxador da porta aumenta de um nove para um dez e eu grito de dor. Ballard vem a correr na minha direção com o frasco de brandy na mão e espalha o conteúdo sobre a minha mão. Fumega, cospe e cheira a pudim de Natal estragado.

Funciona, e a minha mão solta-se da maçaneta. Ballard leva-me para longe da porta. Fico parado enquanto Moni entrega a Ballard o estojo de primeiros socorros que foi buscar à casa de banho. Ele envolve-me a mão em gaze depois de a pulverizar com um líquido para aliviar queimaduras. O líquido arrefece a temperatura da minha pele. Quando ele envolve a gaze, a dor é mínima.

Quando voltamos ao corredor, a Anna não está em lado nenhum, mas a porta do berçário está escancarada.

Desta vez, Ballard vai à frente, com Moni e eu a seguir-nos não muito longe. Ballard mantém o braço direito estendido à sua frente, como se estivesse a antecipar a chegada do invisível e desconhecido. Se ele tivesse uma cruz na mão, não estaria deslocado. Tenho visto demasiada televisão para o meu próprio bem.

Assim que entra no berçário, Ballard sussurra: "Anna." Fica à porta, impedindo-me a mim e à Moni de entrar no quarto.

Não há resposta.

O Ballard entra, ainda a chamar pela Anna, e nós entramos atrás dele.

A janela está aberta como no dia em que entrei no espelho. Mas esta brisa é violenta. Sopra as cortinas para a frente. Elas ondulam e flutuam acima do chão de uma forma fantasmagórica.

As cortinas esvoaçantes conduzem os meus olhos na direção do espelho. Moni e Ballard fazem o mesmo, mas desta vez estão atrás de mim enquanto caminho em direção ao espelho. O cobertor, que outrora estava enrolado sobre o espelho, está agora amarrotado no chão.

"Anna!" Eu grito.

Ballard grita o nome da sua mulher.

Apesar de não o conhecer, o tom e a altura da sua voz provocam arrepios ao longo dos meus antebraços. Viro-me e olho para ele, vendo puro medo. Era absurdo para mim que ele estivesse assim tão assustado. Ballard é o seu parceiro em todos os sentidos. Juntos, as suas vidas centram-se em ajudar as pessoas a ligarem-se aos seus entes queridos do outro lado. São profissionais.

Dirijo-me ao espelho. Com um passo de gigante, dirijo todo o meu corpo para ele.

A última coisa que ouço é a Moni a gritar o meu nome.

***

Do outro lado, a escuridão é total.

Isto é diferente de antes. Assustador.

Dou dois passos em frente. Algo estala debaixo dos meus pés. Desvio-me um pouco para o lado, esperando que o que quer que fosse não estivesse ali, mas está. Avanço, piso em algo maior, tropeço um pouco e depois paro.

Demasiado assustado para me mexer, apercebo-me que este lugar é exatamente como eu esperava que fosse o interior de um espelho. O que eu não esperava era o cheiro. É húmido como folhas de outono a apodrecer e frio. Envolvo-me com os braços.

Não me mexo, esperando que os meus olhos se adaptem e se habituem à escuridão.

Os segundos passam. Ainda assim, não dou um passo em qualquer direção. De vez em quando, sinto-me a balançar. Ficar parado com uma barriga tão grande não é uma tarefa fácil. Sinto-me capaz de cair. Acaricio a minha barriga de bebé e tento manter a calma.

Onde estão as florestas, a praia e as montanhas? Onde estão o sol e a brisa de outono? Aqui, o ar gelado está parado.

Pergunto-me se esta é uma dimensão diferente.

Porque é que este lugar me parece tão desconhecido quando o outro me parecia acolhedor? Fui um parvo por ter entrado sem saber que a Anna estava aqui.

Ouço um estalido e depois a voz da Anna. "Cath?"

O meu corpo treme quando respondo.

"Cath", diz ela, "tens de sair daqui."

Acaricio a minha barriga de bebé numa tentativa de normalidade.

"Sabes quantos passos deste depois de entrares?" pergunta Anna.

Digo-lhe que não dei muitos passos e, no entanto, também não os tinha contado.

Ela pergunta se eu seria capaz de me virar, se sabia em que direção tinha vindo, e eu digo que acho que sim.

"Vira-te e vai na direção do exterior", diz Anna. "Eu sigo o som dos teus passos. O som guiar-me-á e sairemos juntos."

Penso no Darryl quando nos conhecemos. Com estes pensamentos felizes na vanguarda da minha mente, uma recordação empurra-me para dentro. Era sobre algo que eu tinha lido ou visto. Sobre demónios no escuro que assumem as vozes daqueles que conhecemos, por vezes até daqueles que amamos. Nela, os demónios fingem ser quem não são.

Acalmo a minha mente e afasto esses pensamentos, ganhando força ao pensar em Darryl e no bebé. Viro-me, estendo os braços para sentir o caminho. O ruído faz-me sentir em pânico, mas eu sabia que não tinha ido longe demais. Avanço como um zombie cego e não sinto nada.

Dou mais dois passos para a esquerda, ainda na mesma direção que antes, e estendo novamente os braços à minha frente. Continuo sem contacto com nada. Mais dois passos.

Lá está ele. Sinto-o e dou um passo em frente. Ballard e Moni puxam-me o resto do caminho.

A Anna agarra a cauda da minha camisola e passa também.

Estamos a salvo.

Estamos de volta.

***

Choro enquanto a Moni me ajuda a atravessar a sala. Sento-me na cadeira como se carregasse o peso do mundo nos meus ombros. Acaricio a minha barriga de bebé e cantarolo Frere Jacques para acalmar o meu coração e a minha mente. O meu bebé não responde com um pontapé, mas não está pior.

A Moni traz-me uma chávena de chá quente. As minhas mãos tremem demasiado para a segurar. Ela leva-a aos meus lábios e eu bebo um gole.

No canto, fora do alcance dos ouvidos, Anna sussurra para Ballard enquanto bebe um gole do frasco. Ela está a tremer e Ballard olha na minha direção de vez em quando e depois de novo para a mulher. Eu tinha-a salvado, tinha-a trazido de volta. Pergunto-me sobre o que estarão a falar, mas estou demasiado cansada para me concentrar na conversa deles.

"Quanto tempo?" Pergunto à Moni.

"Oito horas."

"Não podem ter sido oito horas!"

"Está escuro lá fora. Vês?" Ela puxa as cortinas para trás, mostrando a escuridão lá fora no lugar da luz do dia. Inclina-se e pergunta: "Como estava o Darryl?"

O meu filho dá-me um pontapé tão grande que me deixa sem fôlego. Acaricio-lhe o pé através da minha pele. "Acalma-te, filho."

Moni espera que o bebé se acalme antes de perguntar: "Se o Darryl não estava lá, porque é que estiveste fora tanto tempo?"

"Eu não sei", digo, olhando na direção da Anna e esperando que ela possa dar algumas respostas. Afinal de contas, ela é a única especialista na sala.

Anna bebe mais um gole do frasco. Quando me vê a olhar para ela, atravessa a sala a cambalear. "Estás bem?"

Anna fica à minha esquerda, Moni à minha frente e Ballard à minha direita, como se eu fosse o centro de um semicírculo. Estou a tremer. A Moni atira-me um cobertor para os ombros.

Anna diz: "O espelho tem muitas faces. Aquele", aponta na direção dele, 'deve ter sido destruído'.

"Mas porquê?" Pergunto-lhe com os dentes a bater. "Está na minha família há décadas e trouxe o Darryl até mim."

"Sugiro que o mandes embora se não o conseguires destruir. Ele vai chamar-te de novo e tentar-te a entrar se estiver em tua casa. Da próxima vez, podes não ter tanta sorte. Da próxima vez, podes ficar preso lá para sempre".

"Oiçam a minha mulher", diz Ballard. "Ela sabe do que está a falar e tudo o que quer é evitar que você e o seu filho se magoem."

"Podia ter-nos feito mal, mas não fez", digo eu. "Estava escuro e húmido, mas já estive em sítios piores, muito piores."

A Ana hesita, caminha um pouco e depois diz: "O som do esmagamento. O que é que achaste que era?"

Ballard aproxima-se da mulher e sussurra-lhe ao ouvido. Voltam-se novamente para mim.

"Folhas", respondo. "Folhas mortas."

Os olhos da Anna iluminam-se quando olha para o marido. "Era o som de ossos a partirem-se. Os ossos de outros que nunca conseguiram regressar."

Eu suspiro e tento não gritar. Penso no som que tinha ouvido e pergunto-me se ela não estará a inventar, a tentar assustar-me. Se eu tivesse pisado ossos, qual teria sido o som? O que é que sentiria debaixo dos meus pés? Seriam exatamente iguais aos que estão dentro do espelho.

"Agora, vamos sair daqui", diz a Anna. "Fizemos tudo o que podíamos. Não podemos ficar mais aqui. Ouve o que te digo, se não destruíres essa coisa, a culpa é tua."

Enquanto elas se afastam de mim, eu grito: "Porque não esperaram por mim? Porque é que entraram no espelho sem mim? Antes, o Darryl, o meu marido, estava lá. Tudo estava seguro e bem. Porque não esperaram?" Levanto-me e sigo-os, à espera de uma resposta, de uma explicação.

Anna continua a andar.

Ballard pára e pensa em dizer qualquer coisa. Muda de ideias. "Vem, meu amor. Esta mulher não aprecia o teu sacrifício nem os teus conselhos."

"O sacrifício dela? Eu entrei lá e tirei-a de lá! Eu salvei-a."

"Acalma-te," diz a Moni. "Não é bom para o bebé."

"Saiam da minha casa", grito eu.

Depois de o Ballard prender a mala às costas, ele e a mulher saem de minha casa.

Fico ali de punhos cerrados enquanto a água escorre pelas minhas pernas. Sinto-me tonto e caio no chão.

****

Afinal, não é água. É sangue.

Só descobri isso depois de a ambulância entrar a gritar pela minha entrada e os paramédicos me examinarem. Os meus sinais vitais estão bons, mas eles insistem que vamos para o hospital.

Em repouso, ligada a máquinas e monitores, sinto-me grata por eu e o meu filho estarmos bem. Nada mais e nada menos.

A Moni telefonou à minha mãe, que chegou rapidamente. Sentou-se comigo, segurando a minha mão, dizendo-me que tudo ia correr bem. Agora, está a dormir profundamente numa cadeira.

Olhando para ela a dormir, apercebo-me que as mães são como deuses. Contamos com elas para tudo, desde o momento da nossa conceção. Quando nos explicam que tudo vai correr bem, mesmo sabendo que não podem saber, acreditamos nelas na mesma. Se nos dissessem que o céu era cor de laranja, teríamos de acreditar nelas. Porque é que nos mentiriam? As nossas mães são enfermeiras, médicas, conselheiras ou orientadoras, professoras, filósofas e nossas amigas. As mães usam tantos chapéus.

Sinto a minha barriga de bebé, pensando no meu próprio potencial para desempenhar o papel de mãe e de única progenitora do meu filho. Espero conseguir igualar a força e a coragem da minha mãe. Se conseguir chegar a oitenta por cento do que ela foi para mim, ficarei muito feliz.

Penso no que o médico me disse. A hemorragia não era nada de grave. Era um problema temporário e já tinha parado. O bebé está bem, com um batimento cardíaco forte. Ainda assim, a data prevista não está longe e eles querem que estejamos cá.

Adormeço a pensar na Anna, desiludida. Tinha havido uma grande preparação para a sua vinda e para a sua oferta de ajuda. Tinha pedido à Moni que entrasse em contacto com ela para ver se ela podia preencher algumas das lacunas. Queria saber o que lhe tinha acontecido antes de eu entrar no espelho. O que é que ela sabia? O que é que ela tinha visto?

Também queria saber porque é que ela tinha saltado para o espelho antes de qualquer um de nós estar na sala.

As lágrimas escorrem-me pelas faces num choro silencioso. Tenho tantas saudades do Darryl. A vida seria muito diferente se ele estivesse aqui. A vida é demasiado curta, demasiado preciosa para desperdiçar um único momento.

Volto a encostar-me à almofada e fecho os olhos.

***

Os meus pés levantam-se do chão. Voei com as minhas asas de borboleta monarca para o ar livre. Subo cada vez mais alto no céu enquanto os aviões passam por mim. Os passageiros acenam pelas janelas. Os pássaros param. Um senta-se no meu ombro. Abre e fecha o bico, cantando, como se estivesse a tentar conversar comigo. Voa, feliz por ter tentado comunicar com o seu companheiro do céu.

Por baixo de mim, segue-se um pequeno ser alado. Acaricio a minha barriga de bebé, mas vejo que já não está lá. O ser alado que se encontra em baixo é o meu filho. As suas asas são azuis e pretas. Está a aprender a voar. Dirige-se a mim, debatendo-se.

"Mãe", diz ele.

Eu pairamo no lugar à espera que ele me apanhe.

"Mãe," ele chama novamente.

Eu empurro-me para baixo até estarmos lado a lado. Pego-lhe na mão.

Juntos, levantamo-nos.

Atiro a cabeça para trás, ainda com a mão dele na minha, e o céu muda de dia para noite numa fração de segundo. O ar passa de quente a frio e o vento levanta-se e empurra-nos para longe.

O meu filho e eu agarramo-nos um ao outro, agarrados, batendo as asas em sincronia. Impotentes.

Os trovões chegam. Os relâmpagos atravessam o céu atrás de nós, por baixo de nós, cada vez mais perto.

Um impacto direto nas minhas asas. Uma faísca acende-se nas suas.

Voltamos a cair de onde viemos.

***

Eu acordo a gritar. Lá se foi o facto de não ter acordado a mãe.

O sonho tinha sido tão real, tão vívido. Fez os monitores piscarem e apitarem. O pessoal do hospital veio a correr e assumiu o controlo.

"Foi só um sonho", digo-lhes para os tranquilizar. Mesmo assim, continuam a correr de um lado para o outro.

Limpo o sono dos meus olhos.

Há qualquer coisa de errado com a mamã. Não vieram buscar-me.

Puseram-na numa cama de hospital e levaram-na para fora do quarto. As rodas rangem e afastam-na de mim.

"O que está a acontecer?" Eu grito. Tento levantar-me, para ir com ela, para estar com ela. Tenho de apanhar a comitiva.

Mas estou amarrado. Tento libertar-me. Não é suficientemente rápido.

Uma enfermeira espeta-me uma agulha no braço.

A última coisa de que me lembro é de estar a praguejar com ela.

***

A Moni estava ao meu lado quando acordei. Era de dia quando adormeci. Agora, está escuro. Tudo através da janela parece negro como tinta e sem estrelas.

Enquanto tento juntar as peças, o meu filho dá-me um pontapé muito forte. É quase como se me estivesse a lembrar de o pôr em primeiro lugar, como se eu precisasse de ser lembrada. Primeiro, foi aquele sonho assustador. Depois, a mãe estava em apuros, doente ou algo do género.

Volto à realidade.

A Moni dá-me um copo de água. Ela e eu somos amigas há tanto tempo que às vezes parece que temos uma ligação telepática. A Moni é a melhor amiga do mundo. Não sei o que faria sem ela.

"Obrigada", digo enquanto tomo um gole e sinto a água fresca a descer para o meu estômago muito vazio. Não admira que o meu bebé esteja a dar pontapés como um louco. Preciso de me reabastecer, pois hoje não comi nada. Não que a comida do hospital seja algo de especial. Pergunto à Moni se ela não se importa de sair à socapa e comprar-me qualquer coisa tipo fast food para mim.

Sendo a sua habitual lógica, Moni sugere-me que ligue à enfermeira. Pergunto se podem fazer alguma coisa por mim, de modo a não interromper as suas necessidades alimentares para mim e para o bebé. Parece-me um bom conselho, embora eu tivesse adorado um cheeseburger, batatas fritas e um batido.

A enfermeira é prestável e diz que trará algo especialmente feito para mim assim que possível. Em linguagem hospitalar, o que significa que assim que eu chegasse ao topo da hierarquia. A primeira a chegar, a primeira a ser servida.

Esfrego a barriga do bebé com uma mão e bebo mais água para afastar a fome.

"Precisamos de falar", diz a Moni.

"Estou a ouvir."

"Antes de mais, a tua mãe está bem. Teve um AVC, mas, pelo que sei, não foi grave. Não sei pormenores específicos porque não sou da família, mas tenho a impressão de que ela vai recuperar totalmente."

Respiro de alívio e lembro a Moni que ela é como a irmã que nunca tive.

"Eu tenho uma irmã", diz Moni, 'mas tu és a minha irmã de eleição'.

"Adoro-te", digo eu.

"Também te amo."

Ficamos em silêncio por um momento, e depois ela diz: "Falei com a Anna por ti. A visita a tua casa e ao espelho assustou-as completamente. Aquelas duas não são novatas. Ela, quero dizer a Anna, nunca se sentiu tão próxima do mal puro como quando esteve dentro do teu espelho."

Lembro-me da sensação de felicidade quando estava com o Darryl. A sensação do seu toque. A ligação dele com o filho. O que ela estava a dizer parecia ridículo e eu digo-o.

"O que é que queres dizer?"

"Antes de mais, eu também lá estava. Sim, estava muito escuro. Era húmido e até um pouco malcheiroso, mas não senti a presença do mal no ar. Se o mal estivesse à espreita naquela escuridão, poderia ter-nos apanhado a qualquer momento. Estávamos à sua mercê. Então porque é que ele não fez nada?"

"Ela diz que o demónio só quer as almas dos danificados. Aqueles que cometeram o mal ou fizeram más acções. As únicas excepções são os que vêm até ele de boa vontade e que são puros de coração."

"E Anna, onde é que ela se encaixa nesse cenário? pergunto eu.

"A Anna disse que se tu e o bebé não estivessem lá, a coisa tê-la-ia levado. Ela diz que a coisa lhe sussurrou que ela estava perdida, que era dele, antes de entrares no espelho. Quando o fez, uma luz emanou do bebé. Não era uma luz brilhante. Era fraca, mas era suficiente para ela saber que tu estavas lá. Essa luz levou-a até ti e, no último segundo possível, ela agarrou-te e tu puxaste-a para fora. Sem o bebé, sem ti, ela teria ficado perdida, a sua alma teria ficado eternamente presa lá dentro".

Sem pensar nisso, acaricio o pé do bebé. Ele vira-se dentro de mim.

Levanto os olhos quando um estranho com uma prancheta entra na sala. Ele tem uma carranca tão grande como o Grand Canyon, mas está corado e pálido ao mesmo tempo.

"É a Cath?", pergunta ele.

***

Ele não está a usar uma bata branca, nem é da família ou um amigo.

Aceno com a cabeça, confirmando que sou eu.

Em resposta, ele diz: "Tragam-no".

Dois estafetas trazem um objeto grande e coberto.

Antes de o revelarem, já sei do que se trata. O espelho. "O que é que isso faz aqui? Não vos pedi para o trazerem."

"Assina aqui." O homem dá uma caneta à Moni. Ela recusa-se terminantemente a assinar, mas o homem levanta a voz. Ameaça causar um tumulto e ela assina, mas só depois de eu lhe dizer para o fazer.

"Vamos pensar no que fazer com isto depois destes dois palhaços - sem ofensa - saírem."

A Moni sorri e eu também.

Os estafetas retiram-se.

"E agora? Moni pergunta, afastando-se o mais possível do espelho sem sair pela porta.

Sinto-me segura onde estou, na cama, embrulhada em cobertores. Daqui, posso fazer o meu melhor para ignorar o elefante na sala. Que raio fazia ele aqui e quem o enviou?

***

O telefone da Moni toca, fazendo-nos saltar aos dois. Ela está ocupada a empurrar o espelho para o lado, perto da janela.

"Volto já", diz ela.

No caminho para me receber, um novo empregado vê o espelho e descobre-o. "Que espelho tão bonito", diz ele. "A moldura e a madeira em particular são absolutamente deslumbrantes." Passa os dedos sobre as mãos unidas gravadas e diz: "É japonês, não é?"

"Eu não sei, mas está na minha família há décadas.

O empregado posiciona o espelho de modo a que fique visível na minha visão periférica. Parte dele está virada para mim e outra parte está virada para a janela.

Ele olha para a parte de trás. "Eu já vi algo assim antes. Se alguma vez o quiser vender, ligue para aqui, pergunte por mim ou deixe uma mensagem.

O meu nome é Daniel Chung." Ele dá-me o seu cartão.

"Obrigado", digo eu quando Moni regressa à sala.

"Está tudo bem?", pergunta ela, olhando para o espelho e vendo o empregado a acariciá-lo.

"Sim", respondo, "o Daniel estava a dizer-me que achava que o espelho era japonês. Ele disse que já tinha visto algo assim antes. Ah, e ele estaria interessado em comprá-lo. Isto é, se eu alguma vez me quisesse desfazer dele."

Moni empalidece.

Daniel verifica-me o pulso. Confirma que está tudo bem e pergunta-me se preciso de alguma coisa.

"Que gajo estranho", diz Moni.

As minhas águas rebentam.

***

As coisas acontecem demasiado depressa. Os monitores ficam loucos. Começam as contracções. Estou dilatada e pronta para fazer força. O ritmo cardíaco do bebé está a baixar, tal como a sua pressão arterial. Levam-me para a sala de operações e começam a preparar-me para uma cesariana de emergência. Gostava tanto que o Darryl estivesse aqui comigo.

Está tudo a postos. Eles drogam-me e entram para salvar o meu filho.

Estou fora de mim, não consigo ver nem sentir nada. Vejo o pessoal do hospital a movimentar-se. Ouço as máquinas. Espero e rezo para que o meu filho fique bem.

Levantam-no, para que eu o possa ver.

Ele não chora.

Está azul.

Eu grito.

Alguém espeta uma agulha no meu braço.

Durmo sabendo que o meu filho está morto.

***

Acordo e lembro-me.

"Quer pegar-lhe ao colo?", pergunta uma enfermeira.

Eu aceno com a cabeça.

Ela sai do quarto.

Levanto-me da cama.

O meu filho chega numa caixa de vidro, enrolado numa manta verde. Tem um gorro de malha a condizer.

Ela entrega-mo. As lágrimas rolam pelo meu rosto quando lhe beijo a testa fresca e nos vejo reflectidos no espelho do outro lado do quarto.

Dirijo-me a ele.

Ainda sou uma mãe. A segurar o meu filho.

Beijo cada uma das suas pálpebras.

O chão debaixo dos meus pés começa a tremer, enquanto o sol grita luz para o quarto, para o espelho e para o meu filho.

As suas pálpebras abrem-se. Ele vê-me. Conhece-me.

Depois desaparece.

Eu tropeço, segurando a leveza do nada nos meus braços.

Ali, no espelho, Darryl está a segurar o nosso filho.

"Amo-te", diz Darryl beijando-lhe a testa.

"Eu também te amo", digo enquanto o nosso filho começa a chorar.

O espelho começa a girar, primeiro lentamente, depois ganha impulso. Dá pancadas e moinhos, torcendo-se como se fosse voar.

Hipnotizada, não consigo desviar o olhar.

A mão do Darryl estende-se para fora do espelho e eu pego nela.

E ficamos juntos para sempre, Darryl, o nosso bebé e eu.

DESEJO DE MORTE

É difícil para ele pensar noutra coisa.

Vivia numa época perfeita. Uma altura em que podia encontrar tudo na Internet.

Vídeos e fotografias. Tudo o que ele precisava de saber sobre o assunto. Até coisas que o assustavam! E podia fazê-lo no trabalho ou em casa.

Tudo o que tinha de fazer era manter vários separadores abertos e, quando precisava, mudar de um para o outro. Era como se fosse um espião, a jogar um jogo do gato e do rato que só ele sabia que estava a ser jogado.

Passava todas as horas em que estava acordado - ou o máximo que podia - a pesquisar. Arranjando e re-arranjando peças do puzzle. A preparação era a chave. Juntar tudo, até estar pronto. Nessa altura, seria fácil e, com todos os factos em cima da mesa, eliminaria a possibilidade de falhar.

"*O fracasso não é uma opção*", disse para si próprio, perguntando-se quem o teria dito primeiro. Curioso, pesquisou no Google. Encontrou um livro com o mesmo nome atribuído a Gene Kranz, Diretor de Voo do Controlo da Missão da NASA.

O problema de pesquisar na Internet - as distracções. É tão fácil desviarmo-nos do caminho. Num buraco escuro. Se ele não tivesse cuidado, o tempo passaria a voar e em breve estaria demasiado velho para o fazer.

E depois havia as interrupções. A vida tinha as suas intrusões, tanto boas como más. Era preciso enfrentá-la - podia-se passar a vida a fazer coisas que se amava ou coisas que se odiava, mas de qualquer forma, o tempo estava a fugir de nós, e não havia nada que pudéssemos fazer para o controlar.

Tudo o que se podia fazer era fechar a porta, ter esperança e desejar que o mundo desaparecesse. Por vezes, essa não era uma sensação muito boa para as pessoas que amávamos na nossa vida, como a nossa mulher. Ou o seu cão.

Por vezes, sentia que devia cair e confessar tudo à sua mulher. Atirar-se aos seus pés. Mas depois pensava em como se sentiria se o seu segredo não fosse apenas seu. Como teria de responder a perguntas, e como as suas decisões estariam abertas a discussão. Cada pedacinho dele seria arrancado como um biscoito de Natal.

Não, ele decidiu. O segredo era a única forma. Além disso, ela preocupar-se-ia. E poderia envolver outras pessoas, como os pais dele, os pais dela ou os amigos deles. Então o gato estaria fora do saco.

Perguntou-se qual seria a origem dessa frase. Procurou-a e riu-se com o debate na Internet, especialmente com as comparações entre o alemão e o holandês "porco no espeto". Desceu o ecrã, querendo descobrir o nome do autor, mas desistiu quando a sua mulher se pôs atrás dele. Mudou o ecrã para algo neutro.

"Mais uns minutos", disse ele.

Ela fechou a porta atrás de si.

Sempre que ela metia a cabeça dentro da porta... Mesmo depois de ela se ter ido embora... Ele sentiu-se como se tivesse sete anos de idade outra vez e tivesse sido apanhado com a mão no frasco das bolachas.

Maldito catolicismo, pensou ele.

Sentia-se culpado de tudo.

Não era como se estivesse a masturbar-se ou algo do género.

Estava a trabalhar.

Principalmente, a trabalhar.

É verdade que não estava a ser pago, mas ainda assim era trabalho. Tinha um objetivo. Ele procurou a palavra "trabalho". Uma definição era: "uma forma de tortura".

Ele riu-se.

Tentou concentrar-se, mas não conseguia porque se sentia muito culpado. Como se a mulher estivesse sempre em cima dele. A repreendê-lo - o que ela não estava a fazer. A sua mente gritava: "Eu não sou importante?" Ele tapou os ouvidos e encolheu-se. Só de pensar que ela o denunciava, que as suas palavras o atravessavam como manteiga, fazia-o morder o polegar...

"Morde o polegar para nós, senhor?", perguntou ele à sala vazia.

"Disseste alguma coisa?", perguntou a mulher através da porta fechada.

"Não", disse ele. E depois, baixinho, "Não vos mordo o polegar".

Estas eram as únicas frases de Shakespeare de que se lembrava. Tal como Shakespeare, ele era um pouco dramático.

Voltou ao trabalho, sentindo-se agora culpado por ter mentido a Jayne.

Também não era como se estivesse a ver pornografia ou algo do género. Alguns dos seus amigos tinham os seus prazeres online culpados, mas isso não era com ele. Quando se gabavam das suas conquistas, dava-lhe vontade de desaparecer. Um dos seus amigos casados tinha-se inscrito em vários desses sites de encontros online. Mandavam-lhe fotografias nos telemóveis e ele nem sequer as tinha conhecido pessoalmente. E depois havia os viciados em pornografia online. Falavam sobre isso, até se gabavam.

Isso fazia-o sentir-se mal. Fazia-o sentir vergonha de ser homem.

Por outro lado, muitas das esposas andavam por aí a comprar algemas cor-de-rosa com folhos depois de lerem aquele livro sexy na lista dos mais vendidos. A sua mulher também tentou lê-lo, mas como era professora de inglês, não conseguiu ultrapassar a má escrita. Os amigos da mulher estavam sempre a dizer-lhe para tentar. Diziam-lhe para ignorar o estilo de escrita, mas a professora que havia nela não o permitia.

Mais uma vez, ele estava a deixar a sua mente perder-se. Procurou o título do livro sexy e descobriu um boneco inapropriado no YouTube a ler alguns capítulos. Colocou os auscultadores, ouviu e riu-se, apesar de si próprio. Alguém se tinha dado ao trabalho de o montar.

Mas não passava de uma distração. Precisava de voltar à tarefa que tinha em mãos. Odiava-se quando não conseguia concentrar-se e, no entanto, distraía-se tão facilmente.

Nesse momento, o seu cão, Buddy, ladrou e ele olhou para o relógio. O Buddy já estava lá fora há quase trinta minutos.

Sentindo-se culpado, levantou-se e deu alguns passos em direção à porta sem mudar o ecrã. Buddy voltou a ladrar e ele voltou a fechar o portátil. Mais vale prevenir do que remediar, pensou para si próprio enquanto saía do quarto e caminhava pelo corredor.

"Demasiado pouco, demasiado tarde", disse Jayne num tom risonho na sua direção, enquanto Buddy vinha a saltar na sua direção.

"Desculpa", disse ele, 'só agora é que o ouvi'.

"Não te preocupes", disse ela, 'eu estava mais perto'. Depois voltou a ler e a corrigir os trabalhos dos alunos.

Ele e o Buddy voltaram ao corredor e entraram no seu gabinete. "Desculpa, Bud", disse ele quando o cão se sentou no chão e começou a lamber-lhe a cara. Tiveste saudades minhas, Buddy?", perguntou repetidamente, enquanto Buddy ladrou um 'sim'.

"É melhor voltar ao trabalho, Bud", disse resignado.

Regressou ao seu gabinete. Sentou-se, determinado a concentrar-se.

Inclinou-se para mais perto do ecrã, enquanto pesava os prós e os contras. Não escreveu nada nem tomou notas. Se o fizesse, alguém poderia encontrá-las e lê-las. Depois teria de explicar tudo, e isso não seria uma conversa da qual quisesse fazer parte, nem agora nem nunca.

"Queres uma chávena de chá?" Jayne chamou da cozinha.

"Não, obrigado", disse ele.

Distrações e mais distracções. Cinco palavras simples como "Quer uma chávena de chá?" podiam fazer o seu cérebro entrar em espiral. Começava a pensar nisto e naquilo e em como tudo estava ligado. Quando dava por si, era um rapazinho a baloiçar nos baloiços do quintal dos pais. Depois, via-se a baloiçar numa árvore do parque. Estaria demasiado exausto para fazer qualquer pesquisa. Não fisicamente exausto, compreende, mas mentalmente.

No entanto, hoje era sobretudo o seu dia. Era domingo, e Jayne passaria a maior parte do dia a corrigir trabalhos e depois a preparar o jantar. Claro, ela esperava que ele saísse da sua "caverna" a dada altura. Era o que ela chamava ao escritório dele. Uma referência direta ao livro que ela tinha visto na Oprah. A mulher dele tinha-lhe dado um exemplar de presente, na esperança de que ele saísse da sua caverna de homem. Não se lembrava da ocasião, mas, pelo que tinha tentado ler, parecia ser um disparate.

Jayne voltou a bater à porta.

Ele só teve tempo de clicar novamente na página do site da empresa antes de ela lhe pôr os braços à volta do pescoço e lhe dar um beijo no cimo da cabeça.

Ele encolheu os ombros involuntariamente. Escondeu o seu trabalho, imaginando que ela estava interessada no que quer que ele tivesse no ecrã.

Ela estava interessada, porque comentou que o Facebook estava aberto noutra janela. Sentiu-se um idiota a perder tempo num domingo à tarde a ver o Facebook. Ou, dito de outra forma, sentiu-se um idiota por Jayne pensar que, num domingo à tarde, ele preferia estar a passar o tempo a ver o Facebook - em vez de passar tempo com ela. Não era esse o caso, de todo, e ele queria que ela ficasse tranquila quanto a isso.

Mas, ao mesmo tempo, pensou que, independentemente do que ela pensasse, talvez fosse um ponto discutível.

Ele percorreu casualmente o seu e-mail de trabalho, fingindo estar extremamente ocupado, quando apareceu uma janela de atualização de estado. Fechou-a rapidamente, desejando que Jayne se fosse embora.

"Vais estar pronta para ir em breve, amor?" perguntou Jayne.

"Claro, dá-me cinco minutos", disse ele, e quando ela se aproximou da porta, 'ou talvez dez?'.

"Está bem, dez, mas hoje precisas mesmo de apanhar ar fresco. Tal como eu. Além disso, vou preparar a pista do Buddy, e ele também pode vir."

"Boa ideia", disse ele, sabendo muito bem que o Buddy estava mais ansioso por sair do que ele.

***

Basta dizer que a sua aventura fora de portas não durou muito tempo. Foi parar ao centro comercial. Multidões. Trabalhadores assalariados. Desperdiçadores de tempo. Os H-ers da hemorroida da próxima semana. Sorriu, mas não sentiu necessidade de partilhar a piada com Jayne.

Jayne ofereceu-se para arrumar tudo e ele deixou-a.

Ele queria e precisava de entrar na sua toca e fechar a porta. Uma vez lá dentro, fez como uma tartaruga, com a camisola à volta da cabeça. Sentou-se assim, procurando consolo e silêncio até estar suficientemente calmo para recomeçar a sua pesquisa.

Quando a sua cabeça voltou a levantar-se, ouviu Jayne a preparar o jantar. Ela estava a cantarolar ao som do canal de rádio das antigas. Imaginou a Jayne ao fogão com o Buddy sentado lá dentro, à espera pacientemente que lhe desse um ou dois goles.

Esse era o Bud-meister para si. Ele estava sempre à espera e, com aqueles olhos de cão a olhar, era preciso atirar-lhe alguma coisa. Ele ia sentir muito a falta daquele cão.

Ele estalou os nós dos dedos algumas vezes como um pianista profissional. Depois, passou os dedos pelo teclado. Pesquisa no Google. O que apareceu, no entanto, era totalmente diferente de tudo o que ele já tinha visto antes!

Estava online. Havia vídeos reais de pessoas a fazê-lo. A fazê-lo! Ao ver o primeiro, sentiu-se quase como se tivesse sido a pessoa no vídeo. O seu coração estava acelerado, assim como a sua pulsação. Não podia acreditar que o simples facto de ver um vídeo pudesse causar uma tal reação.

Alguém devia queixar-se disto, pensou ele, e depois, eu devia queixar-me disto. Mas não o ia fazer. Viu outro, e outro, e outro. De cada vez, sentia-se ele próprio a pessoa de interesse. De cada vez, o seu coração quase lhe saltava do peito.

Desliga-o. Era demasiado. Demasiado, demasiado!

Continua a reproduzir o que viu vezes sem conta na sua cabeça. Não conseguia escapar-lhe. E quanto mais pensava nisso, mais assustado ficava. Quanto mais assustado ficava, mais a sua coragem diminuía, até que se questionou se conseguiria ir até ao fim.

Estava tudo nos olhos. Os olhos de pânico das vítimas!

Considerou as suas expressões faciais. Decidiu que estavam assim porque, ao contrário dele, não tinham feito qualquer pesquisa prévia.

Pensou que deviam ter-se decidido e ido em frente. Esta ideia ele não conseguia compreender.

Era demasiado arriscado, e se eles mudassem de ideias?

E se ele mudasse de ideias, no último minuto?

Não queria que isso lhe acontecesse.

Ele era certamente diferente deles.

Talvez fosse demasiado cauteloso.

Talvez fosse demasiado monótono e aborrecido para ser capaz de mudar a sua vida - para ser capaz de assumir o controlo da sua vida. Tudo devido ao facto de ter estado à mercê da passadeira da Empresa durante muito tempo. Ele e todos os outros hamsters. Sempre a trabalhar, sempre a trabalhar, sem nada para mostrar.

Ele odiava a sua vida. Sim, ele amava a Jayne e o Buddy - mas a vida é mais do que trabalho e cama.

Sim, fazer amor era bom, e abraçar era bom. Os amigos e a família e todas essas tretas emocionais eram agradáveis. Mas a vida tinha de ter mais para oferecer. Tinha mesmo de ter! E ele ia estender a mão e agarrar aquele anel antes que fosse tarde demais.

Porque ele sabia que, se não fizesse algo para que a sua existência neste planeta significasse alguma coisa em breve - então mais valia nem sequer ter estado aqui.

Fechou o portátil, baixou a cabeça e adormeceu.

***

No seu sonho, ele não tinha pernas. Era apenas uma cabeça e um tronco, sentado à secretária, a escrever. Também não tinha uma cadeira especial. No sonho, estava sentado na mesma cadeira de sempre, com rolos nas pernas. Quando escrevia, a vibração dos seus dedos no teclado fazia com que o seu tronco se deslocasse e balançasse. Como a cadeira não tinha braços, o seu tronco inclinava-se na direção da mão com que estava a escrever. Era estranho, mas ele não tinha medo de cair para o lado. Sentia-se sem medo e, estranhamente, inspirado.

Depois, uma música começou a tocar bem alto, algures no fundo. Era Mozart ou Beethoven ou um desses compositores clássicos. Algo na sua cabeça fazia-o desejar bater os dedos dos pés - mas ele não tinha dedos. Acordou e soltou um grito.

Jayne e Buddy vieram a correr, abrindo a porta. "Tens uma marca de maçã na bochecha", disse Jayne quando percebeu que ele estava bem.

Ele disse: "Desculpa".

"O jantar está quase pronto", informou-o ela.

"Está bem", disse ele.

Ela fez um movimento para fechar a porta atrás de si, mas ele disse que não havia problema em deixá-la aberta. Ela tinha uma expressão interrogativa no rosto, mas não disse mais nada.

Assim que se juntou a ela na cozinha, foi ao frigorífico buscar uma cerveja. Jantaram num ambiente agradável, mas não falador. Amavam-se, mas por vezes o amor não era suficiente.

Não era suficiente quando Jayne descobriu que não podia ter a família que queria. Ela tinha feito testes atrás de testes e tudo parecia estar a funcionar bem. Depois, ele fez o teste e as suas esperanças e sonhos desmoronaram-se. Ele não tinha nadadores saudáveis suficientes. Foi nessa altura que qualquer esperança de ter uma família morreu.

No início, ela ficou contente com isso. Era quase como se estivesse aliviada, porque o problema era dele e não dela, o que era ótimo - mas de alguma forma fazia-o sentir-se menos homem. Ele nunca falou com ela sobre isso. Nem com mais ninguém, aliás.

Após o choque inicial, consideraram outras opções, como a adoção, a fertilização in vitro ou a barriga de aluguer. Nenhuma dessas opções lhe agradava. No seu íntimo, sentia que Jayne merecia alguém melhor do que ele. Alguém que lhe pudesse dar tudo o que ela queria.

Foi mais ou menos nessa altura que ele e Jayne regressaram a casa de um sítio qualquer e viram um abrigo para animais. Cães e gatos sem abrigo. O casal nunca tinha considerado a possibilidade de adotar um animal de estimação.

"Podíamos dar uma olhadela", sugeriu Jayne.

"Acho que não faz mal nenhum", concordou ele.

Uma vez dentro do abrigo, os latidos e miados atingiram-nos em cheio. Duas catatuas juntaram-se à conversa.

Ele sentia-se claustrofóbico e queria sair dali.

Jayne começou a falar com uma das catatuas, e elas pareciam gostar do tom da sua voz. Ela olhou para ele com uma expressão esperançosa.

"Não concordo com o enjaulamento de aves", disse ele.

"Hmmm", disse ela enquanto se dirigia para os gatos. "São tantos", observou Jayne. "Seria difícil escolher."

"Eu preferia um cão", disse ele.

"Hmmm", repetiu ela.

Consequentemente, as suas deambulações pelo abrigo levaram-nos ao Buddy. Na altura, o seu nome não era Buddy.

O pessoal do abrigo tinha-lhe dado o nome de Buster, e ele estava no abrigo há pouco mais de um mês. Era uma grande bola de pelo, com patas demasiado grandes para o seu corpo. Desajeitadamente, dirigiu-se para eles. Tropeçava e batia. Enquanto o passeador de cães tentava, sem sucesso, controlá-lo. Mas era como se Buster tivesse uma mente só.

Dirigiu-se diretamente para eles. Espalhou o corpo no chão, a seus pés. O cão olhou diretamente para os seus olhos, e não havia dúvida de que Buster seria adotado naquele dia.

"Posso mudar-lhe o nome para Buddy?", perguntou ele.

"Não sei - experimenta", sugeriu o passeador de cães.

"Anda cá, Buddy", disse ele. "Anda cá, rapaz".

As orelhas de Buddy voltaram para trás e ele saltou para os seus braços. Nesse dia, tornaram-se uma família de três pessoas e, a partir desse momento, as suas vidas passaram a girar em torno do Buddy.

Os seus olhos ainda se enchiam de água sempre que se lembrava desse momento. Sentiria a falta do Buddy e da Jayne, mas eles ultrapassariam isso. Iriam seguir em frente, a seu tempo, e seriam melhores por isso.

Ou, pelo menos, era isso que ele dizia a si próprio.

À noite, foram para a cama à mesma hora. Ela lia um livro, e ele tentava ler, mas nada conseguia prender a sua atenção. Por isso, limitou-se a pensar e a olhar, a pensar e a olhar. E quando Jayne lhe falava sobre o livro que estava a ler, ele acenava com a cabeça, mas não estava realmente a ouvir. Ela não estava realmente à espera que ele o fizesse. O Buddy estava ao fundo da cama, a ressonar muito antes deles.

Quando ela adormecia, ele levantava-se e andava. Não deixava que Buddy o acompanhasse, porque as patas dele a bater no corredor teriam acordado Jayne. A certa altura, durante a noite, decidiu que estava a agir de forma precipitada. Tinha dito a si próprio que só tinha de aguentar mais uma semana de trabalho e que depois tudo se resolveria.

Estava a empatar, isso ele sabia, mas nada tinha mudado.

Era inevitável.

***

Mesmo assim, chegou a manhã de segunda-feira e o despertador tocou.

Caminhou até ao Buddy e comeu umas torradas com manteiga. Bebeu uma chávena de café e deu um beijo de despedida a Jayne antes de se dirigir para o escritório. Ficou sentado no trânsito engarrafado durante vinte minutos. Ouviu as notícias e as conversas até desejar o silêncio. Respirou fundo enquanto os carros avançavam a cada momento.

"Porque é que espero no trânsito todos os dias para chegar a um trabalho que odeio?", perguntou a si próprio em voz alta.

"Porque é que sou tão chorão?", responde com outra pergunta.

Porque precisas de fazer alguma coisa, disse uma voz dentro da sua cabeça. Precisas de dar um impulso ao teu coração. Precisas de ser destemido. Tens de fazer xixi ou sair da panela!

É mais fácil falar do que fazer, pensou ele. Mais fácil dizer do que fazer.

No escritório, cumprimentou a rececionista que disse que o chefe estava à espera lá dentro.

"Tínhamos uma reunião marcada?", perguntou enquanto percorria o horário no seu telemóvel.

"Não", confirma a rececionista.

Ao entrar no gabinete, sentiu uma gota de suor a formar-se na testa. O seu chefe levantou-se e trocaram cumprimentos e apertos de mão como se fosse a primeira vez que se encontravam.

Estranho, pensou ele, já que trabalho aqui há sete anos.

"Senta-te", disse o patrão. Parecia uma ordem direta, pelo que o fez, apesar de estar no seu próprio gabinete. No seu próprio território.

"O que posso fazer por si, senhor?", perguntou.

"Chamaram-me a atenção para o facto de ter passado muito tempo - não, tenho de ser sincero - muito tempo ultimamente no Google. Não tem trazido novos clientes. Francamente, estamos preocupados, como empresa, porque não está a aguentar-se. A puxar pela sua carga. "

Ele hesitou por alguns segundos. A sua boca abriu-se, mas depois fechou-a, sem dizer nada.

"O que tens a dizer em tua defesa?", perguntou o patrão, "Alguma explicação?"

"Não," gaguejou ele. "Eu só..."

"Desembucha, rapaz", disse o patrão. "Tem de haver alguma explicação!"

Ele apenas abanou a cabeça.

"Talvez estejas a ter problemas familiares?"

"Não."

"Álcool? Drogas? Morte na família? Divórcio?"

Ele abanou a cabeça negativamente. Se ao menos fosse verdade!

"Vá lá, meu", disse o patrão, exasperado. "Dá-me algo com que trabalhar. Qualquer coisa!"

"Eu tenho andado sob muito stress. Muita pressão."

"Sim, é isso mesmo, rapaz. Sei que te apanhei desprevenido ao entrar no teu escritório inesperadamente, mas agora já estás a apanhar o jeito, meu rapaz. Conta-me mais. Como é que o podemos ajudar? Quero dizer, eu e os sócios".

"Não sei bem", disse ele. "Acho que seria melhor se me despedissem."

"Ora, ora, quem é que falou em despedir-te? Ainda não chegámos a esse ponto. Tens sete - conta-os - sete bons anos aqui. Bem, sejamos realistas - são provavelmente mais seis e meio - mas é um membro valioso da nossa equipa. Queremos ajudar, se nos deixar. Como é que podemos ajudar, meu rapaz?"

"Se não querem considerar despedir-me, considerariam uma licença de ausência? Talvez um mês de férias? Sem salário é ótimo. Não me importo. I-"

"Sem salário, dizes tu. Bem, não há necessidade de ficar sem salário. Vou tratar da papelada hoje. Vamos chamar-lhe, Licença por Stress. Um mês totalmente pago. Pegue na sua mulher e no Buddy e vá de férias para qualquer lado. Relaxa." Ele levantou-se, inclinou-se sobre a secretária e apertaram novamente as mãos.

"Obrigado, senhor", disse ele. "Obrigado. A sério."

"A Heather dá-lhe os papéis para assinar antes do fim do dia. Trabalha hoje, termina o que puderes e depois delega o resto a outra pessoa. Vou enviar um memorando a toda a empresa, dizendo que vais ter um mês de férias - mas não diremos porquê, claro." Ele tocou no nariz, como que para afirmar o segredo que partilhavam. "Isso fica entre nós."

Levantou-se e acompanhou o patrão até à porta. O patrão deu-lhe uma palmadinha nas costas.

"Toma conta de ti e não te preocupes com as coisas aqui. Nós tomamos conta do forte até tu voltares."

"Mais uma vez obrigado, senhor", disse ele, e até conseguiu sorrir por um momento.

Depois, sentou-se ao computador e voltou à sua investigação. No final do dia, todos se juntaram à sua volta. Ele esperava que não lhe tivessem comprado prendas nem nada. Não compraram.

Foi uma boa despedida. Mete todos os seus objectos pessoais na mala e sente-se muito aliviado quando entra no carro.

Como de costume, chegou a casa antes de Jayne. Levou o Buddy a dar uma volta rápida pelo quarteirão e depois voltou para o computador. Olhou para o seu testamento e pensou em fazer algumas alterações.

Jayne continuava a ser o único benfeitor. Decidiu deixar algo para o abrigo de animais onde tinham encontrado o Buddy. Era uma boa quantia - podiam ajudar muitos animais de estimação abandonados com o dinheiro e, ao fazê-lo, a sua vida teria significado algo.

"Anda cá, Bud", disse ele. "Agora tens de tomar conta do Jayne, está bem? Estou a contar contigo".

O Buddy saltou e pôs-lhe as patas nos ombros. Abraçaram-se. Ele limpou uma lágrima dos seus olhos.

Juntos foram para a cozinha. Ele encheu a tigela de comida do Buddy, depois deitou água fresca na torneira e encheu a tigela de água.

Buddy foi diretamente para a comida, mas ele apanhou-o para outro abraço. Ele conteve um soluço enquanto ia para o quarto e começava a fazer uma mala para a noite. Deitou fora apenas o básico, deixou o passaporte em cima da secretária e depois sentou-se para escrever um bilhete a Jayne.

Dizia:

Querida Jayne, amo-te mais do que tudo, mas acho que estarias melhor sem mim. Por favor, toma conta do Buddy por mim.

Lamento que tenha de ser assim, mas fiz um voto para te manter feliz e esta é a única forma.

XOXO infinito.

O teu marido amoroso.

Enquanto conduzia pela autoestrada da Princesa, pensou nas coisas de que mais se arrependia. Não tinha seguido os seus sonhos. Não tinha deixado a Jayne seguir os dela. Nos primeiros tempos, tinham sido uma força a ter em conta. Mas agora, eles - bem, as coisas eram diferentes. Ela queria viajar, voar, descolar e partilhar aventuras juntos, mas ele tinha sempre hesitado.

Ele lamentava o medo. Odiava-se a si próprio por causa do medo.

Fazia-o sentir-se menos homem. E depois, quando não tinha nadadores suficientes - bem, essa foi a gota de água que fez transbordar o copo.

Nessa altura, começou a questionar tudo. Porque é que ele tinha sido colocado na Terra? Qual era o seu objetivo?

Como é que ele podia tornar as coisas diferentes?

Lembrou-se dessa manhã, quando tinha beijado Jayne pela última vez. Claro que ela não o sabia, mas ele sabia. Mesmo que não lhe tivessem dado um mês de férias, ele não ia voltar amanhã para nada. Não, ele tinha outros planos. Outros sítios para estar. Outras coisas para fazer.

Por uma vez, em muito tempo, ele tinha um objetivo.

Teve então de parar o carro, para encostar. Mal conseguiu sair do veículo a tempo. As mãos tremiam-lhe enquanto vomitava. Nervosismo. Medo. Raiva. Humilhação. Tudo se agitava no seu sistema, perturbando-o.

Quando voltou a entrar no Lexus, o seu telemóvel começou a tocar. Era a Jayne. Clicou no botão para o fazer parar de tocar e enviou a chamada diretamente para o voicemail. Viu como o telemóvel se iluminava momentos depois com uma mensagem. Carregou no botão para a ouvir.

"Acabei de chegar a casa e encontrei o teu bilhete - não percebo. O Buddy e eu não estamos a perceber." Na altura certa, o Buddy ladrou. "Vem para casa, está bem? Vem para casa e podemos falar sobre isto. Falar sobre isso." Ela fungou. "Estás aí? Estás a ouvir? Ouve!" A voz de Jayne calou-se durante alguns segundos. A mensagem não foi recebida. Ela voltou a telefonar. "Eu sei que estás a ouvir, tu, tu - eu amo-te. Responde-me!"

Desligou, desligou o telemóvel e colocou-o no porta-luvas. Eles encontrá-lo-iam lá - depois.

Quando se afastou do passeio, fez as rodas do carro guincharem. Acelerou o motor, pôs o pé no chão e acelerou.

Conduziu a maior parte da noite. Sentiu-se um pouco paranoico com a possibilidade de Jayne envolver a polícia, mas nada aconteceu. Esperava que ela não ficasse demasiado zangada com ele.

Não havia volta a dar.

Além disso, ele não queria.

Afinal de contas, tinha conseguido tudo o que queria - tudo o que podia.

***

De pé no topo da montanha, os seus joelhos tremiam incontrolavelmente. Empurrou algumas pedras para fora da borda e ficou a ver como elas caíam a caminho do fundo. Escutou enquanto elas desciam, estalando e batendo contra a pedra. Por fim, ouviu apenas o mais ténue chapinhar e, finalmente, fez-se silêncio.

Era uma vista espetacular - as Montanhas Azuis - e agora, tudo o que ele tinha lido sobre ela fazia todo o sentido. Quando se estava aqui em cima, sentia-se pequeno em tamanho e estatura, mas uma parte de algo maior do que nós. Sentia-se em harmonia com o universo e, de alguma forma, sem medo.

Nesse momento, um grupo de cacatuas barulhentas deu-lhe a conhecer a sua presença. Os seus gritos altos e agudos fizeram-no tapar os ouvidos.

Não tens de fazer isto, disse a si próprio. Não tens nada a provar a ninguém. Podias dar meia volta e voltar para casa, para junto da Jayne e do Buddy, e ninguém ficaria a saber. A Jayne compreenderia se lhe explicasse simplesmente o que se tinha passado no escritório. Ela compreenderia totalmente e apoiá-lo-ia.

Pensou nisso por mais um momento, enquanto observava as nuvens a abrirem caminho pelo céu.

A verdade é que ele não conseguia viver consigo próprio. Com o medo constante. Era demasiado para ele pôr de lado e voltar para casa, fingindo que nunca tinha acontecido. Se ele desistisse agora e voltasse à vida como ela era, então ele não seria capaz de se olhar no espelho. Já não seria um homem, não de facto. Ele não seria nada. A sua vida não significaria nada.

"É agora ou nunca", disse ele.

E quando chegou o momento, ele não pensou mais nisso.

Estava totalmente empenhado, pela primeira vez na sua vida.

Aproximou-se da borda e simplesmente deixou o seu corpo cair para a frente, começando pela cabeça. Foi fácil, por causa do declive acentuado. Em breve, os ombros, o tronco e as pernas estavam todos a descer em perfeita sincronia.

Ele gritou. Não conseguiu conter-se. Fechou os olhos com força, concentrando-se enquanto o vento o agitava e sacudia como uma marioneta.

Forçou-se a abrir os olhos, e foi como se estivesse a voar.

Sentia-se como se não tivesse peso, e parecia que estava destinado a ser assim - a voar. Riu-se enquanto se afundava como uma pedra.

Em poucos minutos estava tudo acabado.

"Totalmente marado!" exclamou enquanto se pendurava de cabeça para baixo na ponta de uma corda elástica.

"Outra vez! Outra vez!", gritou enquanto o puxavam de novo para dentro.

BOA VONTADE

"Conta-me a história da primeira vez que conheceste o papá", pediu a minha filha de sete anos, apesar de já ter ouvido a mesma história muitas e muitas vezes.

"Tens a certeza, querida?" perguntei, sabendo muito bem o que ela iria responder.

"Por favor!" disse ela, olhando para mim com aqueles grandes olhos azuis que herdou do pai.

"A versão longa ou condensada?" perguntei, afastando-lhe uma franja de cabelo dos olhos.

"Longa!", disse ela, aplaudindo como se nunca fosse adormecer.

"Shh", disse eu. "Hmm, onde é que tudo começou?"

"'Adeus', disse o papá", disse a minha filha.

"É isso mesmo, querida", respondi, deixando de fora a parte em que o pai me empurrou contra a porta do carro.

Peguei na minha mala de mão, enfiei o braço na correia e, atirando o meu peso contra a porta como se fosse um defesa, empurrei-a para a abrir. Ao abrir o carro com o meu sapato de salto alto direito, não demorei muito a aperceber-me de que tínhamos parado junto a uma poça até aos tornozelos. Antes que o meu cérebro se apercebesse disso para evitar que o meu pé esquerdo entrasse na poça, já o tinha feito. Mesmo assim, eu estava a sair, a fugir, independentemente dos danos que causasse aos meus sapatos preferidos.

"Oh", disse eu, já completamente fora do veículo, de costas para o condutor.

"Então pisaste uma poça!", gritou a minha filha.

"Sim, e o teu pai riu-se quando arrancou com uma guinada do pneu de trás, fazendo com que o conteúdo da poça se espalhasse sobre o resto de mim. Afastei a água suja, fria e malcheirosa, sacudindo-a antes que se depositasse no meu vestido. Com a outra mão, levantei o dedo médio na direção do veículo que abandonava o local,"

Parei, tendo-me esquecido de editar essa parte.

"Porquê?", começou a minha filha.

"Não importa", continuei, "mesmo a tempo de ver a minha mala de mão a saltar ao lado do veículo. Ai! Aquela mala preta tinha-me dado dez anos de felicidade porque combinava com tudo e com todas as situações. Com dupla função, podia ser usada ao ombro ou sobre o ombro e sobre o peito. Tinha compartimentos para tudo, incluindo o meu telemóvel".

"Oh não, o teu telemóvel!" exclamou ela.

"Sim", disse eu a sorrir. "Como é que eu me ia safar desta alhada? Mais importante ainda, está a perguntar-se como é que eu cheguei a este ponto em primeiro lugar. E já lá vou ter, mas primeiro tenho de avaliar a minha situação. Fazer um balanço e assumir o controlo. Primeiro, drenei a água dos meus sapatos quando saí da estrada, atravessei a relva orvalhada e entrei no passeio. Voltei a calçar os sapatos, molhados como estavam, preferindo a humidade a quaisquer rastejantes noturnos que pudessem estar à espreita, e dirigi-me ao candeeiro de rua mais próximo.

"Colocando as mãos nas ancas, numa postura de Mulher Maravilha, pus mãos à obra e comecei a planear um plano para sair da alhada em que me tinha metido."

"Era um bairro simpático", diz ela.

"Com relvados cuidados e sem uma erva daninha ou um veículo à vista - estavam todos guardados em segurança nas suas garagens duplas ou triplas. Casas simpáticas, contêm pessoas simpáticas. Não é verdade? Então, decidi sem demora escolher uma casa, bater à porta da frente e pedir ajuda. Escolhi a casa número sete da sorte e dirigi-me para ela. No caminho,"

"Sentiu pena de si própria, mamã."

"Claro que sim. Não merecia ficar encalhada no meio de um território desconhecido, a altas horas da noite, toda molhada, malcheirosa e sem um tostão. Quando me aproximei do escolhido, o número sete, um zumbido encheu o ar, seguido pelo ruído de um aspersor automático a abrir caminho. De início, não corri, pois já estava molhado, mas quando o jato de água se virou para mim, aos gritos, fugi. Agora tinha a cara molhada de lágrimas que ainda não tinha chorado quando atravessei o relvado da casa que esperava que me salvasse. Número sete."

"Nunca se deve falar com estranhos, mamã", disse a minha filha.

"É verdade, querida, mas eu estava em apuros, molhada e sem o meu telemóvel. Tens sempre o teu telemóvel e nele estão os números do papá, da avó e da tia Lil."

"E eu sei o teu número, o do papá e o da avó na minha cabeça."

"É isso mesmo, querida. Então, de volta à história. Não estás a ficar nem um pouco cansado?"

"Não, ainda estou à espera da melhor parte!"

Continuei: "Agora que estava aqui, perguntei-me que horas eram. E perguntava-me se estaria alguém em casa. E perguntei-me se, caso estivessem em casa, me ajudariam. Estava molhado, sujo e não tinha identificação. A minha confiança estava a diminuir a cada momento, quando me virei, encostando-me à campainha que ressoava de alto a baixo da casa, enquanto as luzes se acendiam e apagavam. E corri. De volta ao sítio onde me tinham deixado. Território familiar, por assim dizer. Iria a pé até uma loja de esquina onde teriam um telefone que me deixariam usar e eu poderia pedir ajuda e enviar-lhes o dinheiro para a chamada. Sim, era isso que eu tencionava fazer, até que um carro passou ao meu lado e, lá dentro, reconheci uma cara amiga. Fui mesmo e verdadeiramente salva!"

"Era a tia Lil!", disse a minha filha e, claro, ela tinha razão.

***

"Ao andar de carro com a Lil, lembrei-me do meu interesse amoroso não correspondido por Jasper Winters. Tinha-o observado de longe, o seu cabelo louro ondulado, os olhos azuis, o nariz com sardas salpicadas. Ele era tão doce, tão atencioso. Estava sempre a namorar uma rapariga ou outra e os meus amigos disseram-me que a minha obsessão por ele estava a aproximar-se da fase de perseguição. Foi por isso que concordei em ir contra a única coisa que sempre me recusei a fazer - sair com um completo estranho num encontro às cegas. Sim, era com o mesmo tipo que agora tinha a minha mala como refém. O nome dele: Adam Trent."

"O meu papá!", disse ela. "Essa é a melhor parte."

Eu sorri.

"Foi o nosso primeiro encontro, hoje cedo, na praça de alimentação do centro comercial. O local do encontro tinha sido combinado e era um local público. Um sítio onde pudéssemos conversar com muito movimento à nossa volta. Este local aliviaria a pressão. Tornaria os intervalos em que nenhum de nós tinha nada para ver menos vazios. Será que "vazio" é sequer uma palavra? Não sei, mas já perceberam a ideia. Através do nosso amigo comum, concordámos que era uma oportunidade para nos conhecermos cara a cara. Se houvesse uma ligação, combinámos antecipadamente marcar o encontro seguinte, que incluiria um filme ou um jantar. O passo seguinte só seria dado se ambos sentíssemos uma ligação. Caso contrário, ambos concordámos que era "hasta la vista baby"! Adios e boa viagem! Se ao menos eu soubesse na altura o que sei agora! Então não estaria nesta situação. Mas, como diz o ditado, a visão a posteriori é 20/20. Quando o vi pela primeira vez, do outro lado da praça de alimentação, ele não era o tipo de pessoa que se destacava na multidão. Gostei logo disso nele, de se misturar como eu e quando disse o nome dele, Adam Trent, na minha língua, combinava com ele e descontraí-me logo."

"Amor à primeira vista", exclamou a minha filha.

"E foi", disse eu. "Depois de nos apresentarmos, de nos darmos os cotovelos, uma vez que ambos usávamos as nossas máscaras obrigatórias, ele perguntou o que eu queria beber e foi buscar o café. Acertou no meu pedido, natas e um açúcar, o que me mostrou que ele era um bom ouvinte. Enquanto nos sentávamos e bebíamos os nossos cafés, conversámos com uma sensação de familiaridade, como se fôssemos mais do que conhecidos, mais do que amigos. Ele ria-se, mas não muito alto. Eu detestava pessoas que riam muito alto, chamando a atenção para si próprias. O Adam não era assim. Era atencioso, gentil, compreensivo e falar com ele era normal. Ou devo dizer que era o novo normal, uma vez que estávamos a conversar livremente enquanto usávamos as nossas máscaras de proteção. Ainda assim, acho que não me enganei ao pensar que, se alguém nos estivesse a observar, seria claro para eles que nos sentíamos confortáveis na companhia um do outro. Avançámos na nossa conversa de uma coisa para a outra com bastante facilidade e, em breve, ele disse-me que iria para a universidade no outono. Informei-o de forma um pouco desajeitada que ia tirar um ano de férias. Não lhe contei os pormenores, que precisava de ganhar dinheiro antes de poder regressar. Isso era demasiada informação e não era algo que ele precisasse de saber sobre mim. Também não lhe disse que tinha ganho uma bolsa de estudo, para estudar Literatura Clássica Inglesa."

"Eu espero me formar em Literatura do Século XX", ele revelou.

"Uau!" exclamei eu, "Quero licenciar-me em Literatura Inglesa Clássica!"

"Com este grande amor pela literatura em comum, facilmente estabeleceríamos uma ligação, certo? Teríamos uma ponte de uma terra de literatura para outra. Ele descobriria os meus autores preferidos e eu descobriria os dele e viveríamos felizes para sempre. Era isso que uma parte de mim estava a pensar. Com a outra, estava a ouvir enquanto ele cantava os louvores do seu autor favorito no mundo - Kurt Vonnegut. Continuou a elogiar e a exaltar tudo o que dizia respeito à sua escolha para o melhor romance de todos os tempos - Matadouro Cinco."

"Até que ele foi longe demais", disse a minha filha.

"Sim, demasiado longe. De facto, foi tão longe que não tive outra opção senão defender os verdadeiros mestres, como Shakespeare, Dickens e Twain, cujas obras resistiram ao teste do tempo. Depois de o seu rosto ter recuperado a cor normal, introduziu na conversa alguns Vonnegut-ismos, como: "Só nos livros é que sabemos o que realmente se passa".

"Foi uma batalha dos livros!", disse a minha filha.

"Sim, e a nossa primeira discussão. Eu disse: "Isso é que é dizer o óbvio!" antes de responder com a frase de Mark Twain: "É melhor manter a boca fechada e deixar que as pessoas pensem que és um tolo do que abri-la e tirar todas as dúvidas". Tinha lido algures que Twain era um dos autores preferidos de Vonnegut. Isso era uma coisa boa sobre ele, de qualquer forma.

"Ele levantou-se, estendeu a mão para o outro lado da mesa e beijou-me longa e intensamente de máscara a máscara. Ali mesmo, no meio da praça de alimentação. Isto foi em resposta ao facto de eu lhe ter agarrado na mão quando ele disse que Vonnegut era o Shakespeare do nosso tempo. Ele disse-o com tanta convicção, do seu coração e da sua alma, que quase me fez acreditar que era verdade."

"Aqueles que beijaste! Que nojo!", disse ela, tapando a cara.

"O beijo, embora abrupto e inesperado, tinha sido quente, apesar de termos máscaras entre nós. Não tínhamos reparado que os outros na praça de alimentação estavam a olhar para nós - deixámos que se prolongasse demasiado. Depois de nos separarmos, voltámos a sentar-nos e começámos a rir. Decidimos imediatamente ver um filme no centro comercial. No caminho para o cinema, a ligação foi-se desvanecendo. Se gostássemos dos mesmos filmes, poderíamos reacendê-la? Então não estaria tudo perdido? Conversámos sobre os filmes de que ele gostava e concordámos que o último filme de Tom Cruise nos agradaria aos dois - mas já tinha começado, por isso não podia ser. Não conseguíamos chegar a acordo sobre nenhum outro filme.

"Vamos comer qualquer coisa", sugeriu ele.

"Nessa altura, já eram quase dez - eu também estava cheio de fome. Só tínhamos tomado café e isso já tinha sido há muito tempo e já estávamos a sentir o cheiro das pipocas há algum tempo."

"Por mim tudo bem", disse eu.

"No centro comercial, ou fora?", perguntou ele.

"Eu disse que devíamos apanhar ar fresco e, por isso, saímos do centro comercial e fomos para o parque de estacionamento com vários pisos. Andámos a vaguear durante mais de trinta minutos, até que ele me disse que não se lembrava onde tinha estacionado.

"Depois descalçaste os sapatos.

Vonnegut disse: "Nós somos o que fingimos ser, por isso temos de ter cuidado com o que fingimos ser." Ele fez uma pausa. "Uh, não és muito feminina, pois não?"

"'És um homem?" perguntei, citando Lady Macbeth. Senti-me imediatamente mal com essa citação em particular e mudei imediatamente de assunto: "E o cartão? Sabes, onde se paga? Não diz em que piso estacionaste?"

"Eu sei que estacionei NESTE piso", disse ele, "continuando a carregar no botão do porta-chaves e a aguardar uma resposta como um pássaro a chamar pela companheira. Quando o carro e o porta-chaves finalmente se encontraram, eram perto das 23 horas.

"Já dentro do veículo, com escadas a subir pelas pernas e pelos pés pretos, respirei fundo e tentei descontrair-me. A comida ajudaria a melhorar o meu estado de espírito e, com sorte, o dele também. Não era demasiado tarde para começarmos de novo. Estávamos a dar-nos tão bem até ao choque literário. Apertou os cintos de segurança, pôs o pé no chão e arrancámos, contornando o parque de estacionamento e saindo para a rua. Conduzimos durante algum tempo, a ouvir música country. Ele cantava, enquanto eu lutava contra a vontade de dizer "yippie ki-yay!"

"Então, de que tipo de comida gostas?" "perguntou ele, depois de termos ouvido a última sugestão de restaurante de tacos na rádio.

"Já não tenho fome", respondi, pensando que ele, dada a oportunidade da sugestão, me queria levar a um restaurante de tacos. Eu detestava tacos. Como é que comer um taco, com carne e coisas a cair por todo o lado, se enquadrava nos seus critérios de senhora? Eu não queria saber. Principalmente por despeito, disse: "Shakespeare é o Rei da Literatura e Vonnegut é um mero Bobo em comparação".

"Depois o papá travou a fundo."

"Éramos o único veículo nos subúrbios - no meio do nada - e essa é a história de como o teu pai e eu nos conhecemos", disse eu, levantando-me e aconchegando a minha filha. Ela espreguiçou-se, bocejou e, momentos depois, estava a dormir profundamente. Fechei a porta à saída e fui para o nosso quarto.

APENAS VINTE

Quando a tia Gin morreu, apenas vinte convidados fora do nosso círculo familiar foram convidados a assistir ao funeral. Este número foi limitado devido à pandemia. O distanciamento social e as máscaras eram obrigatórios durante todo o dia. Isto incluía a cerimónia na casa funerária, o enterro e o repasto.

Como a tia Gin sabia que estava a chegar ao fim da sua vida, selecionou pessoalmente os vinte convidados antes de deixar este mundo louco.

Como era tradição da família, ela ainda queria um caixão aberto. Mas com um novo pedido. Também queria usar uma máscara. A tia Gin sempre teve um estranho sentido de humor.

"Como é que eu vou fazer um elogio apropriado? Um que a minha irmã merece... quando estou a usar uma dessas máscaras estúpidas!", perguntou Marvin, o irmão mais novo de Gin.

Sentado em frente a Marvin estava o seu segundo primo, Frank. Este tragou o seu cigarro, pensando profundamente, antes de responder.

"Eles têm um microfone e isso é suficiente".

A sobrinha preferida da tia Gin, Mary, que estava na cozinha a preparar o chá, gritou.

"O microfone é ajustável, quero dizer, à tua altura. Assim, podes garantir que a tua boca," limpou as mãos no avental e cansada de gritar entrou na sala de estar. Parou a meio da frase e, ao aperceber-se de que se tinha esquecido de trazer o chá, retirou-se rapidamente. Voltou com um tabuleiro sobrecarregado que chocalhava a cada passo.

Frank e Marvin ainda estavam a olhar na direção dela com as bocas abertas à espera que ela completasse a frase.

"Está posicionado mesmo em frente", disse ela como se não tivesse passado tempo nenhum entre a primeira e a última frase. Agora que o tinha dito, apercebeu-se de que o peso do tabuleiro estava a fazer-lhe tremer os braços. Ela inclinou-se e baixou-o cuidadosamente para a mesa de vidro. "Obrigada pela, uh, ajuda," acrescentou ela com um tom que era afiado com sarcasmo enquanto se agachava para se preparar para servir.

Marvin e Frank não mexeram um dedo. O que era normal para os dois. Uma mulher fazia coisas de mulher, e um homem fazia coisas de homem.

Ela encheu a panela, depois abriu o novo pacote de biscoitos de chocolate que tinha estado a guardar para a companhia. Ela e a tia Gin tinham sempre uma caixa com os seus biscoitos preferidos no armário - mas nunca lhes tocavam. Ambas sabiam que, se os abrissem, os consumiriam todos - por isso, só os tiravam de lá quando havia companhia.

A jovem e a tia Gin tinham sido sempre travessas e amigas. Lembrando-se de que a tia era muito exigente com a apresentação, espalhou os biscoitos pelo prato. Perguntou-se se a tia Gin estaria a observar lá de cima. Suspirou, sentindo mesmo agora que faltava uma parte de si própria.

Marvin não estava totalmente envolvido. Em vez disso, estava a olhar pela janela e a pensar se teria de usar uma máscara. Frank estava a tragar um novo cigarro que tinha acendido imediatamente após o outro se ter queimado.

Marvin, finalmente reparando na obra-prima da sobrinha, perguntou: "Que raio estás a fazer aí em baixo?"

"Estou a preparar o chá e os biscoitos", disse Maria, mexendo o bule, fechando a tampa e dando-lhe um abanão para o apressar.

"Então pega numa cadeira, ou qualquer coisa. Não fiques aí agachado como um..."

"Agachado", disse Frank, rindo-se da sua piada, já que mais ninguém se riu.

"Não importa, já está pronto", disse Mary. Ela encheu as chávenas vazias com o líquido dourado e vaporoso. Depois acrescentou um pouco de leite e as quantidades de açúcar normalmente pedidas. Ela própria não aceita açúcar. "Queres um biscoito de chocolate? Eram os preferidos da tia Gin".

"Seria uma pena estragar o teu desenho de remoinho", disse Marvin, estendendo a mão e fazendo exatamente isso.

"Não para mim", disse Frank. "Biscoitos e cigarros não combinam."

Mary serviu primeiro a chávena de chá a Marvin, que era o mais velho. Depois colocou a chávena de Frank numa base para copos ao lado da cadeira dele, que estava ocupada. Ou seja, estava a acender outro cigarro. Ela encolheu-se quando ele colocou a beata do antigo cigarro no pires de porcelana fina da tia Gin.

"Obrigada", disseram ambos.

Maria voltou a fixar o desenho dos biscoitos, olhou para cima. Depois, retirou suavemente um de cada extremidade e atravessou a sala, tentando não entornar a chávena de chá demasiado cheia enquanto se dirigia para o sofá de dois lugares. Evitava sentar-se ali, agora que a tia Gin não estava sentada ao seu lado. Uma parte dela sentia que o equilíbrio do universo não estava a funcionar sem a presença de Gin.

Antes de a tia Gin ter os dias contados, ela e Mary jantavam quase todas as noites em tabuleiros em frente à televisão, sentadas no sofá de dois lugares, a ver Coronation Street. Mary gravava o programa desde essa altura, à espera que o espírito de Gin chegasse onde quer que fosse para poderem ver o programa juntas, como sempre faziam.

Isso foi antes de o tio Marvin e o primo Frank se terem mudado para cá. Antes da pandemia, os parentes de longa distância precisavam de outro sítio para viver. Agora, formavam a sua própria bolha social, ou seja, não precisavam de usar máscaras na vizinhança uns dos outros. Mas, dentro de algumas horas, teriam de colocar as temidas máscaras para o funeral - ninguém queria ser o infector ou o infetado.

"O que eu gostava de saber é porque é que o Gin vai usar uma máscara. Em primeiro lugar", diz Marvin. "Em segundo lugar, porque é que ela convidou os familiares que convidou. Alguns deles não entram em contacto com ela, ou com qualquer um de nós, há mais de vinte anos. Deus sabe que Gin tentou manter a família unida, em tempos em que a união deveria ser um dado adquirido".

"As máscaras são obrigatórias para toda a gente e a Gin queria ser abrangente. E sim, a tia Gin foi sempre aquela que pensou o melhor de toda a gente", disse Mary.

"Mesmo quando não se justificava", disse Frank, acendendo outro cigarro e acrescentando: 'Este pires está a ficar bastante cheio'.

Mary pôs a chávena de chá em cima da mesa, pegou no pires e deitou-o no caixote do lixo da cozinha. Encontrou um pires lascado no fundo do armário - a tia Gin não permitia que se fumasse em casa e não tinha cinzeiros - e colocou-o na mesa ao lado da chávena de chá e do pires de Frank. Acenou com a cabeça.

"Algum de vocês quer mais um copo, já que estou acordada?", perguntou ela.

Marvin estendeu a sua chávena vazia também. "E mais um desses biscoitos seria ótimo para mim.

Maria pegou em dois biscoitos, um de cada ponta do desenho e colocou-os no pires com uma colher de chá, antes de deitar o chá, o açúcar e o leite. "Agradeço-lhe", disse Marvin, soprando no chá antes de tomar um gole.

Frank recusou mais chá com um aceno de mão. "Nenhum de nós entrou em contacto com aqueles caloteiros porque não os suportava. Nem o Gin - pelo menos era o que eu pensava."

Marvin mergulhou um biscoito no chá e ele esfarelou-se e partiu-se. Usou a colher de chá para o recuperar, chupando o biscoito encharcado antes que se dissolvesse em nada.

"Estes biscoitos não são recomendados para mergulhar", disse Maria, sorrindo.

"Agora é que ela me diz", disse Marvin.

"Queres que vá buscar outra chávena e outro pires para ti?"

"Não, fica onde estás. Tens andado por aí a atender-nos como se fosses o nosso pessoal contratado. Eu desenrasco-me, mas obrigada por perguntar."

Maria sorriu e mordeu o seu biscoito. Saboreou-o enquanto o chocolate derretia na sua língua.

O trio sentou-se em silêncio, mexendo nas chávenas de chá, nos biscoitos e nos cigarros, até que Mary quebrou o silêncio.

"A tia Gin sentia remorsos por ter perdido o contacto com as pessoas. Pesava-lhe muito no coração e, apesar de os vinte convidados - mesmo quando ela os contactava - não responderem aos seus telefonemas ou cartas, ela nunca os descartou. De facto, rezava por eles todas as noites antes de adormecer".

O irmão dela estava fascinado e confuso. "Gin, rezava pelo tio-avô Dave, que praticamente a matou quando ela ficou com eles em criança durante as férias de verão? Isso é uma coisa enorme para ela perdoar. Acho que ficou mole com a idade".

Mary pôs-se de pé com as mãos nas ancas: "A tia Gin era muitas coisas, mas uma coisa que não era era era mole. Ter-lhes-ia dado um pontapé no rabo se tivessem aparecido à porta sem avisar antes de ela ter adoecido - sabes que ela detestava que as pessoas aparecessem sem convite - mas ela queria fazer as pazes, perdoar e esquecer." As palavras dela ficaram presas na garganta, assim como o último biscoito que ela tinha acabado de engolir.

Frank levantou-se, atravessou a sala e deu-lhe uma bofetada forte nas costas. Um biscoito parcialmente comido voou pela sala, caindo na chávena de chá de Marvin com um splosh.

"Não sabes que é suposto mastigar antes de engolir? disse Marvin, devolvendo o chá ao tabuleiro com um ar de nojo.

"Peço imensa desculpa", disse Mary, juntando tudo e levando-o para a cozinha.

***

Mary lavou as chávenas e pôs tudo na máquina de lavar louça, depois subiu para usar as casas de banho e para arrumar a cara. Tinha estado a chorar e não queria que ninguém soubesse. Ao descer as escadas, ouviu vozes altas. Desce rapidamente.

"Eu amava a minha irmã mais do que qualquer outra pessoa no mundo!" disse o Marvin. "Mas não vejo porque é que o facto de ela me pedir para fazer o elogio fúnebre deve ser um problema para ti!

"Ora, ora", disse Mary.

"Eu apenas teria sido melhor nisso," disse Frank. "Já me pediram antes e eu seria menos emocional, menos crítico."

"Porquê tu!" disse Marvin, levantando os punhos fechados para o ar e agitando-os como se estivesse a fazer uma imitação de um pugilista de tempos idos.

Frank atravessou a sala, também com os punhos levantados. Era como uma versão geriátrica caucasiana de Ali vs. Foreman.

Os dois ficaram frente a frente, olhos nos olhos, até que Mary começou a cantar a música preferida da tia Gin: "Hush little baby, don't say a world, papa's going to buy you a mockingbird."

Os olhos de Marvin encheram-se de lágrimas e ele baixou os punhos e depois baixou-se numa cadeira.

Frank ficou congelado, balbuciando as palavras do resto da canção enquanto Mary as cantava. Quando ela acabou de cantar, ele atravessou a sala, onde uma fotografia da tia Gin, numa moldura, lhe sorria. Também ele desatou a chorar.

"Pronto, pronto", disse Mary. "Está quase na hora de ir e aqui estamos nós a discutir."

"Ela tem razão", disse Frank. "Além disso, vamos precisar de uma frente unida quando aqueles abutres inúteis aparecerem."

"Isso se não nos infectarem - estamos no meio de uma pandemia, não sabem?

"Os fornecedores de refeições terão isso em conta. Enquanto estivermos na casa funerária e no cemitério, estarão a preparar tudo aqui para cumprir as diretrizes de distanciamento social para manter toda a gente segura".

"Mas os ignorantes vão ter de tirar as máscaras para comer e beber - e nós vamos precisar de muita bebida.

"Que vergonha", respondeu Maria. "Tudo isso foi gerido e pago pela tia Gin." Desgostosa e farta deles, retirou-se para o seu quarto para vestir o fato preto que tinha escolhido. Os homens já tinham vestido os seus fatos pretos e estavam prontos para partir.

"Espero que usem facas e garfos de plástico e pratos de papel", disse Frank. "E vão ter garrafas de desinfetante para as mãos por toda a casa e jardim. Os nossos familiares terão de entrar para usar as instalações, mas a maior parte dos procedimentos serão realizados no exterior, no jardim."

"É pena que o Gin se tenha livrado das instalações exteriores", disse Marvin.

Mary chamou lá de cima, "Esqueci-me de dizer, eles vão pintar marcas na relva e/ou colocar sinalização onde as pessoas devem ficar. E quanto às instalações, bem, nós alugámos uma daquelas casas de banho portáteis. Como só há vinte deles e três de nós, deve haver espaço suficiente para todos e as filas não devem ser muito longas."

"Vocês pensaram mesmo nisto!" Marvin gritou. "Nós os três podemos esgueirar-nos para dentro e usar as instalações interiores no q.t."

Maria apareceu no cimo das escadas, pronta para ir. "Obrigada. Tenho tido muito tempo para pensar e queria que tudo estivesse exatamente certo para a tia Gin. Ela e eu falámos de tudo, até ao mais ínfimo pormenor. Ela queria tirar-me o fardo de tentar fazer tudo sozinho enquanto eu estava a sofrer a sua perda".

Marvin acariciou-lhe os pêlos do queixo. "Se não fosse esta maldita pandemia, ela teria querido mais. Teria pedido uma queima de celeiro normal - ou um velório - para celebrar a sua vida. É isso que ela merece!"

Frank disse, "Isso ela vai ter - e nós vamos dar-lhe a melhor festa de sempre - depois desta pandemia acabar. Convidaremos os outros familiares - aqueles de quem gostamos - e talvez até algumas celebridades locais. Toda a gente gostava da Gin. Vamos mandá-la embora da forma que ela merece! Mas, para já, temos de tirar o melhor partido da situação".

Mary atravessou a sala, pensou em sentar-se - mas o seu vestido ficaria amarrotado, por isso voltou à cozinha para dobrar guardanapos de papel. Tinha-se oferecido para fazer o máximo de guardanapos que pudesse antes da chegada dos fornecedores, sabendo que precisaria de algo para a manter ocupada. Pensou em tudo o que a tia Gin tinha pedido para acontecer no dia. Queria que Marvin lhe fizesse um brinde, depois de todos terem comido. Até tinha escrito os pratos que queria que fossem servidos e tinha escolhido o fornecedor para os preparar. Sim, a tia Gin tinha pensado em tudo. Vozes altas na sala de estar levaram-na de volta para lá.

"Gin disse que eu ficaria com a parte de leão do negócio, por isso é que me nomeou executor do testamento", disse Marvin.

"Ela disse que eu podia ficar com a casa", disse Mary. "Também é a minha casa - vivi aqui com a tia Gin durante a maior parte da minha vida."

"Ninguém está a contestar esse facto", disse Frank. "Desististe de tudo, para estares aqui e ajudares a Gin quando mais ninguém foi capaz de o fazer. Podias ter-te casado, ter tido alguns filhos... mas preferiste a família a ti próprio. É o mínimo que ela podia fazer, deixar-te a casa."

Marvin acenou com a cabeça. Pela primeira vez, os dois concordavam em alguma coisa.

"Eu disse à Gin que não queria nem precisava de nada dela", disse Frank.

"Esperemos que ela te tenha ignorado", disse Marvin com uma gargalhada e vendo que os dois estavam finalmente de bom humor,

Mary voltou à cozinha para acabar de dobrar os guardanapos antes de terem de ir para a casa funerária.

Embora os guardanapos fossem feitos de papel, eram delicados e macios. O azul celeste com uma linha cor-de-rosa no canto esquerdo também tinha sido a escolha da tia Gin. À medida que Mary continuava a dobrar, tornou-se automático, por isso olhou para o jardim e deixou que os seus dedos fizessem o trabalho.

Os seus olhos vaguearam em direção às flores recentemente plantadas debaixo do carvalho gigante. O bafo de bebé e as rosas estavam a acabar, mas as suas cores ainda eram vibrantes e moviam-se como velhas amigas a dançar quando o vento passava.

Enquanto dobrava o último guardanapo, a sua mão direita roçou a barriga. Fazia isso de vez em quando, apesar de já não estar grávida há anos. A saudade nunca desapareceu. A tia Gin nunca contou a ninguém. A Mary também não, nem mesmo o pai.

E ali, enterrada debaixo daquelas flores, à sombra daquele carvalho maciço, estava o lugar de descanso eterno da sua filha. A sua menina não tinha sobrevivido mais do que alguns minutos neste mundo.

Em breve, chegariam os familiares e reunir-se-iam todos na casa que agora era dela - e celebrariam a vida da tia Gin.

Depois, Mary, tal como os outros, colocaria a sua máscara e isolar-se-ia naquele sítio, debaixo da árvore, onde nunca se sentiria sozinha. No lugar onde ela sabia que a tia Gin estaria ao seu lado, segurando a menina de Mary nos braços.

O trio, a tia Gin, a Mary e a bebé, seriam testemunhas silenciosas, enquanto o resto da família se dilacerava mutuamente.

MENINO PANDÊMICO

"Olha, lá vem ele outra vez - é o Rapaz Pandémico", gritou o rapaz alto e magro de dez anos, de cabelo louro.

O seu amigo não era assim tão alto, nem magro, nem louro - era um ruivo que se riu antes de dizer o que tinha a dizer. "Onde está a tua capa, miúdo? Não sabes que todos os super-heróis têm capas?"

O miúdo que tinham apelidado de Rapaz Pandémico era mais novo do que os outros dois, mas por detrás da máscara era destemido.

"O Homem-Aranha não", responde com um sorriso.

Embora fosse mais novo e mais pequeno em tamanho e estatura, não em centímetros mas em pés, com as mãos nas ancas - parecendo mais o Super-Homem - perguntou: "E onde estão as vossas máscaras?"

Este não era o primeiro confronto do chamado Rapaz Pandémico em tempos de pandemia. No passado, tinha usado a postura do Super-Homem de braços cruzados para ganhar o controlo da situação. Parecia funcionar bem com crianças e adultos. Também ajudava saber que tinha a lei do seu lado.

"Não somos seguidores", disse o rapaz louro, protegendo os olhos do sol com a mão esquerda e virando as costas ao miúdo, de modo a que ele e o amigo ficassem frente a frente. E disse as palavras: "Vamos tirar-lhe a máscara".

O rapaz ruivo pensou nisso, empurrando a ponta da sapatilha para o chão, pensando que eles já eram em maior número do que o Rapaz Pandémico, dois para um. Além disso, ele era um miúdo pequeno - embora tivesse uma boca grande e estivesse a pedi-las. Mas ele não era um rufia e não queria ser um. Concentrou-se, fazendo um círculo na terra à sua frente, e depois deu uma palmadinha no bolso das calças de ganga. "A minha está mesmo aqui.

"Prova-o", exigiu o Rapaz Pandémico.

O miúdo louro olhou por cima do ombro para o rapaz mais pequeno e virou-se rapidamente. Com os punhos cerrados, avançou para o rapaz mais novo. Batendo com o dedo na cara do miúdo mascarado, disse: "Quem é que tu pensas que és?" Cada palavra merecia a sua própria pancada no queixo mascarado do Rapaz Pandémico e, com a diferença de altura e de massa, o rapaz mais novo teve de colocar os pés firmemente no lugar.

O rapaz de cabelo vermelho disse: "Vou pôr a minha máscara".

O chamado Rapaz Pandémico não falou, mas acenou com a cabeça em sinal de aprovação, enquanto o seu amigo, o rapaz louro, olhando por cima do ombro, lhe lançou um olhar malévolo.

Os três mantiveram a sua posição.

***

Às vezes, o tempo pára. Como se todos os pássaros se esquecessem de voar e todos os relógios se esquecessem de fazer tiquetaque. Este não era um desses dias e, à medida que o tempo avançava, mais crianças saíam de onde quer que estivessem para ver o que se estava a passar. Juntaram-se à volta, conversando, sussurrando, tentando perceber o que terá acontecido para que os três rapazes ficassem parados durante tanto tempo.

"Eu estava a olhar pela janela do meu quarto", disse um rapaz, "e vi o miúdo mascarado a ser ameaçado pelo miúdo louro, que era muito mais alto e mais velho. Depois vi que eram dois e tive de sair, sobretudo quando o miúdo grande se aproximou e bateu no peito do miúdo pequeno", disse, tocando na sua própria máscara como um adulto faria com a barba.

"Eu estava a correr para ali", disse uma menina, "e vi tudo. O rapaz com a máscara estava a pedi-las - aproximando-se de dois rapazes maiores e mais velhos. Surpreende-me que os dois não lhe tenham batido". Depois dirigiu-se ao chamado Rapaz Pandemia: "Ó miúdo, porque é que não foges enquanto podes? Antes que aqueles dois rapazes mais velhos te dêem uma tareia?".

O trio no centro da multidão permanece imóvel, como estátuas. Estavam a ouvir os comentários dos outros miúdos que se estavam a formar numa multidão e eles não. Nesta altura, ninguém sabia ao certo.

O tempo passou e os miúdos com máscaras tomaram o partido do chamado Rapaz Pandémico e os miúdos sem máscaras tomaram o partido dos outros dois. A multidão de crianças deslocou-se, dividiu-se em duas, formando dois lados distintos. Todos estavam prontos a atuar - isto é, se e quando começasse uma luta.

Passaram horas e ninguém se mexeu. Nem mesmo quando as mães e os pais começaram a chamar os filhos para jantar em casa. Nem quando os pais, os avós e os irmãos começaram a chamar as crianças para a cama. Nem mesmo quando o sol foi substituído pela lua e pelas estrelas.

***

Finalmente, o Rapaz Pandémico disse: "Vou para casa agora." E ao rapaz louro maior, aquele que ainda estava na sua cara, disse: "Da próxima vez que te vir, certifica-te de que trazes a tua máscara, está bem? Isto é uma pandemia, meu, e..."

"Está bem, está bem", disse o rapaz maior, dando um passo atrás. "E da próxima vez que te vir, certifica-te que trazes uma capa." Ele sorriu.

"Alguma preferência de cor?", perguntou o rapaz mais novo com um sorriso.

O seu amigo, o rapaz de cabelo ruivo que agora usava uma máscara, disse: "Depende se és fã do Batman, do Robin ou do Super-Homem. Eu? Eu vestia-me de preto".

"O mesmo", disse o miúdo mais novo.

Foram todos para casa.

OS VISITANTES

"Espera um minuto", disse ela, antes de abrir a porta da frente.

Tinha estado lá dentro durante quase trinta dias - em quarentena. Sair, o mero ato de sair agora, parecia arriscado, apesar de ela só ter estado em quarentena para proteger aqueles que amava - e outros que nem sequer conhecia. Ajustou a máscara, respirou fundo e abriu a porta.

Havia um comité de boas-vindas à sua espera e ela sentiu-se como a Rainha Isabel deve ter-se sentido quando saiu para a varanda do Palácio de Buckingham. Embora a sua pequena mas confortável casa de dois quartos não tivesse o brilho e o glamour de um palácio. Por um segundo ou dois, pensou em fazer-lhes o aceno real, mas acabou por mudar de ideias quando começaram a aplaudir.

Envergonhada, apesar de uma máscara lhe cobrir a maior parte do rosto, olhou para cima, para onde o sol estava alto no céu, e sentiu o calor dos seus raios. Sentia-se bem, a respirar ar novo e fresco - embora a máscara a impedisse de inalar profundamente. Uma canção de John Denver começou a tocar na sua mente. Cantarolou-a despreocupadamente.

Os aplausos tinham terminado sem que ela se apercebesse. E ali estava ela, como um porco num papo, enquanto todos esperavam que ela dissesse ou fizesse alguma coisa. Muitos olhos cheios de lágrimas, todos a olharem para ela por cima das suas próprias máscaras. Não havia duas máscaras iguais. Ela examinou os convidados, concentrando-se nos olhos cujos donos julgava reconhecer. Na sua mente, jogou um jogo de "Quem é quem sob que máscara".

Uma pessoa no meio da multidão não tinha dúvidas sobre quem era, devido ao seu tamanho e estatura. Era a sua neta Emily. Aqueles olhos verdes, iguais aos seus, destacavam-se quando a olhavam por cima da máscara roxa. A cor preferida de Emily mudava frequentemente, mas ela ficou satisfeita por ver que não tinha mudado nos últimos trinta dias. No entanto, tinha ficado mais alta. Emily acenou e disse: "Olá, avó."

"Olá, minha querida Emily", disse a mulher, sorrindo com os lábios por baixo da máscara e por cima dela com os olhos.

A mulher hesitou e, depois, passou pela plateia da esquerda para a direita, acenando com a cabeça enquanto reconhecia cada um deles.

Primeiro foi o Brandon. Era um grande fã de hóquei e a sua máscara tinha uma folha de bordo de Toronto. "Força Maple Leaf's!", disse ele. Ela fez-lhe um sinal de positivo. Pelo menos alguém ainda tinha esperança de que eles voltassem a ganhar a Taça Stanley.

Ao lado de Brandon, estava a mãe da sua mulher, Emily. A sua máscara tinha uma mensagem "I heart Jamie Oliver". Ela sorriu ao ver isso, perguntando-se se o seu interesse por Oliver a ajudaria a cozinhar um rosbife decente um dia. Apanhou-se a si própria neste pensamento de cabra e, envergonhada, seguiu em frente.

A seguir foi o Sr. Bob Moody. Era um vizinho, um velho rabugento que ela não fazia ideia porque é que tinha sentido a necessidade de se juntar a ele usando uma máscara de operário da construção civil. Ele acenou, com uma familiaridade que ela achou estranha, mas ela acenou de volta para ser educada.

Aborrecida por ter de perceber quem era quem, os outros tornaram-se num borrão enquanto ela esperava que alguém fizesse alguma coisa ou que lhe dissesse o que esperavam que ela fizesse. Deveria fazer um discurso? Não, isso seria um disparate. Tinha sido apenas uma quarentena de trinta dias. Ela não os podia abraçar. Ou aproximar-se mais do que já estava deles.

Tinha a temível sensação de que alguém queria que ela fizesse um discurso e perguntava-se como é que ela poderia fazê-lo, um discurso que fosse ouvido e compreendido através da grossa máscara de algodão. Depois pensou nos políticos da televisão, como o Primeiro-Ministro. Quando ele tinha de falar, tirava sempre a máscara, dizia o que tinha a dizer e voltava a pô-la. Se era suficientemente bom para o Primeiro-Ministro, então era suficientemente bom para ela. Tirou a orelha direita do aro, depois passou para o outro lado.

Os convidados arfaram, depois afastaram-se. Todos menos a sua pequena neta.

"A avó adora-te", disse a mulher, soprando um beijo na direção da pequena Emily.

"Eu também vos adoro", respondeu Emily, enquanto os pais, agora ao seu lado, a afastavam.

Satisfeita por ter sentido o sol, por ter saído, por ter visto aqueles que amava e por ter falado com a pequena Emily, fez uma vénia, afastou-se e fechou a porta atrás de si.

O telefone começou imediatamente a tocar e a tocar. Ela não atendeu.

A CASA

A sala estava vazia, exceto pelas estantes vazias que ladeavam a lareira.

As estantes vazias fazem-me sempre sentir melancolia. Como se o antigo proprietário tivesse levado consigo todos os seus amigos e recordações, mas se tivesse esquecido das estruturas que os tinham guardado e exposto enquanto estiveram em casa. Por isso, quando saía de casa, por qualquer razão, deixava sempre um dos meus livros (comprava dois de um livro preferido) para que o novo proprietário o apreciasse tanto como eu. Para mim, era como apresentar-lhes um novo amigo. Se isto me faz parecer demasiado sentimental, não me importo, porque o meu querido marido sempre disse isso de mim.

Ao atravessar a sala, ajustando a minha máscara, reparei em algo encostado à parede, fino como uma bolacha. Era um pequeno tapete.

"Para que é que isso serve?" perguntei. Apesar de ser gasto e pequeno, teria ficado melhor em frente à lareira. Pelo menos, ali, aquela coisa deplorável teria tido um objetivo. Costumo fazer isso, dar sentimentos a objectos inanimados. No mundo literário, chama-se a isso personificação. Uso esse artifício com tanta frequência que o meu marido chama-lhe Maggie-ficação.

August é o nome do meu marido. E sim, ele nasceu no mês de agosto, um Leão, enquanto eu sou Capricórnio.

Quando ele se aproximou de mim, estremeci. Estava sempre a sentir frio.

Falando através da sua máscara, disse: "Uau, está calor aqui, amor. Porque estás a tremer?" Desabotoou o seu casaco de lã grossa, um presente do nosso filho André, e tirou-o. Colocou-o sobre os meus ombros e depois atravessou a sala.

Eu aconcheguei-me nele e disse: "Obrigada", enquanto o seguia.

A agente, que era uma velha amiga da família, usava uma máscara que reflectia a empresa imobiliária para a qual trabalhava. Ela movia-se audivelmente pela casa na outra sala, enquanto nós sentíamos a casa por nós próprios.

Pouco depois, ela entrou na sala pela porta mais próxima do objeto que eu tinha visto no chão. Encontrámo-nos em frente ao objeto, como se ela tivesse ouvido a minha pergunta.

Judy Marsh, o nome da nossa agente há mais de vinte e cinco anos, parecia não saber o que dizer, o que não era nada seu. Ela e todos os outros agentes imobiliários do planeta.

"A lareira não é magnífica?", exclamou ela.

Eu virei o meu corpo para o calor, enquanto o August, que me acusava muitas vezes de ler demasiados romances da Agatha Christie, entre outras coisas, agora aborrecido e com vontade de continuar, se aproximou da porta.

Judy disse: "Ouvi a pergunta que fizeste há momentos. Revelação total", tocou no nariz. "Esta casa tem um pouco de história."

August, agora interessado, juntou-se a nós.

"Que tipo de história?" Eu perguntei.

A Judy continuou: "Não vale a pena contar histórias se não gostas disto aqui. Nesse caso, podemos passar para a próxima casa. Tenho mais algumas em vista. Então, qual é o veredito sobre esta até agora?"

O August disse: "Ainda não vimos a casa toda, é demasiado cedo para dizer e..."

Terminei a frase dele, como costumam fazer as pessoas que estão casadas há muito tempo: "E é indelicado da vossa parte deixarem-nos apaixonar pelo sítio - não estou a dizer que seja o caso - e depois baixarem a parada".

"Baixem a barreira, de facto", acrescentou August.

"Desembucha!" Eu exigi, enquanto o August pegava na minha mão.

"Vamos para a cozinha", disse Judy. "Vou pôr a chaleira ao lume e fazer uma boa chávena de chá. Eu abasteci o armário com algumas coisas como chá Earl Grey e biscoitos, para uma ocasião dessas. Depois, tudo será revelado".

O August, ao ouvir que se oferecia uma chávena de chá e um biscoito, seguiu a Judy até à cozinha e eu, como se costuma dizer, fiquei na retaguarda. Caminhamos ao longo de um corredor, que tinha tectos altos, mas que estava um pouco sujo porque não tinha claraboia - se comprássemos a casa, uma claraboia tornaria este corredor mais acolhedor.

"Uma claraboia seria um melhoramento", sugeriu August, enquanto ele e Judy entravam na sala adjacente através de um par de portas de batente, como se esperaria ver num velho western de Marlon Brando. "Isto vai ter de desaparecer", disse o August, enquanto a porta se abanava e lhe batia no traseiro antes que eu pudesse chegar e impedi-la. Ele ficou ali parado, com as mãos nas ancas e a boca aberta, sem que nenhuma palavra saísse.

Quando entrei na sala, percebi porque é que o August estava sem palavras, porque, oh, meu Deus, que vista espetacular! A cozinha e a sala de jantar eram adjacentes, num enorme espaço retangular aberto, com janelas e portas de vidro que se estendiam de uma ponta à outra e que davam para um dos jardins mais magníficos que alguma vez vi. Desejei tanto que fosse primavera, para que tudo estivesse em plena floração, mas o outono aqui também era lindo, com as árvores a exibirem as suas cores de outono.

"O Dash ia adorar isto", disse o August. O Dash era o nosso dachshund bebé.

"Claro que sim", disse eu, enquanto a Judy, agora atrás de nós, fazia de mãe, deitando a água quente no bule.

Nem eu nem o August conseguíamos tirar os olhos da bela natureza que nos esperava a poucos passos de distância. "Posso abrir as portas? perguntei.

A Judy acenou com a cabeça e o August fez as honras. Imediatamente, os sons do exterior entraram como música na cozinha. Havia cigarras, gaios azuis, pardais, cardeais, um sapo das árvores... era alegremente musical - até que, alguns momentos depois, o cortador de relva do vizinho entrou em ação.

"O chá está pronto", disse Judy.

"Na altura certa", disse August, fechando as portas de correr e fazendo um clique na fechadura. "Olá escuridão, meu velho amigo", disse August. Era uma das suas músicas preferidas - um clássico do repertório de Simon e Garfunkel.

"Não está escuro aqui", disse eu, enquanto a Judy servia e servia o chá. Para ser sincero, não era fã de chás elegantes como o Earl Grey. Prefiro uma chávena de Typhoo em qualquer altura. Acrescentei duas colheres de chá de açúcar - o dobro da norma do bom e velho Typhoo e o August fez o mesmo. Enquanto bebíamos, rejeitando a escolha de biscoito da Judy - o gingernut - esperámos que ela começasse a contar-nos a história a que tinha aludido.

***

"Antes de mais," começou Judy, "há décadas que ninguém vive nesta casa."

"Décadas", repeti eu, "Como é que isso é possível?"

O August esvaziou os restos do seu chá. Judy fez imediatamente um movimento para lhe encher a chávena, que ele evitou rudemente colocando a mão por cima da mesma.

Judy sorriu. "Acho que nem toda a gente gosta da minha bebida preferida". Voltou a encher a chávena e continuou. "A casa tem estado à venda ao longo dos anos. Contratámos especialistas em decoração de interiores de todo o estado, na esperança de que o seu contributo ajudasse a vender. Até agora, não funcionou".

"Não faz sentido", disse August. "Seria menos ecoante se a casa estivesse mobilada." Levantou a chávena vazia e suspirou.

"Preferes uma garrafa de água?" Judy perguntou e, sem esperar por uma resposta, foi ao frigorífico, tirou três garrafas e colocou-as à nossa frente. Tinha a sensação de que isto ia ser uma longa história.

Um som estranho, vindo do jardim, chegou simultaneamente aos nossos ouvidos. O August empurrou a cadeira para trás, examinando o jardim que agora estava apenas parcialmente iluminado, pois o sol estava a pôr-se. "Consegues ver alguma coisa?" perguntei.

O August tinha visão de águia, apesar de ser mais velho do que eu. "Shhh", disse ele. Ficámos à espera, a ouvir com atenção, mas o som não se ouviu mais. O August regressou ao seu lugar e sentou-se nele com um encolher de ombros.

A Judy disse: "É melhor guardarem os vossos comentários e perguntas para o fim. Quero terminar antes, quero dizer, o mais rápido possível".

August disse: "Somos velhos, e estamos a ficar mais velhos a cada minuto. É provável que nos esqueçamos de qualquer pergunta que possamos ter se esta história que estás a contar demorar muito mais tempo."

Dei uma palmadinha na mão de August. "Se tiveres alguma pergunta, escreve-a no teu telemóvel." Há já algum tempo que andava a tentar que ele usasse a função Notas do telemóvel. Eu própria usava-a para muitas coisas, incluindo a lista de compras. Tinha sugerido que ele a usasse para o mesmo fim. Mesmo assim, ele chegava a casa sem o que precisávamos e voltava de novo - desta vez com o papel na mão.

"Maggie", disse ele, "sabes que não gosto de estar dependente da tecnologia."

"Estar dependente das árvores", disse Judy, "também não é um bom presságio para o futuro."

"A bateria de uma folha de papel não se esgota!", exclamou ele.

"Mas uma caneta fica sem tinta", disse eu, sorrindo, e depois, dando-lhe outra palmadinha na mão, entreguei-lhe uma caneta e um papel - ambos que eu guardava sempre na minha mala para estas ocasiões.

***

"Vou começar pelo princípio", disse a Judy.

Debaixo da mesa, o August baralhava os pés e eu via que ele estava cada vez mais impaciente e que pensava: "Despacha-te, mulher!", porque era isso que eu também estava a pensar.

Finalmente, a Judy foi direta ao assunto. "Quando este local foi povoado pela primeira vez, três pessoas morreram aqui."

Ela esperou que reagíssemos, mas nenhum de nós reagiu. Já tínhamos percebido que algo de terrível tinha acontecido - e deduzimos que devia ter envolvido mortes, assassínios e/ou desordem. Até os meus ossos artríticos sentiam que algo de terrível tinha acontecido aqui. Enrolei os braços à minha volta, sentindo frio novamente. O August fez o mesmo, mas ele estava mais quente do que eu, pois já tinha recuperado o seu cardy.

"Originalmente, foi construída aqui uma igreja no século[XVIII]. Depois de ter sido destruída, e de três pessoas terem morrido - deixando apenas as estantes e a lareira - todas as religiões juraram nunca mais reconstruir aqui uma casa de Deus. Assim, foram construídos chalés, casas, casas senhoriais, bungalows e, por fim, o design do bungalow de dois andares, dividido na Califórnia, no qual nos encontramos agora, para satisfazer as necessidades e exigências dos proprietários durante o tempo em que viviam. E assim, muitos paroquianos, frequentadores da igreja e famílias fizeram deste o seu local de culto e/ou lar.

Comecemos pela igreja original. Em meados do século [XVIII], começou uma comunidade neste local, uma das primeiras estabelecidas em Ontário, depois de muitos imigrantes terem escolhido este local para se estabelecerem e construírem o seu novo futuro.

Duas dessas pessoas foram Lady e Lord Charleston, que se tornaram rapidamente líderes na comunidade e que ofereceram os fundos para a construção da primeira igreja sem qualquer reconhecimento para si próprios, para além de uma pequena biblioteca, na reitoria, onde a comunidade podia ler e pedir emprestados livros sobre assuntos relacionados com a religião. Para lhes dar conforto durante o estudo ou a leitura, seria construída uma lareira no centro de duas dessas estantes.

Dada a importância do pedido, foi feita uma grande pesquisa sobre a madeira que seria mais durável ao longo do tempo. Um emigrante de Itália falou muito bem do cipreste mediterrânico, dizendo que tinha visto um altar numa igreja romana feito com esta madeira que tinha sobrevivido a um incêndio que destruiu o resto do edifício. Decidiu-se mandar buscar algumas árvores que pudessem ser cultivadas localmente, e também ordenar que uma grande quantidade fosse entregue por navio no Canadá. Com o passar do tempo, o mesmo homem falou dos poderes sobrenaturais desta árvore do seu antigo país. Devido ao seu aroma forte, as famílias plantavam as árvores junto dos seus entes queridos nos cemitérios de todo o país, para afastar os demónios e garantir que as almas dos seus entes queridos passavam para o outro lado."

Alguns dos outros paroquianos não ficaram satisfeitos com esta blasfémia e sugeriram que utilizassem árvores canadianas apenas para o empreendimento. O Senhor e a Senhora Charleston rejeitaram a moção e a comunidade aguardou a entrega da madeira para a reitoria e, entretanto, construiu a igreja e continuou a construir a escola e outros edifícios. Os recém-chegados afluíram à comunidade, preferindo instalar-se num local que oferecia serviços que permitiam a todos instalarem-se mais rapidamente.

A madeira chegou e a reitoria foi construída, mas não sem algumas dificuldades. Primeiro, um homem que descia o tronco do navio, foi esmagado quando vários troncos se soltaram e caíram sobre ele. Depois disso, foram tomadas mais precauções, mas aqueles que tinham avisado da blasfémia murmuravam entre si com conhecimento de causa.

Anos mais tarde, e com a colónia sem nome, foi sugerido que se chamasse New Charleston, e assim foi e, durante muitas gerações, todos foram servidos pela comunidade e a população cresceu a passos largos. Lord e Lady Charleston morreram, mas os seus retratos foram pintados e colocados por cima da lareira na biblioteca da reitoria, entre as duas estantes. Contra os fortes protestos do público, a biblioteca passou a chamar-se Arquivos da Senhora Charleston, uma vez que a família doou a sua coleção de livros para encher as estantes."

Desapertei a tampa da garrafa de água e bebi um gole, enquanto o August olhava para o relógio. O sol estava agora a pôr-se e a maior parte do jardim das traseiras estava às escuras, à exceção de um único foco de luz que era fornecido pela lua.

"É nesta igreja, onde as mortes ocorreram."

August e eu aproximámo-nos, esperando que ela fosse direta ao assunto. O meu estômago estava a roncar. Pois já passava do jantar e começava a conversar com o de Augusto num dueto de fome.

"Gingernut?" perguntou Judy, acenando-nos com eles. Recusámos educadamente. "Porque é que eu não peço uma pizza? Enquanto está a ser cozinhada e entregue, posso continuar a minha história."

"Sem ananás", disse o August. As pizzas com ananás eram uma das suas maiores implicâncias. "O ananás é para o bolo de cabeça para baixo, não para a tarte de pizza."

"Não podia estar mais de acordo", disse Judy, carregando na tecla de marcação rápida do seu telemóvel.

"Nada de anchovas", disse eu, tentando persuadir a minha barriga a acalmar-se.

***

"Em 1847, uma mulher, uma estranha, entrou na comunidade na calada da noite à procura do marido e do filho pequeno. Bateu às portas, causando um grande tumulto, pois já passava da meia-noite. Os membros da comunidade saíram das suas casas, tentando ajudá-la, e formaram um grupo de busca utilizando candeeiros para indicar o caminho. Era esse tipo de comunidade, que se juntava para ajudar os outros, mesmo os desconhecidos. Ninguém questionou os seus motivos, a sua história ou a sua sanidade mental.

O mês era outubro, por isso estava frio, mas ainda não tinha caído a primeira neve. Caminharam, procurando até o sol nascer, depois reagruparam-se para comer, beber e descobrir mais sobre a mulher que estava demasiado exausta para escalar o local com eles. Quando ela chegou, foi prontamente alojada e colocada na cama depois de uma forte chávena de chá com um pouco de uísque para garantir que dormia a noite toda.

Depois de mais uma discussão e da confirmação de que ninguém tinha visto a cabeça ou o cabelo do marido ou da criança, comeram juntos com comida fornecida pela associação de mulheres da igreja e discutiram o que fazer a seguir. Não era como hoje, em que se pode facilmente imprimir cartazes e colá-los em todo o lado, nem as redes sociais eram uma opção. Em vez disso, foi contratada uma artista para desenhar a família com base na descrição da mãe. A mulher chamava-se Reba, o filho chamava-se Jacob e o marido também se chamava Jacob.

Uma noite, já bastante tarde, um habitante local viu a mulher Reba entrar na igreja, segurando a mão de uma criança. Perguntou-se onde estaria o marido, mas não pensou mais no assunto e foi deitar-se.

Reba tinha levado o filho à igreja para acender uma vela no altar e agradecer a Jesus por lhe ter trazido o marido e o filho de volta. A porta da igreja não estava fechada porque Jacob Sénior iria juntar-se a eles em breve. Uma rajada de vento, tão forte, soprou a chama e pegou fogo à sua manga e, como ela tinha o filho ao colo, a roupa dele também pegou fogo. Jacob, o ancião, entrou e correu para eles, deixando a porta aberta. O vento mais furioso seguiu-o, enquanto ele fechava a distância entre si e os seus entes queridos. A igreja, feita de árvores da região, foi erguida com eles lá dentro num instante.

O salão comunitário, onde as mulheres da igreja estavam a servir comida aos voluntários, sentiu o cheiro a queimado e correu para as ruas. A maior parte dos voluntários eram também bombeiros, mas os seus recursos na altura eram limitados. Fizeram o que puderam para salvar a igreja, mas já era demasiado tarde. A reitoria ainda não tinha sido engolida, pelo que conseguiram tirar o Padre e salvar, como já disse, as estantes e a lareira. A família de três pessoas pereceu... queimada até ao nada. Cinzas a cinzas, como diz o ditado".

Judy respirou fundo, bebeu um gole de água e depois a campainha tocou. Contar a história tinha exigido muito dela, por isso, August ofereceu-se para ir buscar as pizzas, mas Judy, dizendo que tinha de pagar - podia registar isso como uma despesa relacionada com o trabalho - acabou por ir à porta. Ela regressou com a tarte de pizza quente e deliciosa e nós comemos sem falar durante algum tempo, para além dos oohs e ahhs enquanto nos deliciávamos com o saboroso banquete.

Agora, satisfeitos e de barriga cheia, a Judy continuou a contar a história.

"Desde então, diz-se que os fantasmas daquela família assombram esta casa. O que quer que as pessoas vejam, assusta-as tanto que saem daqui a correr e a gritar. E ao longo dos anos, foram reconstruídas casas nesta propriedade ao longo dos séculos, mas nunca ninguém viveu aqui durante muito tempo."

Estava a ficar muito tarde; a história de Judy tinha demorado bastante tempo a terminar.

"Podes, por favor, avançar e trazer-nos para o presente?" perguntou August, mais rudemente do que eu ou ele esperávamos. Já passava da sua hora de dormir e ficar irritado não era inteiramente culpa dele.

Judy desculpou-se. "Esta casa foi construída há vinte e cinco anos. Foi comprada, vendida, alugada, renovada - é só dizer e mais vezes do que eu tenho dedos das mãos e dos pés para contar - ninguém quer viver aqui." Ela olhou em redor. "Sim, tem bom aspeto, mas há qualquer coisa nela. Algo que põe as pessoas a correr. Especialmente a esta hora da noite. Queria ver se isso também vos acontecia."

"Então, somos os vossos porquinhos-da-índia amigos", disse August, empurrando abruptamente a cadeira para trás. "Vamos continuar com a visita guiada. O que é que há lá em cima?"

Eu não me mexi.

"Não fazes ideia; quero dizer, não fazes mesmo ideia porque é que as pessoas agem de uma forma tão extrema? Não faz muito sentido para mim. De certeza que verias o que eles viram."

"Eu nunca vejo", disse Judy.

"Bem, isso é bizarro", disse August.

Judy sorriu. "Eu sei. E é por isso, deixem-me só dizer isto, que as pessoas espirituais como médiuns, místicos, adivinhos, bruxas, magos - é só dizer e já cá estiveram - sim, até já exorcizaram este local de alto a baixo e, mesmo assim, a coisa que põe toda a gente a correr, incluindo todos os anteriores, ainda acontece. Cada um deles fugiu para as colinas, a gritar - e nunca mais voltou".

"Coisas e disparates", disse August.

Mas quanto mais ela falava disso, mais assustado eu ficava e mais disposto a acreditar, porque à medida que o tempo passava, eu estava a ficar cada vez mais frio. Na verdade, eu tremia como se alguém tivesse pisado no meu túmulo - embora, é claro, eu não estivesse morto. Ainda não. Só de pensar nisso, os pêlos dos meus braços ficavam em pé.

Judy levantou-se. "Agora já sabes o que eu sei. O preço já é baixo, mas ainda é negociável. O proprietário quer que seja vendido e que saia das suas mãos - ontem. Porque é que não dão uma vista de olhos lá em cima, para verem como é o último andar?"

August disse: "Podíamos comprá-lo com amor, deitá-lo abaixo e reconstruir algo que se adaptasse às nossas necessidades, como um bungalow. Estaríamos à frente do jogo e teríamos fundos suficientes para o resto das nossas vidas."

Com os joelhos a tremer, também eu me levantei, agarrando-me firmemente à mesa. Parecia bom, de facto demasiado bom para ser verdade.

Judy disse: "É património designado. As estantes e a lareira têm de permanecer intactas. Isto não é negociável. Na verdade, não posso aceitar a sua oferta a menos que esteja disposto a pôr isso por escrito."

O August e eu saímos da cozinha, como que em transe, acabando por ficar em cima do tapete que estava agora em frente à lareira. O fogo crepitante a cuspir e a iluminar a sala fez-me pensar porque é que eu sentia ainda mais frio.

"... eletricidade", disse Judy.

Eu tinha ido para a terra dos livros e não percebi o que ela estava a dizer.

"...desliguei-a. A água também."

Passei a mão ao longo da estante central, já percebendo a essência das coisas, quando August saiu da sala. Virei-me e segui-o, tal como a Judy. Ele parou ao fundo da escada, olhou para ver onde estávamos e depois começou a subir. Agarrei-me ao corrimão e subi também. A meio do caminho, senti o corrimão a vacilar, tal como os meus joelhos. Os meus pés pareciam afundar-se nas escadas de madeira, fazendo-me sentir instável. O August já estava no cimo. Reparei que ele estava a iluminar o caminho usando a aplicação de lanterna do telemóvel. Senti-me orgulhosa por ele ter finalmente encontrado utilidade para uma das aplicações que lhe tinha recomendado que experimentasse.

Quando me juntei a ele no topo, olhámos para Judy, que estava à espera com o telemóvel apontado à sua frente - também usando a aplicação da lanterna. "Tenho de fechar a porta daqui a pouco", disse ela.

"Vamos dar uma boa espreitadela", disse eu, enquanto o August se afastava de mim em direção à porta no fundo do corredor. Enquanto eu caminhava, o tapete grosso sob os meus pés parecia mole, de modo que era difícil apressar-me. O August abriu a porta, mostrando uma casa de banho decorada em pêssego com um lavatório, banheira, sanita e chuveiro. A casa de banho estava adornada com acessórios - um daqueles tapetes alcatifados atirados à volta da base. O estilo não era do nosso agrado e eu disse-o, enquanto fechávamos a porta e passávamos para um quarto, pequeno, decorado a azul com carros a circular nas paredes e estrelas que se iluminavam quando apontávamos a lanterna para elas no teto.

"Gosto dessas luzes de estrelas", disse o August, com a criança que havia nele a revelar-se. Fiquei surpreendida por ele não ter gostado também dos carros no papel de parede. Talvez gostasse, mas dos dois preferia as estrelas.

"Sim, vamos tirá-las e pô-las por cima da lareira - isso se a comprarmos", disse eu.

Passámos para outro quarto, um quarto de hóspedes, cheio de flores de todos os tipos, feitios e cores. Os girassóis estavam estampados na parte de trás da porta.

"Muito acolhedor", disse eu, enquanto seguíamos pelo corredor até à última divisão: o quarto principal. Ocorreu-me que uma casa deste tamanho devia ter mais do que três quartos.

O August disse: "Podemos construir mais quartos no terreno, quando transformarmos isto num bungalow. Há aqui tanto espaço desperdiçado".

Olhámos para a casa de banho privativa, que também era muito antiquada, em tons de pêssego - embora tivesse uma banheira de hidromassagem adornada com torneiras e acessórios dourados. E, por cima, uma grande janela de arco oferecia uma vista panorâmica do que presumimos ser o jardim das traseiras.

O August subiu para a banheira, pegando na minha mão enquanto o fazia. Ficámos juntos, lado a lado, olhando para o jardim, quando apareceram três figuras. Alinhados por altura, à esquerda estava um homem, embora, dada a sua estatura, se pudesse pensar que era um rapaz. A sua indumentária incluía um chapéu curvo, uma camisa de linho com folhos acima da cintura, um casaco pelo joelho e umas calças que provavam o contrário. Segurando a mão do homem, estava um rapaz cujo casaco caía mesmo abaixo da cintura, enquanto as calças se alargavam até ao joelho e as madeixas escuras saíam por baixo do boné. A completar os três, uma mulher segurava a mão da criança. Usava um grosso sobretudo acolchoado que lhe cobria a roupa e uma touca de dormir na cabeça - como se tivesse saído inesperadamente para a noite. Os rostos cheios das três figuras estavam fixos na lua e nas estrelas, ou isso ou estavam enfeitiçados.

"São mesmo verdadeiras?" sussurrei agarrada ao ombro do August, mas antes que pudesse terminar, três pares de olhos olharam diretamente para nós e simultaneamente soltaram um grito com vozes tão agudas que devem ter acordado todos os cães da vizinhança. Os três disseram,

"Todos os dias, vimos aqui para queimar."

Tapámos os ouvidos, enquanto eles repetiam o seu canto de sereia, depois as chamas, começando nos pés e subindo, envolveram-nos e logo os seus gritos se transformaram em gemidos, enquanto eles se desfaziam no chão em montes de cinzas.

Eu gritei. E depois aconteceu uma coisa que nunca tinha acontecido em todos os anos em que estivemos casados - o August também gritou.

Saímos da banheira, descemos as escadas a correr, passámos pela Judy e saímos pela porta da frente a uma velocidade que dois velhotes como nós nunca imaginariam ser possível. Entrámos no carro da Judy; ela tinha conduzido enquanto nos mostrava a propriedade. Quando ela entrou, arrancou, guinchando os pneus à medida que avançava.

Depois de nos termos distanciado bastante da casa, a Judy disse com toda a naturalidade: "Vou fazer uma lista de outras casas para verem logo de manhã. Vamos encontrar a casa perfeita para si. Há muitas casas bonitas no mercado para escolherem". Ela olhou para nós pelo espelho retrovisor.

Eu ainda estava a tremer e a agarrar-me ao August.

"Queres contar-me o que viste?" perguntou Judy.

"Não os ouviste?" perguntei.

A Judy abanou a cabeça em sinal de não.

"Confia em mim, tu és a sortuda", disse August. "Agora leva-nos para casa. Nós vamos ficar aqui."

O August e eu nunca mais falámos da casa.

UM ASSASSINATO

Sentei-me no meu carro, com demasiado medo de sair.

Por detrás do vidro fumado, conseguia ver tudo - então porquê pôr-me em perigo? Porquê arriscar uma infeção quando tudo o que eu queria era um pouco de natureza.

Então, porque não ficar em casa, querida? Ouvi a tua voz suave a perguntar-me dentro da minha cabeça. Tal como se estivesses aqui, sentado no banco do passageiro ao meu lado. Tu, sendo o meu falecido marido Gerald - quarenta e dois anos de casamento antes de a COVID o ter levado. Sim, o meu Gerald sucumbiu ao vírus logo no início desta época louca das nossas vidas. Antes mesmo de ser chamado de pandemia por aqueles que se diziam conhecedores do assunto.

Mesmo quando foi confirmado oficialmente que Gerald tinha sido exposto ao vírus e estava infetado - ele não acreditou. Só se tinha deixado avaliar porque eu o tinha convencido a vir comigo, como dissemos nos nossos votos, na saúde e na doença. Eu tinha estado perto de alguém que tinha contraído a doença enquanto fazia voluntariado no banco de alimentos. Não tinha de fazer o teste, mas achei que mais valia prevenir do que remediar e pus-me em quarentena voluntária de catorze dias - pelo menos eu e o Gerald podíamos estar juntos.

Quando os resultados chegaram, o Gerald tinha a doença e o meu teste deu negativo. Uma vez que tínhamos estado nos bolsos um do outro, era provável que eu também tivesse a doença, mas estava assintomático, pelo que entrámos ambos em quarentena, felizes como nos quarenta e cinco anos em que nos conhecíamos.

Estávamos preparados para enfrentar a doença juntos, mas depois foi-me dito que me afastasse do meu Gerald, que limitasse o meu contacto - que mantivesse uma porta entre nós, que usasse uma máscara, que lavasse as mãos com frequência - já sabe como é. Eu fiquei com o quarto de hóspedes; o Gerald ficou com o nosso quarto. Demos as boas-noites um ao outro através da parede, tal como a malta fazia com a família Walton.

Uma noite, quando ele não conseguia dormir, fiz-lhe uma serenata através da parede com alguns refrões da canção que tínhamos ouvido na nossa primeira dança no liceu, uma canção chamada Make Me Do Anything You Want de A Foot in Coldwater. Cantarolava-a para mim própria, enquanto observava o que se passava lá fora. Um grupo de gansos do Canadá estava a comer a relva a alguns metros de distância. Baixei um pouco a janela, para poder ouvir a sua conversa. Respirei fundo, deixando entrar o ar exterior, mas o ar fresco não me impediu de recordar a parte seguinte, a mais difícil, quando Gerald me foi tirado e internado no hospital. Não me deixaram entrar na ambulância com ele, e ele foi-se abaixo tão depressa que nunca mais o vi vivo.

Telefonei primeiro aos miúdos. Claro que agora já são todos crescidos e têm os seus próprios filhos. Crianças, cabras. Crianças é o que quero dizer, claro. Não sei bem quando é que passei a usar a descrição comum. Provavelmente porque o Gerald não está cá para me dizer para não o fazer.

Os nossos filhos não puderam vir devido a restrições de distanciamento social. As suas áreas estavam na Fase 2. Além disso, não valia a pena correr o risco de apanhar o vírus, o risco de o transmitir aos nossos netos. Fizemos o face timing - com a ajuda de uma enfermeira simpática - mas Gerald não falou. Nessa altura, o sorriso tinha desaparecido dos seus olhos e eu sabia.

Depois do enterro - ninguém foi ao funeral para além de mim - eu não sabia o que fazer comigo. Foi ainda pior depois do pagamento do seguro. Toda a vida tínhamos economizado e poupado - e agora, ele tinha morrido, não havia para onde ir - não com a pandemia a espreitar em cada esquina - e o meu Gerald não estava lá para a partilhar comigo, por isso não valia a pena ir. Todo aquele dinheiro e eu não conseguia pensar numa única coisa que quisesse ou precisasse, para além do Gerald.

À medida que o outono se aproximava e as folhas começavam a crescer, apontei inúmeras vezes para uma árvore particularmente bonita, sem que ninguém soubesse. E depois havia o Dia de Ação de Graças no horizonte. Normalmente preparávamos o banquete familiar - com a comida canadiana habitual - como tarte de abóbora, molho de arando, peru, fiambre, recheio, puré de batata, legumes e salada de repolho. Normalmente, o Gerald trinchava a ave enquanto eu organizava tudo o resto. Depois, dávamos a volta à mesa e todos, até os mais pequenos, diziam o que lhes tinha agradecido no ano anterior. Lembrei-me da declaração do pequeno Kevin de que estava muito grato pelo "Bampa" - o avô. Os olhos de Gerald tinham-se iluminado naquele dia como o sol a sair de uma nuvem depois de vários dias de chuva.

A minha filha sugeriu que eu fosse o "anfitrião" de um jantar virtual de Ação de Graças. O coração dela estava no sítio certo, mas a ideia era absurda. Por mim, preparava um jantar de peru para a televisão e comia-o enquanto via "A Charlie Brown Thanksgiving".

Então, volto a sentar-me aqui neste maldito automóvel, com os vidros fumados levantados - com demasiado medo de sair do meu carro. Enquanto os meus olhos vagueiam pelo passeio, vejo Sonny e Evelyn Marshall e, antes de ter oportunidade de me baixar, eles vêem-me. Vêm na minha direção. Souberam do falecimento do Gerald e querem apresentar as suas condolências e é demasiado tarde para eu ligar o carro e sair do parque de estacionamento.

Agora, à frente do carro, com máscaras, Sonny bate na minha janela enquanto Evelyn dá a volta ao lado do passageiro.

"Olá", digo através das janelas fechadas. O meu telemóvel toca. Aponto para ele, para que saibam que tenho de atender uma chamada, e depois vejo quem está a ligar - é a Evelyn que está em linha. "Olá, mais uma vez", digo, enquanto o Sonny dá a volta à frente do meu carro, parando brevemente para olhar para mim através do para-brisas, antes de seguir em frente e juntar-se à sua mulher.

Evelyn diz: "Soubemos do que aconteceu ao Gerald. Lamentamos muito e só queríamos passar por cá para vos dizer isso. E também dizer que se precisarem de alguma coisa, seja o que for, liguem-nos. Gostaríamos de estar ao vosso lado o mais que pudermos durante esta pandemia". Sonny pôs o braço à volta da mulher.

"Eu estou bem", digo eu. "Obrigada pela oferta e por ter vindo cá." Desligo o telefone e pouso-a na esperança de que eles se vão embora.

Sonny diz qualquer coisa, que normalmente eu saberia o que foi, pois sou bastante bom a ler lábios, mas com estas máscaras qualquer um pode dizer qualquer coisa. Ele e Evelyn acenam quando regressam ao caminho e vão-se embora.

Eu vejo-os darem as mãos e ficarem cada vez mais pequenos. Quando se vão embora, um corvo preto pousa no capô do meu carro e olha para mim através do vidro fumado. Abro a janela e digo: "SHOO!"

O corvo vem na minha direção, agita as penas e responde com um desafiante "CAW, CAW!"

Volto a abrir a janela e observo-o a caminhar sobre o capot do meu carro. Deixando um rasto de pegadas de pássaros no meu veículo empoeirado. Ligo o motor e borrifo água para o para-brisas. O pássaro não se mexe. Bati com o limpa para-brisas várias vezes. Mesmo assim, a coisa olha para mim, abana a cabeça e, depois, faz cocó. Eu buzino e vejo-o levantar voo, pairar, fazer mais um pouco de cocó, desta vez batendo no farol antes de levantar voo em direção à água.

A um grupo de corvos chama-se um homicídio. Quando Gerald morreu, devido a um vírus criado pelo homem que foi lançado no nosso planeta, a sua morte não foi chamada de assassinato - embora devesse muito bem ter sido chamada de assassinato.

Pego na minha mala de mão e tiro a máscara. Ponho uma argola na orelha direita e a segunda na esquerda. Certifico-me de que está bem colocada, por cima do nariz e por baixo do queixo. Saio do carro e apanho a luz do sol.

Boa menina, diz Gerald, enquanto um bando de corvos forma um círculo sobre a minha cabeça e eu passo à frente de um veículo em movimento.

SANS MASQUE

Ele estava de um lado da sala e ela do outro.

Ambos vestidos - ou demasiado vestidos - era assim que ela via a aparência dele. Polido foi a primeira palavra que lhe veio à cabeça, mas havia qualquer coisa nele que parecia demasiado elegante. Como se quisesse que ela se apaixonasse mais por ele do que já estava.

Pelo menos ele tinha aparecido - apesar de ela se ter recusado a fazer o que ele lhe tinha pedido e de este ter sido o primeiro encontro deles em pessoa.

Tinham-se conhecido através de uma aplicação de encontros. Não há nenhuma lei contra isso - ainda. Desenvolveram uma relação ao longo do tempo. Ele terminava sempre as mensagens com um emoji de coração palpitante. Ela terminava sempre com um "muito bem", como se estivesse a terminar uma carta. Ela era uma novata no cenário das aplicações de encontros, mas com as rigorosas leis da pandemia em vigor, de que outra forma poderia ela conhecer alguém?

Após pouco mais de dois meses de mensagens e e-mails, ele pediu para a conhecer pessoalmente. Ela aceitou com relutância. De certa forma, se nunca se conhecessem, ela poderia imaginar que ele era tudo o que dizia ser. Mais importante ainda, ela não queria parecer demasiado ansiosa ou desesperada.

Ele tinha-se dado a tanto trabalho, organizando tudo, incluindo o local onde planeava levá-la. No início, ela nem queria acreditar na sua sorte. Enquanto esperava que ele confirmasse os pormenores, as suas emoções passaram de excitadas a cépticas. Será que ele podia mesmo reservar um local tão exclusivo só para eles os dois? Quando ele lhe enviou a mensagem com os pormenores, ela soltou um pio e depois respondeu com um emoji de uma cara sorridente. O primeiro da relação.

Depois disso, dirigiu-se imediatamente ao seu armário e abriu as portas espelhadas. Revirou os cabides, até encontrar o seu vestido mais caro - aquele a que chamava o seu vestido chique. Chamava-lhe assim em memória da sua falecida mãe. Era um número de modelo falsificado que ela tinha comprado na Internet e era a sua posse de moda mais orgulhosa. Segurou-o contra si própria, olhando para o espelho e tentando decidir com que jóias o iria acentuar: diamantes falsos ou pérolas? Decidiu-se pela primeira.

Na manhã do grande evento, acordou cedo, para verificar a sua caixa de correio eletrónico. Estava à espera de uma mensagem de texto ou de uma mensagem a dizer que ele tinha de cancelar. Na verdade, uma parte dela esperava que ele cancelasse, mas a sua caixa de correio estava vazia e não tinha havido mensagens de texto. Tinha ido à cozinha, para fazer uma chávena de café, e depois voltou a verificar, para o caso de ele ter entrado em contacto. Desta vez, até procurou no arquivo de lixo eletrónico - também ele estava vazio.

Durante o dia, manteve-se ocupada. Primeiro, tomando um longo banho de vapor e fazendo uma esfoliação. Depois, um almoço ligeiro. Mais uma vez, verificou se havia mensagens e, não encontrando nenhuma, foi pentear o cabelo e depois arranjar as unhas. Antes de aplicar a maquilhagem, percorreu as redes sociais. Não encontrando nenhuma prova da atividade recente dele, calçou o seu par de saltos altos mais alto - aqueles que faziam as suas pernas parecerem mais longas. Terminou o look aplicando uma camada de batom vermelho maçã doce e pôs-se em frente ao espelho. Perfeito.

Exceto por uma coisa: a mala de mão a condizer. Transferiu para ela o telemóvel e o cartão de débito, depois voltou a pegar no batom e agora estava pronta para tudo.

Quando saiu pela porta da frente e aplicou a máscara, o táxi chegou. Tinha-o reservado na noite anterior para não chegar demasiado tarde ou demasiado cedo. Ela queria que o momento fosse perfeito para o seu primeiro encontro em carne e osso.

***

Ele passou o dia a verificar tudo duas vezes, como fazia sempre nestas ocasiões.

Estava ansioso por conhecê-la finalmente em pessoa. Online, ela parecia mais tímida e mais ingénua do que qualquer uma das outras com quem ele tinha conversado. Parecia tão tímida, tão irreal que se tinha recusado terminantemente a enviar-lhe uma foto dela nua. Nua quer dizer sem máscara.

Antes de ela concordar em encontrar-se com ele, ele teve de lhe assegurar que as diretrizes seriam seguidas. Bem, não apenas seguidas, por assim dizer, ou seja, ela exigia nada menos do que a garantia pessoal dele de que não seriam interrompidos.

Quando os líderes de todo o mundo caíram, o governo internacional formou-se para preencher o vazio. Com o G.I. ao leme, o mundo exigiu sanções mais severas para os vândalos do distanciamento social que não cumprissem as suas obrigações. Os recém-formados International Pandemic Associates (I.P.A.) foram autorizados a fazer cumprir as leis de distanciamento social utilizando todos os meios necessários.

Após a queda dos líderes mundiais, houve um grande clamor público. As redes sociais foram inundadas de desinformação. As pessoas exigiram justiça, saindo às ruas com cartazes e sinais de paz. Quando não puderam ser silenciadas, e as prisões ficaram cheias até à borda, as execuções públicas foram escritas na lei.

Durante todo este tempo, conseguiu manter o seu dinheiro e não teve medo de o usar quando isso lhe era vantajoso. Tinha feito algumas palmas para reservar o local, para contratar o pessoal e para garantir que não seriam incomodados. O olho no local a observá-los - ele não podia fazer nada. Câmaras de vigilância, pois estavam por todo o lado.

O seu smoking tinha sido recolhido e ainda estava embrulhado na capa de plástico que usara na viagem de regresso da lavandaria. Tinha estado em quarentena na garagem até ser necessário. Nunca se pode ser demasiado cuidadoso. O tempo normal de quarentena para os tecidos era de quarenta e oito horas. Para ser mais cauteloso, tinha sido deixado na garagem durante uma semana inteira.

Quando estava completamente vestido, a última coisa que fez foi aplicar a máscara antes de entrar no seu veículo. Havia pouco trânsito e o estacionamento era fácil.

Ele queria que tudo fosse perfeito.

Tal como ele esperava que ela fosse.

***

Ela saiu do táxi para o passeio e fechou o espaço entre si e o local do espetáculo.

No chão, escrito a giz no passeio, estava uma mensagem dirigida a ela. Dizia: *Querida, segue-me*. Ela sorriu e seguiu o rasto de corações gravados nas pedras. De vez em quando, os seus dedos procuravam a tranquilidade da máscara que cobria o seu rosto. Agora era como se fosse outra camada de pele.

Entrou nas portas abertas, seguindo mais corações que a conduziam ao longo do corredor.

Por fim, chegou à esperança de que o seu verdadeiro amor, a sua alma gémea, estivesse à espera.

***

Do outro lado da sala, os seus olhos cruzaram-se. Ela com o seu vestido preto sem mangas e ele com o seu smoking preto.

"Vieste!" disse ele com uma voz forte e afirmativa.

"Sim", respondeu ela num sussurro ofegante.

Ela abrandou o ritmo do seu coração, observando a sala. A atenção aos pormenores era impecável. A mesa estava posta para dois, com a mais fina porcelana, cristal e prata. A mesa estendia-se ao longo da sala. No centro, um magnífico candelabro irradiava romance.

"Por favor, sentem-se", disse ele.

Ela sentou-se na sua extremidade e ele na sua. Antes que um silêncio desconfortável se instalasse, ele bateu palmas. Dois empregados chegaram por uma porta em que ela não tinha reparado. Vestidos da cabeça aos pés com fatos de corpo inteiro que não teriam parecido deslocados na lua, aproximaram-se. Com as mãos enluvadas, encheram os flutes de champanhe e as taças com um ligeiro consumo.

Ele bate com um talher na lateral do seu copo e ela faz o mesmo. Nos casamentos, este ritual era outrora realizado como um pedido para que os recém-casados trocassem um beijo. Só de pensar nisso, em desmascarar-se em público, fazia-a estremecer. Neste novo mundo pandémico, o tilintar indicava que o iniciador queria fazer um brinde.

"A vós", disse ele, levantando o copo.

"A nós", disse ela, corando furiosamente, escondida sob a sua máscara.

Os empregados de mesa chegam periodicamente com tabuleiros. Após a última apresentação de Cherries Jubilee flambadas, os empregados fizeram uma vénia. Isso indicava que não voltariam.

"Se ao menos te pudesse beijar", disse ele, mais alto do que gostaria, mas o suficiente para justificar a sua máscara.

Estas palavras incendiaram-na. Antes de se aperceber do que estava a fazer, levantou-se e soprou-lhe um beijo. Voltou a sentar-se e imaginou o beijo a flutuar no ar sobre a mesa como uma pena.

Ele apanhou-o e encostou-o aos lábios. "Não é suficiente", disse ele.

Ela atirou a cadeira para trás outra vez. Raspou no silêncio.

Os seus saltos altos faziam barulho quando ela atravessava o chão. Ela tropeçou de excitação enquanto se dirigia para ele ao longo da mesa.

Quando ela se aproximou dele, o ar condicionado fez com que o seu perfume doce, doce, fosse na direção dele. Até então, ele só tinha visto os seus olhos azuis coral e os pequenos lóbulos das orelhas sob os quais estavam colocadas as tiras da máscara. O seu coração batia tão depressa que ele tinha a certeza de que ia explodir do peito. Para se acalmar, deu voltas e mais voltas com a aliança de casamento no dedo, perguntando-se se esta rapariga valia a pena. Seria ela suficiente para ele arriscar-se a violar a lei? Morreria por ela?

"Pára!", gritou ele, levantando a mão violentamente no ar, como um guarda escolar zangado.

Ela, ainda em fuga, mordeu o lábio por baixo da máscara.

Ele colocou a máscara no sítio.

Enquanto o olho na parede piscava atrás dela, ele sussurrou: "Esqueci-me de dizer que sou casado?"

Ela continuou a correr na direção dele, enquanto as portas atrás dele se abriam.

"Esqueci-me de dizer que estou com o IG?", perguntou ela, enquanto os dois homens com fatos espaciais o atiravam ao chão com um taser.

Agradecimentos

Caros leitores,

Obrigado aos amigos maravilhosos, à família e à equipa de pessoas que me apoiaram emocionalmente e à minha escrita ao longo dos anos, bem como àqueles de vós (sabem quem são) que me ajudaram com coisas técnicas como a leitura de provas, a edição, etc. Não o teria conseguido sem cada um de vós.

Obrigada a todos um milhão de vezes!

Com muito amor,

Cathy

Sobre o autor

Cathy McGough vive e escreve em Ontário, Canadá, com o seu marido, filho, gato e cão.

Também por:

FICÇÃO

O CRIANÇA DE TODOS

O SEGREDO DO RIBBY

ENTREVISTAS COM ESCRITORES LENDÁRIOS DO ALÉM

MAIS UMA SELECÇÃO DE LIVROS PARA CRIANÇAS E JOVENS ADULTOS